# THE
# WALL

더
월

# THE 더
# 월
# WALL

존 란체스터 지음 · 서현정 옮김

서울문화사

1부

벽

1

'벽' 위는 춥다. 벽에 대해 누구나 제일 먼저 하는 말이 이 춥다는 말이다. 배치를 받고 그곳에 당도했을 때 제일 먼저 알게 되는 것도 춥다는 것이다. 그리고 그 위에 있는 내내 머릿속을 맴도는 생각도 춥다는 것이고, 그 위에서 내려와도 기억나는 것은 춥다는 것뿐이다. 벽 위는 춥다.

그 추위를 무엇에 비유하면 좋을까. 슬레이트처럼, 다이아몬드처럼, 달처럼 한기가 느껴진다고 하면 될까. 자선(慈善)이라는 것처럼 한기가 느껴진다고 하면 될까. 그래, 이 비유가 마음에 든다. 하지만 그 추위는 빗대어 설명할 수 있는 게 아니란 걸 곧 깨닫게 될 것이다. 그 어떤 말로도 그 추위를 대신 표현할 수 없다. 그냥 몸으로 느껴야 한다. 비할 데 없는 추위다. 추위는 단지 추위일 뿐이다.

그러니까 제일 먼저 맞닥뜨리게 되는 것이 추위다. 세상 어디를 가도 이런 추위는 없다. 이곳이야말로 만고불변의 자연 현상 같은 추위 그 자체다. 추위는 이곳의 근본적인 성질, 즉 본질이다. 그래서 여기 온 첫날 처음 벽으로 가는 순간, 추위가 온몸을 후려친다. 이런 곳에서 2년을 보내야 한다. 지형적으로 연결되는 한 벽은 기본적으로 어디든 다 똑같은 벽이지만, 모시게 될 상관이 어떤 사람이냐에 따라 모든 것은 달라진다. 알다시피 그것은 내 마음대로 할 수 있는 문제가 아니다. 두렵겠지만 그 때문에 차라리 마음은 조금 홀가분할 수 있다.

벽에 관해 선택권이 없다는 것은 선택할 필요가 없다는 뜻이니까.

간단한 훈련을 받기는 한다. 기간은 6주다. 주로 총기 사용 훈련을 받는데 총 잡는 법, 청소하는 법, 관리하는 법, 사격하는 법을 익힌다. 이 순서 그대로 훈련한다. 체력 훈련은 어쩌다 한 번씩 받곤 한다. 그 대신 야간 비상 훈련, 무수면 훈련, 불시 침투 훈련, 긴급 명령 수행 훈련은 많이 받고 테스트도 수시로 받는다. 그들은 귀에 못이 박히게 말한다. 훈련이 용기를 이긴다고. 전쟁에서 승자는 시키는 대로 하는 사람이다. 전쟁은 영화 같지 않다. 용기 따위 내려 하지 말고 그저 시키는 대로만 하면 된다. 그 이상은 하지 않는다. 나머지 훈련은 벽 위에서 이루어진다. 그곳을 지키던 전임자에게 근무 현황을 하달받는 것이다. 그리고 그것을 다시 교대병에게 하달하면 된다. 그래서 여기 오면 할 수 있는 일이란 취침 도중 기상, 그리고 총기 관리다.

대개들 날이 어두워진 뒤에야 도착한다. 이유는 모르겠지만 그냥 그게 그들의 방식이다. 여기까지 오는 데는 꼬박 하루가 걸린다. 도보, 버스, 기차, 다른 기차, 그리고 트럭을 타면 그 트럭이 여기에다 내려 준다. 사람과 배낭을 추위와 암흑이 깔린 곳에 부려 놓고 트럭은 떠나 버린다. 그러면 눈앞으로 벽이 죽 펼쳐진다. 낮고 긴 콘크리트 흉물. 저 멀리까지 몸을 뻗고 누워 있다. 벽은 수직으로 반듯하게 서 있지만, 그 밑에 서 보면 앞으로 기울어진 것처럼 느껴진다. 벽이 와르르 무너져 머리 위로 떨어질 듯하다. 협박당하는 것 같다.

걸핏하면 비가 오거나 벽 위로 파도의 포말이 튀어 공기가 습한데,

그렇지 않은 날조차도 습도가 높은 편이다. 평소 벽 바로 뒤로는 바람이 불지 않지만 가끔 불 때가 있다. 해가 지고 습하면 벽은 시커멓게 보인다. 무엇을 해야 할지 또 어디로 가야 할지를 알려 주는 길, 아니면 표지판, 아니면 정보라고 할 만한 것은 콘크리트 계단밖에 없다. 그들은 언제나 그 계단 근처에 내려 준다. 계단 꼭대기 본부에서 작은 불빛이 비치기는 하지만, 눈에 보이는 것이 불빛이란 걸 알아차리진 못한다. 그 대신 벽이 보기보다 꽤 높구나 하는 생각만 들 뿐이다. 물론 전에 벽을 실제로 보고, 사진으로 보고, 어쩌면 꿈에서라도 본 적이 있었을 것이다. (이곳에 배치받기 전부터 많은 사람들이 꿈에서 벽을 본다는 것은 들어서 알 거다.) 그런데 벽 밑에 서서 위를 올려다보면, 그리고 이곳에서 2년을 보내야 하고 그 2년 동안 생길 만한 좋은 일이란 이 벽에서 죽지 않고 살아남아 제대하는 일밖에 없다는 걸 알고 나면, 벽이 다르게 보인다. 아주 크고 아주 곧고 아주 시커멓게 보인다. (정말로 그렇다.) 겉으로 드러난 콘크리트 계단은 가파르고 미끄러워 보인다. (정말로 그렇다.) 벽은 춥고 척박하고 살기 힘들고 절망적인 곳처럼 보인다. (정말로 그렇다.) 갇혔다는 느낌이 든다. (정말로 그렇다.) 2년이란 시간이 빨리 지나가기만을 바라고, 어딘가 다른 곳에 있기만을 바라고, 여기서 벗어날 수만 있다면 무엇이든 하겠다는 생각이 든다. 아마 종교가 없던 사람도 기도를 하게 될 텐데, 소리 내서 하든 소리 죽여 하든 상관없다. 왜냐하면 그래 봤자 달라지는 건 하나도 없기 때문이다. 그 기도는 뻔하다.

'제발, 제발, 제발 이 벽에서 내려가게 해 주소서.'

하지만 아무리 기도해도 벗어날 수 없다. 한 발 한 발 계단을 오르기 시작한다. 벽 위에서의 삶은 이미 시작되었다.

계단을 오를수록 나는 속이 덜덜 떨렸다. 추워서 떠는 거라고 생각하고 싶었지만 반은 추위 때문에, 반은 두려움 때문에 그랬을 것이다. 계단에는 난간도 없고 콘크리트 바닥은 올라갈수록 점점 더 축축해졌다. 나는 원래 높은 곳을 싫어한다. 야트막한 곳이라도 싫다. 미끄러져 떨어질지 모른다는 생각이 드니 높이 올라갈수록 그 생각은 더 심해졌다. 추락하면 머리가 깨져 죽겠지, 그러면 벽 위에서의 삶은 시작도 못 하고 끝나 버리겠지. 나는 '그 ○○한 바보 기억나?'라는 말과 함께 놀림거리가 될 것이다. 그래도 그렇게 죽으면 최소한 벽을 떠날 수는 있다.

계단 꼭대기에 이르러 나는 본부 쪽으로 갔다. 성에 낀 유리창을 통해 불빛이 새어 나왔다. 창 안쪽은 보이지 않았다. 어디로 가야 할지, 또 무엇을 해야 할지 몰랐지만 달리 할 수 있는 게 없어서 문을 두드렸다. 대답이 없었다. 다시 문을 두드렸다. 그러자 무슨 소리가 들리기에 나는 들어오라는 뜻으로 해석했다.

안으로 들어서자 온기가 훅 끼쳤다. 그 즉시 안경에 뿌옇게 김이 서려 앞이 보이지 않았다. 누군가의 하하 웃는 소리와 누군가가 뭐라고 소곤거리는 소리가 들렸다. 나는 안경을 벗고 눈을 찡그리며 주위를 둘러보았다. 실내는 장식 하나 없는 콘크리트 궤짝 같았다. 벽에는 지도가 줄줄이 걸려 있었다. 내가 선 곳 맞은편 구석에 두 사람이 앉아 있었다. 그중 한 사람은 두 뺨에 흉터가 있는 늠름한 흑인으로 어두운 황록색 군 스웨터를 입고 있었다. 그 당시에는 몰랐는데 이 사람이 대위였다. 내가 목격한바 벽에서 군복을 입은 사람은 그가 유일했다. 나머지 사람들 입장에선 군복이 그리 따뜻하지 않았다. 그가 웃음기 없는 얼굴로 나를 바라보았다. 그의 뒤에는 초록색 레이더 화면이 나오는 컴퓨터 모니터가 세 대나 있었다.

"앞 못 보는 경계병이라. 끝내주는군."

그가 말했다. 다른 한 사람이 피식 코웃음을 쳤다. 체격 좋고 빨간색 비니를 쓴 백인이었다. 그가 병장이었다. 역시 그 당시에는 몰랐지만.

이윽고 내가 말했다.

"이름은 카바나, 새로 명 받아 왔습니다."

지금 생각해도 바보 같고 그때도 바보 같았겠지만 달리 어떻게 말해야 할지 전혀 알 수 없었다. 두 사람은 웃지도 않았다. 그저 나를 보기만 했다. 군복 입은 남자가 벌떡 일어서더니 내게로 걸어와 나를 위아래로 훑어보았다. 그는 적어도 나보다 머리통 절반만큼 키가 더 컸다. 그가 말했다.

"내가 대위다. 이쪽은 병장. 이유 불문하고 너는 우리가 시키는 대로 한다. 한 넉 달쯤 지나야 네가 하는 일이 뭔지 알 거다. 나는 상부에 보고하지 않고도 네 복무 기간을 연장시킬 수 있는 전권을 쥐고 있다. 이유 따위 필요치 않다. 네가 이 벽에서 내려갈 수 있는 길은 2년이 지나서, 내가 너를 제대시키기로 결정할 때뿐이다. 이 사실을 훈련소에서 똑바로 가르치지 않았다면, 지금 내가 똑바로 가르쳐 주겠다. 알아들었나?"

알아들었다. 나는 그렇게 대답했다.

"이 녀석을 막사에 데려가."

그가 병장에게 명령했다.

"나는 벽에 나갔다 올 테니까."

그가 나갔다. 상관이 자리를 뜨자 병장의 태도가 조금 변했다.

"흠."

병장이 입을 열었다.

"병장은 각 교대조에 한 명씩, 둘 있다. 내가 네 병장이다. 다른 병장은 벽에 나가 있다. 지금은 취침 시간인데 이 몸은 잠도 안 자고 너를 영접 중이다. 내가 그 빌어먹을 성인군자라서 이러고 있는 거다. 아무나 붙잡고 물어보면 알 거다. 다른 교대조원들은 아침에 만나게 될 거다. 이제 부대 내를 한 바퀴 돌아볼 거다. 나머지는 내일 보면 된다. 대위님 말씀처럼 모든 걸 다 습득하려면 시간이 걸리는데, 제일 좋은 방법은 반복을 통해 익히는 거다. 처음에는 질문해도 좋으나 다들 질문이라면 금방 질색할 거다. 그러니까 궁금한 게 있으면 스스로 답을 찾으란 말이다. 아가리 먼저 벌리지 말고."

병장은 식탁과 의자밖에 없는 순 콘크리트 궤짝 같은 식당을, 커다란 텔레비전과 낡아 빠진 소파 몇 개밖에 없는 순 콘크리트 궤짝 같은 휴게실을, 문이 잠긴 무기고를, 철제 침상 네 개 말고는 의료진도 없는 순 콘크리트 궤짝 같은 의무실을 보여 주었다. 그런 뒤 그는 나를 데리고 두 층을 내려가 막사로 갔다. 사병들이 방이라고 부르는, 모두가 기거하는 곳이었다. 이곳 역시 놀랍게도! 순 콘크리트 궤짝 같았다. 문 앞에 1분쯤 서 있으니 눈이 익어 방 안 배치가 하나하나 보였다. 양쪽에 각각 열다섯 개씩 모두 서른 개의 침대가 있고, 침대와 침대 사이에는 합판으로 된 칸막이를 설치하여 작은 공간으로 분리해 놓았다. 저 안쪽 끝으로는 세면장이 있었다. 이런 배치가 훈련소 시절 내무반과 똑같았기 때문에 나는 낯설지 않았다. 한쪽에는 채광창이 없었고, 그 반대편 쪽 머리 높이 위로 네모난 창들이 작게 나 있었다. 분대원 절반이 야간조였기 때문에 오른쪽 벽에 붙은 침대는 전부 비어 있었다. 왼쪽 벽에 붙은 침대에는 한 사람씩 누워 자고 있었다. 아홉 번째 침대만 빼고. 그 텅 빈 침대가 내 침대다.

나는 공간 안쪽에 가방을 내려놓았다. 신발과 겉옷을 벗고 침대에 누웠다. 침대보는 거칠었지만 담요 두 장이 두꺼워서 금방 몸이 따뜻해졌다. 코 고는 소리와 잠꼬대 같은 소리가 분대원들 사이에서 들려왔다. 배가 고프니 예민해졌다. 출발하면서 아무것도 안 먹었다는 생각이 들었다. 머리가 하도 윙윙 울려서 잠도 오지 않았다. 피곤한데 잠은 안 오고 불안한 채로 천장을 올려다보며 생각했다. 딱 2년이다. 이 밤이 지나면 칠백스물아홉 밤이 남는다. 운이 좋아서 아무 일도 일어나지 않는다는 경우에 그렇다는 거지만.

잠이 들긴 했나 보다. 잠에서 깬 걸 보면. 그게 아니면 숙면이 아니라 자다가 화들짝 놀라 깨는 새로운 형태의 수면을 취한 건지도 모르겠다. 기상나팔 소리가 들린 데 이어 침대가 흔들리는 바람에 눈을 뜨니, 웬 남자가 숨을 쉴 때마다 입 냄새가 풍길 만큼 고개를 숙이고 나를 내려다보고 있었다. 턱수염, 눈, 털모자가 눈에 크게 띄었다. 좋게 보니 그는 미소를 짓고 있었다.

그가 말했다.

"신삥. 나는 상병이다. 요스라고 통한다. 씻는 데 5분, 아침 먹는 데 15분, 그다음 집합이다."

그는 마치 행운을 빈다는 듯 침대를 한 번 더 흔들고는 고개를 들고 세면장 쪽으로 걸어갔다. 그도 키가 컸다. 180센티미터가 훨씬 넘었다. 그의 주변 분대원들이 투덜투덜 몸을 긁적이며 일어났다. 대부분이 조금씩 차이는 있었지만 옷을 다 입은 채로 자는 모양이었다. 상병이 몇 미터쯤 가다 말고 고개를 돌려 나를 쳐다보았다.

"그렇게 걱정스런 얼굴은 그만해라. 그런 말 있지? '걱정하지 마라, 그런 일은 결단코 일어나지 않을 것이다.' 여긴 다르다. 너의 현 위치는 벽이다. 이미 벌어진 일 아니겠나?"

그가 웃음소리를 내며 다시 걸어갔다.

···

30명이 속한 중대는 한 분대에 15명씩 2개 분대로 편제된다. 여기에 더하여 각 본부마다 대략 5명 정도의 상근자, 즉 조리사와 청소부들이 속해 있다. 중대 근무는 교대로 2주간은 벽 위에서, 2주간은 벽 밑에서 이루어진다. 그중 한 주간에 훈련을 받거나 일반 관리 같은 업무를 보고, 다른 한 주간에 휴가를 간다. 분대는 벽 복무 기간이 끝나 제대하는 사병이 있어야만 인원이 변경된다. 그 과정은 규칙적으로 굴러가기 때문에 중대 내에는 언제나 제대를 앞둔 사병과 갓 배치된 사병이 뒤섞여 있었다. 제일 말썽꾼이 바로 이 두 무리다. 한쪽은 갓 배치된, 뭐가 뭔지 앞뒤 분간도 못 하는 초년병이고, 다른 한쪽은 혀만 내밀어도 벽 뒤 자유로운 삶의 맛을 느낄 수 있고 머릿속엔 두 가지 생각밖에 안 남은 말년병이다. 제대하면 얼마나 신날까 하는 생각과 남은 기간 무슨 문제가 생겨 제대를 못 하면 어쩌나 하는 생각 말이다. 밑에서 한참 구르는 중인, 그러니까 초년도 아니고 말년도 아닌 사병은 그저 인고의 세월을 보내야 한다.

자대 배치를 받고 병장과 상병을 이미 대면한바, 그 둘은 아무리 멀리 있어도 또 아무리 두껍게 방한복을 껴입어도 쉽게 분간이 된다. 병장은 몸집이 좋고 상병은 키가 크기 때문이다. 우리는 그들을 사지 병장이라 부르고 요스 상병이라 부른다. 상병은 취미로 조각을 한다. 그래서 벽 근무가 없을 때에는 보통 무시무시하게 생긴, 날이 휜

나이프로 나무토막을 깎는다. 다른 분대원에 대해 말하자면, 첫날 아침부터 며칠 동안 그들을 분간하는 게 제일 큰일이었다. 옷 때문이었다. 정말 겹겹이 껴입는다! 더욱이 아침 식사 때는 모두 고개를 숙인 채 말없이 포리지porridge만 먹기 때문에 성별을 구분하기가 어려웠다. 누구나 벽 보초를 서고 성비도 50 대 50으로 균형을 맞추기 때문에 분대원 절반은 여자일 가능성이 높지만, 직접 물어보기 전에는 누가 누군지 알 수가 없었다. 그리고 그렇게 묻는 건 안면을 트기 위한 첫마디로 적절치 않을 것 같았다.

아침 식사가 끝난 다음에는 사관실에서 대위가 주관하는 브리핑이 있었다. 낡고 볼품없는 책상과 의자 때문에 실내가 학교 교실처럼 보였다. 대위 뒤로 지도가 두 장 걸려 있었다. 하나는 우리가 담당하는 구역의 세밀한 3D 지도였고, 다른 하나는 50킬로미터에 이르는 근해가 그려진 좀 더 작은 지도였다. 내가 알게 된 건 브리핑 중 기온과 일기 예보 말고는 의미 있는 내용이 거의 없다는 것이었다. 그래도 기온과 일기 예보는 아주 중요한 정보였다. 브리핑 중 간혹 레이더망에 포착되어 상공에서 격추된 상대의 소함대에 대한 내용이 전달될지도 모른다. 혹시 그중 일부가 살아남아 우리 쪽으로 전진해 올지도 모른다. 간혹 흉작이나 국가별 경제 파탄이나 부유한 국가들 간 조정 문제, 대격변 이후 우리가 점령한 신세계의 자세한 현황 등 전반적인 내용도 전달될지 모른다. 간혹 상대가 새로운 전략이나 예상치 못한 전략으로 공격했다거나 놀랄 만한 병력으로 공격했다는 내

용도 전달될지 모른다. 만약 상대가 여기까지 쳐들어왔다면 그 소식도 전달될 것이다. 실내엔 정적만이 흐르리라. 그리고 그 시간, 장소, 인원수를 알게 될 것이다.

그와 같은 소식은 첫날엔 없었다. 우리가 자리에 앉아 다리를 떨며 손장난을 하고 있자니 대위가 들어왔다. 우리는 일어섰다. 차렷 자세를 취하진 않았지만, 기립했다. 대위는 중대를 무섭게 통솔했다. 그런 일에 신경 안 쓰는 대위도 많은데 말이다. 대위가 고개를 까딱하고 우리가 도로 자리에 앉자 실내는 조용해졌다.

대위가 말했다.

"오늘은 별거 없다. 영해나 영공에서 보고된바 상대의 출현은 없다. 다른 나라에서 보고된바 관련 소식도 없다. 현재 기온은 2도, 낮 최고 기온은 5도, 체감 온도는 약 0도까지 떨어질 거다. 좋은 소식이 있다. 경계병이 새로 와서 병력이 보충됐다. 카바나, 일어서."

나는 일어섰다. 좌중을 둘러보니 분대 내 열다섯 명의 눈길이 일제히 나에게 쏠렸다.

"2년간 우리와 함께 지낼 거다. 저 녀석하고 제군들이 운이 좋고 우리 모두 소임을 다한다면 2년이란 말이다. 몇 주간은 저 녀석이 아직 훈련병이란 걸 명심해라. 또 하나, 이게 훈련이 아니란 것도 명심하도록. 언제 공격당할지 모르니 저 녀석도 제군들도 준비가 돼 있어야 한다. 좋다, 이상. 순찰 때 보도록."

우리는 다시 일어서서 문을 향해 나아갔다. 병장이 내 쪽으로 다가오더니, 브리핑 내내 앞줄에 앉아 껌을 씹으며 주머니칼로 손톱을 다듬던 괴팍한 표정의 빨간 머리 여자와 그 옆에 앉았던 수염이 덥수룩한 남자, 그리고 내 뒤에 앉았던 성별을 모르겠는, 발라클라바 balaclava를 뒤집어쓴 밤톨 같은 사람을 차례로 가리켰다.

"너희가 이 녀석이랑 같은 조다. 초소는 8번부터 14번까지. 거포 담당은 히파다. 30분 내로 가서 확인하겠다."

우리는 밖으로 나가 성곽에 올라 벽을 향해 행군했다. 병장이 우리를 둘러보더니 그의 입에서 한때 군에서 가장 살벌한 명령으로 악명 높았고, 이제껏 들어온 말 중 가장 무시무시한 소리인 호령 소리가 떨어졌다. 이 소리가 무서운 이유는 근접 전투의 즉각적인 징조였기 때문이다. 즉, 오늘 내가 죽거나 네가 죽거나 할 가능성이 높다는 뜻이다. 여기 이 신세계에서는 경계병이 교대 근무를 시작할 때마다 듣는 소리였다. 병장이 말했다.

"착검."

이게 일과의 시작이었다.

2

이런 걸 구체시concrete poetry라고 부르나 보다. 종이에 적힌 글자의 배열을 통해 시가 표현하려는 대상을 시각적으로 형상화한 시 말이다. 알다시피 나무의 생김새를 시로 써 보면 이렇다.

이

시는

나무의 생김새를

시로 써 본 건데, 이 경우 이건

크리스마스트리지, 진짜 나무는 아니며

아주 잘 지은 시도 아니고 불후의 명시를 지으려는

의도도 아니고 그냥 머릿속에 떠오른 생각을 드러낸 것뿐이다,

알겠지?

구체시. 벽 위에서의 삶을 표현하는 데 적당한 문학인 것 같다. 왜냐하면 벽에서 내딛는 인생 출발이 산문보다는 운문에 더 가깝기 때문이다. 하루하루 별 변화가 없다. 어제도 오늘도 별다를 게 없다. 이야기할 만한 것도 별로 없다. 항상 전투가 벌어질 가능성, 즉 갑자기 엄청난 재앙이 닥칠 위험성에 노출되어 있긴 하지만 가능성과 현실 사이의 거리는 멀다. 그런 일이 벌어지는 날은 거의 없다. 전형적인

하루란 어제가 오늘 같고 오늘이 어제 같다는 것이다. 하루가 시간의 단위라기보다는 물리적 성분처럼 느껴진다. 형체가 있는 사물 같은 시간. 내 인생과 주위 다른 사람들의 인생에서 벽이 지배적인 존재이고, 내가 짊어진 책임과 하루와 생각이 모두 벽과 관련된 것이며, 나의 미래가 벽에서 벌어지는 일에 달려 있기 때문이다. 여기서 나는 자칫 생명을 잃을 수도 있고, 살고 싶어도 죽을 수 있기 때문에 그 두 일이 서로 구분되지 않고 하나로 보이기 시작한다. 시시각각 흘러가는 시간 벽, 시간 벽, 벽 하루 인생.

게다가 자나 깨나 눈에 보이는 것은 대부분 콘크리트다. 그 위에 서고, 그 속에서 잔다. 집이자 사무실이자 식사하는 곳이자 볼일 보는 곳이자 꿈에 나오는 곳, 콘크리트. 콘크리트…… 또 콘크리트다. 벽에 대해 산문으로 쓸 수도 있고, 운문으로 쓸 수도 있지만 어느 쪽이든 중요한 건 콘크리트다.

산문에서는 벽의 규모부터 다룬다. 벽은 길이가 대략 1만 킬로미터나 된다. (이 나라에는 해변이 많다.) 그 꼭대기는 폭이 3미터로, 전체가 균일하다. 바다에 면한 쪽은 대부분 높이가 5미터 정도 된다. 육지에 면한 쪽은 높이가 지형에 따라 들쭉날쭉하다. 3킬로미터마다 본부가 있는데, 전부 3천 군데가 넘는다. 거기에 성곽, 계단, 막사, 군함 출항지, 헬기장, 저장실, 급수탑, 출입 시설 등등이 있다. 이 모든 게 다 콘크리트로 만든 것이다. 통계 자료와 시간이 있고 또 지루해 미치겠거든 콘크리트가 얼마나 사용되었는지 계산해 볼 수 있을 테지만, 콘크리트가 많이 사용되었다고만 말해도 충분하지 싶다. 수백만 톤의 콘크리트가. 이것이 산문이다.

하지만 벽이 어떻게 느껴지는지, 어떻게 보이는지 이야기할 때는 산문이 오해를 불러일으킨다. 날씨는 변화무쌍하되 하루하루가 똑같고, 시야는 변화무쌍하되 경치가 똑같고, 좌우 사병들도 똑같아서 벽은 정지 상태다. 이야기가 아니라, 변화무쌍한 고정된 이미지다. 이건 시다. 내가 이미 말했듯이 반복적인 시어가 나오는 구체시다. 시는 그 자체가 콘크리트다.

콘크리트 콘크리트 콘크리트 콘크리트 콘크리트
콘크리트 콘크리트 콘크리트 콘크리트 콘크리트
콘크리트 콘크리트 콘크리트 콘크리트 콘크리트
콘크리트 콘크리트 콘크리트 콘크리트 콘크리트
콘크리트 콘크리트 콘크리트 콘크리트 콘크리트
콘크리트 콘크리트 콘크리트 콘크리트 콘크리트.

그렇지만 바다, 하늘, 바람, 추위 또한 존재한다. 바다, 하늘, 바람, 추위는 항상 존재하고 물론 콘크리트도 존재하기에 때로는 콘크리트바다하늘바람추위가 존재한다. 그 모든 게 한 덩어리로, 단일체로 뭉쳐 주먹을 날리듯 콘크리트바다하늘바람추위가 몰아친다. 항상 그런 식은 아니어서 때로 서로 분리된 형체로, 그리고 순서를 바꿔 가며 따로따로 몰아친다. 이렇게 말이다.

추위 : : : 콘크리트 : : : 바람 : : : 하늘 : : : 바다

　그렇지 않으면 때로는 하나가 다른 하나보다 더 느리게, 다른 것들이 잠잠해질 때까지 기다렸다 느리게 몰아치기도 한다. 그런 날은 유독 고요할 것이다. (그런 일이 있다. 자주는 아니지만 있긴 하다.) 그럴 때조차 하이쿠(俳句)처럼 단발성으로 몰아친다.

하늘!
추위
바다
콘크리트
바람

　때로는 유독 추위가 뼛속까지 스며들고 지칠 대로 지친 데다 불침번이 끝나 갈 즈음, 인지 기능이 둔화되면 이런 식으로 느껴지기도 한다.

추위

　　콘크리트

　　　추위

　　　　바다

　　　　　추위

　　　　　　하늘

　　　　　　　추위

　　　　　　　　바람

　　　　　　　　　추위

　그래, 추위 이야기를 안 할 수 없지. 벽에 있다는 물리적인 느낌은 매번 다양하지만, 좁은 틀 내에서 다양하다. 날이 늘 춥긴 하나 그 추위의 유형에는 두 가지가 있다. 첫 번째 유형의 추위는 노상 존재하는 추위를 말한다. 추위는 막사에서 잠을 깨는 순간 시작된다. 배치받은 첫날 느낀 것처럼 말이다. 이미 추운 상태에서 세수할 때도, 볼일 볼 때도, 보온 내복에 내피에 야상에 실내에서 입을 만한 옷은 다 입었을 때도, 주식인 포리지와 별식인 단백질류에 따뜻한 음료를 먹고 마실 때도, 하루 종일 먹을 요량으로 에너지바를 최대한 많이 챙긴 뒤 사관실에 가서 새로운 위험물 정보보다 오늘도 어제와 다를 바 없다는 브리핑을 더 많이 들을 때도, 무기고에 가서 무기류를 들고 나올 때도, 방풍복에 방수복에 모자에 장갑을 겹겹이 껴입을 때도 추위의 기세는 꺾이지 않는다. 저마다 꾸리는 군장이 달라서 이쯤 되면 오합지졸처럼 보이는데, 어떤 면에서는 틀린 말도 아니다. 그러고 나서 벽으로 나가면 그 즉시 첫 번째 유형의 추위가, 거기에 상존하는 추위가 몰아친다. 너무 익숙하니까 오히려 더 싫은 추위. 마치 수년간 함께 뒹굴며 생활했던 같은 부대원이 된 것처럼 싫은데, 눈 가리고 방귀 냄새만 맡아도 누군지 알 수 있을 정도로 서로 빤해서 단 1초도 같이 있고 싶지 않음에도 불구하고, 이게 결국은 자기 일이고 자기 자신이기 때문에 선택의 여지가 없는 부대원 말이다. 그런 뒤 주간(열두 시간이 더 지났다는 점만 빼면 주간조와 똑같은 야간조인 경우엔 야간) 담당 초소로 가서 근무가 끝난 운 좋은 놈과 교대하는 사이에 나는 그 구역에서 근무를 서야 하는 불쌍한 놈이 돼 버린다. 그리고 1.5킬로미터 정도 떨어진 초소까지 걸어가다 보면 몸에서 열이 나서 추위를 버틸 만한데 계속 움직이는 한, 몸은 따뜻하겠구나 하고 깨닫게 된다. 이게 첫 번째 유형의 추위다.

두 번째 유형의 추위도 시작은 똑같다. 단, 이 추위를 뚫고 움직일수록 점점 더 추워진다는 것이다. 20분을 걸어 초소까지 가면 출발지보다 더 춥다. 추위가 뼛속까지 파고든다. 추운 날씨는 위험하기 때문에 위험성이 느껴진다. 벽에서는 저체온증으로 죽는 경우도 있다. 두 번째 유형의 추위는 어쩔 도리가 없다. 그저 최대한 몸을 많이 움직여야 하고, 그 유형의 추위가 닥칠지 어떨지 미리 확인해서 그에 따라 계획을 세워 봐야 한다. 말인즉 뭐든 두 배로 껴입고, 포리지를 두 배로 먹고, 따뜻한 음료를 두 배로 마셔야 한다는 뜻이다. 이따금 옷이나 따뜻한 음료 같은 걸 가지러 다시 막사에 갔다 오는 사람도 있다. 유난히 추우면 밤에 모닥불을 피우고 그 둘레에 모여 몸을 녹인다는 이야기도 들어 봤다. 하지만 대위는 그런 걸 허용할 사람이 절대 아니다. 첫 번째 유형은 익숙해져서 추우려니 할 수 있다. 익히 잘 알게 되는 추위이기 때문이다. 앞으로 살면서 추위를 느낄 때마다 벽과 이런 유형의 추위가 떠오를 것이다. 그리고 괴롭지 않을 때(더 이상 벽에 있지 않기 때문에 괴롭지 않다는 뜻) 괴롭던 시절을 떠올리면 그게 결코 행복한 추억은 아니겠지만, 그래도 지금이 행복하다고 느껴지는 효과가 있다. 야호, 난 이제 벽으로 안 가도 된다! 누군가가 불행할 때 행복했던 때를 회상하는 것보다 더 큰 슬픔은 없다고 했다는데, 그 말은 사실이다. 하지만 긍정적인 것에 초점을 두고 생각해 보면 그 반대 또한 사실이다. 나쁜 곳을 떠올려 보니 더 이상 나쁜 곳에 없을 때 마치 악몽에서 깨어난 것처럼 기분이 좋다.

두 번째 유형의 추위는 긍정적으로 생각할 수가 없다. 살을 저미고 도려내고 에는 추위다. 첫 번째 유형은 싸워 이겨 내야 하는 추위가 몸 밖에 있다는 느낌을 준다면, 두 번째 유형은 그게 몸속에 있다는 느낌을 준다. 이 추위가 몸속을 파고들고, 머릿속을 파고든다. 나를 몰아내더니 내 안에서 내가 사라지는 것 같은 느낌이 들게 한다. 첫 번째 유형은 몸을 움직임으로써 추위를 막을 수 있고, 다른 걸 생각함으로써 추위를 잊을 수 있다. 두 번째 유형의 추위가 닥치면 다른 건 존재하지 않는다. 심지어 나 자신조차 존재하지 않는다. 첫 번째 유형의 추위가 닥치면 사람들은 투덜댄다. 두 번째 유형의 추위가 닥치면 말도 안 나온다. 그 추위가 물러간 후에도. 두 번째 유형의 추위는 죽음의 전주곡이다.

근무 첫날이 그 첫 번째 유형의 추위가 닥친 날이었다. 우리는 경사로를 올라가 벽을 따라 초소 쪽으로 걸어갔다. 추웠다. 끔찍하게 추웠다. 하지만 그렇게 위험하진 않았다. 춥고 적당히 맑은 날씨였다. 벽 위에서의 가시거리는 눈에 보이는 감시탑의 개수로 알 수 있다. 그날은 다음다음 두 감시탑까지는 보였지만 세 번째 감시탑부터는 보이지 않았다. 감시탑이 3킬로미터 간격으로 떨어져 있으니까 가시거리가 6킬로미터는 넘지만 9킬로미터는 안 된다는 뜻이다. 7킬로미터 정도이니 가시거리 중간 단계다. 제일 먼저 할 일은 가시거리 확인이다. 그래야 상대가 얼마나 멀리 떨어져 있는지 그 위치를 파악할 수 있다. 맑은 날에 더 잘 보인다. 일출 때나 일몰 때 해를 바라고 서 있지만 않다면 말이다. 이런 경우 더 좋을 것도, 더 나쁠 것도 없다. 그 무렵 그런 각도로 서 있을 때 공격이 자주 오곤 하는데, 이런 환경은 상대에게 더 유리하다. 우리도 그 시간대에 공격당하기 쉽다는 걸 알고 대비하고 있긴 하지만. 적어도 우리 생각은 그렇다. 그럼에도 불구하고 공격이 성공한 경우 그 절반이 해 뜰 때 또는 해 질 때 벌어진 것이다.

동료 사병들은 중얼거리고 투덜거리고 욕하면서 걸어갔다. 벽 꼭

대기에는 미끄러질까 봐 물이 괸 구역마다 자갈이 깔려 있었다. 이곳이 그런 구역 중 한 군데였다. 저벅저벅 걸을 때마다 자그락자그락 자갈 밟는 소리가 났다. 200미터마다 초소 앞에 이르면 몇 명씩 대열에서 빠져나가 보초를 서던 다른 사병 옆으로 가서 자리를 잡고 섰다. 그럴 때 종종 욕설과 안도의 말, 즉 '신이시여, 감사합니다'와 '빌어먹을' 소리가 뒤섞여 나온다. 근무를 마친 사병은 모두 지쳐서 얼굴이 잿빛이었다. 그들의 발걸음은 무거워 보였다. 맨 끝에 있는 초소를 지키던 사병 한두 명이 벌써 우리를 향해 걸어오고 있었다. 우리가 아직 도착하지 않았으니 엄밀히 말하면 근무지 무단이탈 행위에 해당되는데도 말이다. 만약 그곳에 대위가 있었다면 그들은 그렇게 못 했을 것이고, 이 상황을 대위가 목격했다면 벽 복무 기간을 자동으로 하루 더 연장시켰을 것이다.

벌써 날이 훤했다. 해가 낮게 떴지만, 구름층 덕분에 눈이 부시진 않았다.

100미터씩 간격을 두고 초소에는 빛바랜 흰색 페인트로 번호가 씌어 있었다. 초소마다 두 사람이 앉을 만큼 큰 콘크리트 벤치가 바다를 향해 놓여 있었다. 수염이 덥수룩한 남자는 8번 초소 앞에 섰고, 이 남자 옆에 앉았던 여자(이 둘은 사귀는 사이 같았는데, 말하지 않아도 서로를 편하게 생각하는 뭔가가 있었다.)는 10번 초소를 담당했다. 12번 초소에 이르자 발라클라바를 뒤집어쓴 밤톨 같은 히피가 나를 가리켜 "여기부터"라고 하더니 다음 초소 14번을 향해, 즉 우리가 담당할 마지막 감시 초소를 향해 계속 걸어갔다. 그 초소에 있던, 나와 비슷한 키에 덩치가 큰 사병은 배낭을 집어 들고 소총을 어깨에 메더니 말 한마디나 눈인사 하나 없이 자리를 떠나 버렸다.

나는 배낭을 벗어 성곽에 기대 놓았다. 자리를 잡고 서서 바다를 살펴보았다. 여기서 보낼 12시간은 아주아주 긴 시간이 될 것 같았다. 그 12시간을 6시간씩 2교대로 운영하는 중대도 있지만, 우리 대위는 고루한 사람이라서 근무 교대를 딱 반으로 나눴다. 당번 아니면 비번이다. 지금 이 시점에서는 이게 세계 최악의 발상인 것 같지만, 나는 내가 11시간 55분 후에는 이를 전적으로 지지하리란 걸 알고 있었다.

누구나 번번이 이 벽을 벽이라 부르지만, 이게 공식 명칭은 아니다. 공식적인 명칭은 '국립 해안 방어벽'이다. 공식 서류상 약칭은 'NCDS'이다. 경계 초소마다 명칭과 번호가 정해져 있다. 이 초소는 일프러쿰 4초소이다. 위치는 길게 구부러진 해안을 따라 맨 끝에 있는 구역이다. 전방과 좌우 90도까지 보이는 거라곤 순 바다밖에 없다. 전방 12시 방향을 보고 있다면 9시 방향에서 3시 방향까지 온통 바다만 보인다. 좌우로 10도씩 더 틀면(8시 방향이나 4시 방향으로 틀면) 저 멀리까지 물결치듯 오르락내리락하는 벽이 보인다. 이 벽을 건설한 기술자들은 최대한 직선으로 이어지게 만들려고 했다. 직선거리가 가장 짧은 거리이기 때문이다. 그런데 원래 있는 해안선 모양을 따라 벽이 이어진 곳이 많다는 것은 기존 해안선을 따라 기준선을 정하는 게 시간과 노력과 콘크리트를 더 절약하는 방법이라는 뜻이다. 이곳도 그런 곳 중 하나일 것이다. 나의 새로운 집말이다.

# 3

생업과 천직, 어떤 직업에 종사하든 정도의 차이는 있겠지만, 훈련·준비 과정과 현실의 차이를 깨닫게 되는 경험을 하기 마련이다. 주먹 맛을 봐야 권투가 뭔지 알 수 있고, 공장에서 교대로 근무해 봐야 일과의 끝을 알리는 종소리가 어떤지 알 수 있고, 완전 군장을 하고 온종일 행군해 봐야 그것이 어떤 건지 알 수 있다. 그러니까 12시간 경계 근무를 서 봐야 벽이 어떤 곳인지 알 수 있다는 뜻이다.

그날 한 일에 비하면 시간의 흐름이 느린 것은 아니었다. 벽에 있으면 시간은 끈적끈적한 시럽과도 같다. 벽을 오르락내리락하다 보면, 결국 시간에 적응하는 법을 배우게 된다. 자신을 훈련시켜 시계를 보지 않는 것이다. 내가 생각하고 바라고 간구하는 대로 시간이 흘러 주는 게 결코 아니기 때문이다. 흘러가는 대로 사는 법을 배워야 한다. 완전히 수동적인 사람이 되어야 한다. 시간이 나를 관통하게 해야지, 내가 시간을 관통하려고 하면 안 된다. 하지만 이렇게 되려면 여러 달이 걸린다. 처음 몇 주간, 특히 첫날엔 1, 2분마다 시간을 보게 된다. 벽에 있으면 시간의 흐름이 유난히 느린 것처럼 느껴진다. 그게 믿기지 않아, 시간을 확인하고 또 확인하지만 그래 봤자 시간은 제자리걸음만 칠 뿐이다.

두 시간이 지나 9시가 되면 본부 소속 상근자가 따뜻한 음료를 가져다준다. 때로는 차가, 때로는 커피가 나오는데, 그게 무슨 상관이

랴. 따뜻한 음료가 나온다는 건 보초를 선 지 두 시간이 지났다는 뜻이니까. 한 사람이 자전거에 큰 보온병을 싣고 온다. 근무 첫날, 방어벽을 따라 자전거를 타고 온 사람은 여자 조리사였다. 나는 그녀가 초소마다 1, 2분씩 들렀다 나오는 걸 지켜봤다. 그녀는 사병들과 이야기를 나누다 나왔다. 눈에 눈물이 차오르는 게 느껴졌다. 돌연 누가 찾아와서 말을 걸어 줄 거라고 생각하니 어마어마한 동정과 공감을 받을 것 같아서 그랬다. 여군이 보초를 서는 내 옆 초소로 그녀가 들어가자, 그 두 사람이 웃는 소리가 들렸다. 벽에서 울려 퍼지는 웃음소리, 그건 마치 외계의 침입자 같았다. 그리고 나는 여기에 선 지 겨우 두 시간밖에 안 되었다.

"안녕, 자기. 내 이름은 메리예요."

조리사가 내 옆으로 자전거를 세우며 말했다. 그녀의 곱슬곱슬한 머리카락이 모자 사이로 삐져나와 있었다.

"머그잔 있어요?"

없었다. 나는 소총을 벤치에 내려놓고 군에서 지급된 깡통 머그잔을 배낭에서 꺼냈다. 그녀가 보온병을 들고 따뜻한 갈색 음료를 따라 주었다.

"첫날이죠? 가엾어라. 첫날은 늘 사람을 힘들게 하죠. 그래도 익숙해져 갈 거예요. 그나마 비도 안 오고 강풍도 안 불고 야간조도 아니잖아요, 여긴 늘 그런데."

"내 이름은 카바나입니다."

내가 말했다. 음료는 검은빛 홍차였다. 너무 진해서 쓴맛이 나지만 설탕이 아주 많이 들어가서 아이스크림처럼 달았다. 이렇게 맛있는 건 처음 마셔 본다.

"그 이름이라면 벌써 알고 있죠. 음, 우린 오늘 적어도 세 번은 더 보게 될 거니까, 할 말은 아꼈다가 차차 하기로 하고요. 경계 근무 똑바로!"

그러고는 메리는 도로 자전거를 타고 히파 쪽으로 갔다. 히파는 벌써 기다렸다는 듯 로켓 발사기를 내려놓고 메리를 향해 돌아섰다. 나는 계속 전방을 주시하면서 차를 마셨다. 문득 상대가 차 마시는 시간에 공격할 틈을 찾아낸다면 상대에게 승산이 있을 거란 생각이 들었다. 메리가 히파 앞에 이르자 히파는 군인답지 않다 싶게 재빨리 그녀를 껴안았다. 메리는 자전거에서 내려 자전거를 벤치에 기대어 세워 놓았다. 그런 다음 그녀는 히파의 머그잔에 차를 따라 주고 자신의 머그잔에도 차를 따르더니 히파와 함께 벤치에 앉아 이야기를 나눴다. 나는 샘이 났다. 메리는 히파와 이야기할 때는 할 말을 아껴야겠다는 생각이 안 드나? 5분쯤 이야기를 나누고 나서야 메리는 자전거를 타고 다시 차 배달에 나섰다. 히파와 내 앞을 지나갈 때마다 살짝 손을 흔들어 주었다. 점심시간이 되려면 세 시간이 남았다. 나는 그 시간을 90분으로 양분해서 그 중간에 에너지바 먹는 시간을 넣기로 했다.

"홍차에 섹스 생각 안 나게 뭔가 탄 거 아냐?"

누군가가 무전기에 대고 말했다.

"맞아, 차를 탄 거지."

다른 누군가가 대꾸했다.

그다음 90분은 천천히 지나갔지만 처음 지나간 두 시간만큼 그렇게 느려지진 않았다. 나는 혼잣말로 '이 벽을 터득하기 시작했나 보다'라고 중얼거렸다. 그건 착각이었다. 어젯밤에는 날짜 계산을 하다가 스스로 우울해졌다. 운이 좋아야 벽 복무 기간이 2년이다. 지금은 스스로를 격려하기 위해 날짜를 계산해 보았다. 2년은 730일이지만 2주일은 당번, 2주일은 비번이니까 실제 근무 일수는 365일이고, 실제 하루에 한 번 교대하고, 공격을 당해도 내가 비번일 때라면 내 문제가 아니며, 12시간씩 365번 교대로 근무하면 되는데, 이걸 일수로 바꿔 보면 187.5일이고, 달수로 바꿔 보면 6개월밖에 안 된다. 그러니까 벽에서 보내야 하는 2년은 실제로 6개월밖에 안 되는 거니까 그렇게 나쁜 건 아니다.

84분 뒤 나는 에너지바를 먹으려고 초읽기를 시작했다. 360초, 359초, 358초…… 1초까지 다 헤아렸다. 나는 상의 왼쪽 주머니에서 네모난 파라핀지를 꺼내 천천히 서두르지 않고 뜯었다. 벽에서 받은 에너지바에는 상표가 없어서 어떤 게 들어 있는지 알 수 없다. 복불복이다. 이건 견과류에 쫀득쫀득하고 새콤달콤한 빨간 과일 알갱이를 잔뜩 뭉쳐 만든 것이었다. 평소 먹는 것에 별로 신경을 안 쓰는 편인데, 벽에 오니까 시간이 남아돌아도 별로 생각할 게 없어서 그런지 음식에 집착하게 되었다. 일테면 이 에너지바는 지금까지 내가 먹어 본 것과 달리 더 강렬하고 더 소중하게 느껴졌다는 것이다. 견과류는 과일과 식감이 달랐다. 에너지바는 쫀득쫀득하고 바삭바삭하면서도 부드러웠다. 객관적으로 맨정신이라면 더럽게 맛없다고 해야 할 수준이었다. 어쩌면 끔찍하다고까지 할 만한 맛이다. 그와 동시에 내가 먹어 본 것 중 최고로 맛있는 바였다. 나는 천천히 먹으려 했다. 한 입 두 입 베어 물 때마다 서른 번씩, 마흔 번씩, 쉰 번씩 최대한 오래오래 씹어 먹었다. 씹다 보면 과일에 이어 견과류까지 풍부한 맛이 났다. 바가 4분의 3이나 남았을 때는 신이 났다. 그러다 바가 절반밖에 안 남았을 때는 마음이 평온해지더니, 4분의 1로 줄고 8분의 1로 줄어 마지막 한 입 거리밖에 안 남았을 때는 아까운 마음이 들기 시작했다. 바를 워낙 단단하게 뭉쳐 만들어서 그런지 포장지에는 부스러기조차 남지 않았다. 쉰 번, 쉰한 번, 쉰두 번 잇따라 씹다가 예순 번까지 씹을 수 있나 싶어 포장지를 입에 대고 탁탁 털었을 때 입 안에 남은 거라곤 침과 말린 산딸기 맛밖에 없었다.

눈을 들어 보니, 100미터 앞에서 대위가 나를 보며 행군해 왔다. 내가 '행군'이라고 한 데에는 특별한 의미가 있다. 벽에서는 다들 느릿느릿 걷거나 터덜터덜 걷는다. 그리고 거의 모두가 항상 고개를 숙인 채 걷는다. 우리는 모두 온종일 바다를 본다. 다른 데로 시선 돌릴 일이 생기기만 하면 그 시간을 더 오래 끈다. 고개를 숙이고 눈을 내리깐 채. 눈을 들어 봤자 볼 게 하나도 없기 때문이다.

대위는 그런 사람이 아니었다. 걸을 때 자세를 똑바로 하고 주위를 둘러봤다. 적어도 대부분의 경우 그랬다. 이번에는 나를 똑바로 보며 걷고 있었다. 그는 야상을 입고 있었는데, 색깔이 밝은 녹색이었다. 경계병 제복은 위장과 반대 개념으로 만들기 때문이다. 적군의 눈에 띄지 않게 하려는 게 아니라, 적군의 눈에도 아군의 눈에도 최대한 잘 띄게 하려는 것이다. 적군의 기선을 제압하고 아군의 사기를 진작시키기 위해서 말이다. 대위의 경우 기선 제압용인지, 아니면 사기 진작용인지 그건 보는 사람의 관점에 따라 다르다.

나는 그에게서 시선을 거두어 수평선을 감시하는 척했다. 볼 게 하나도 없다. 이 긴장감을 깰 수만 있다면 상대가 잔뜩 탄 함정이 와도 좋겠다는 생각이 들었다.

"카바나."

그가 초소에 이르렀을 때 나를 불렀다. 그의 목소리는 낮고 선천적으로 엄했다. 그래서 언제 어디서나 그가 말하면 명령하거나 야단치는 소리처럼 들렸다.

"예."

"우리는 바다를 감시하려고 여기에 있는 거다."

그가 말했다. 나는 그 말을 오전 간식 먹는 데 시간이 오래 걸린 내 모습을 그가 봤다는 뜻으로 받아들였다. 벽은 사람들이 얼굴을 붉히는 데가 아니지만, 나는 얼굴이 화끈거렸다.

"죄송합니다."

그가 나를 빤히 쳐다보다 말고 고개를 돌려 바다를 바라보았다. 콘크리트 하늘 바람 바다. 몇 분이 흘렀다. 우리 바로 위로 비행운이 보였다. 원자력 발전 덕분에 에너지원은 풍족하나 연료는 그렇지 않다. 특히 항공 연료가 부족해서 이제는 극소수만이 항공기를 탈 수 있게 되었다. 대격변 건과 상대 건과 그 대처 방안 건에 대해 다른 엘리트 계층과 회의하기 위해 가야 하는 엘리트 계층만 항공기를 탈 수 있다. 적어도 그들 말에 따르면 그렇다. 나는 우리 중 하나로서 여기 아래가 아니라, 그들 중 하나로서 저기 위에 있고 싶었다. 대위와 나는 둘 다 저 멀리 날아가는 항공기를 지켜보았다. 대위가 다른 성향의 사람이었다면 아마 그는 침을 뱉었을 것이다.

"누구나 첫날은 힘들다. 둘째 날은 그보다 더 수월하고. 셋째 날은 더욱 수월하다. 그러다 보면 상황 판단이 설 거다."

대위가 다시 내게로 눈길을 돌렸다.

"이번이 네 번째 부임이다. 임기 중 상대의 공격은 단 한 건도 없었다. 중대원을 잃어 본 적도 없었고. 나는 이런 전력이 바뀌는 걸 바라지 않는다."

그는 내가 이 말의 요지를 파악했는지 확인차 나를 다시 바라보고는 고개를 끄덕하더니 우리 중대의 마지막 관할 구역에 있는 히퍼를 향해 행군해 갔다.

나는 대위가 대단한 사람이라는 생각이 들었다. 그는 지휘관이다. 네 번째 부임이란 것은 세 번이나 추가 복무를 했다는 뜻이고, 각각의 복무 때마다 그와 가족에게 특전과 특혜가 주어졌다는 뜻이었다. 아이들은 더 좋은 집, 더 좋은 음식, 더 좋은 학교를 누릴 수 있을 것이다. 이것이 장교가 되고 엘리트 계층이 될 수 있는 한 방법이라고들 말한다. 정말로 가정적인 남자다. 사내대장부, 가정적인 남자, 지휘관, 운동선수. 의무감과 책임감이 투철한 사람. 전투가 벌어지면 따라야 할 장수. 만약 그때 그 자리에서 내가 떠올린 대위의 이미지와 가장 거리가 먼 것은 무엇이었냐는 질문을 받았다면, 아마 나는 다른 건 몰라도 세계 최고의 뻥쟁이 이미지는 아니었다고 대답했을 거다.

4

에너지바를 오래오래 씹어 먹고 대위와 몇 마디 주고받은 덕분에 시간은 90분에서 10분이 흘러 점심시간까지 남은 시간은 딱 80분이었다. 나는 시간을 확인할수록 시간이 더 느리게 간다는 걸 느끼기 시작했다. 항공기가 또 한 대 지나갔다. 이번에는 다른 방향으로 날아갔다. 더 많은 엘리트 계층이 오가며 회의하나 보다. 아, 하늘을 난다면 얼마나 좋을까……. 바람이 불어왔다. 강풍은 아니지만 미풍보다 조금 더 센 바람이 불면서 너울이 물결치듯 일렁거렸다. 하늘이 맑아서 감시탑이 네 개, 즉 전방 12킬로미터까지 보였다. 이렇게 맑은 날에도 바람과 파도와 태양이 협조해 주지 않는다면, 바다의 파수꾼을 자처한다는 게 얼마나 힘든 일인지 이해되기 시작했다.

점심시간의 경계 태세는 감시탑마다 천차만별이다. 일프러콤 4초소의 경우 사병들은 통상 가장 가까운 초소의 사병 둘과 10분 동안 모여 있을 수 있다. 한 초소에서 다른 초소까지 가장 먼 거리는 200미터다. 그러니까 모여서 점심 먹는 사병들 사이의 간격이 최대 400미터까지 벌어질 수 있다는 뜻이다. 그 정도 간격은 하루에 10분씩 두 번 비워도 안전하다고 생각할 수 있다. 12시 3분 전, 가만 보니 14번 초소의 히파가 유탄 발사기를 내려놓고 배낭에서 뭔가를 꺼내더니 다시 그 발사기를 집어 들고는 내가 있는 쪽으로 걸어오기 시작했다. 고개를 돌려 반대 방향을 보니 10번 초소의 빨간 머리 여자 또한 내가 있는 쪽으로 걸어오고 있었다.

그들은 동시에 도착해서 둘 다 말없이 벤치에 앉았다. 무기를 내려놓은 뒤 도시락 뚜껑을 열기 시작했다. 빨간 머리 여자가 야상에 달린 후드를 벗자, 비니 사이로 빨간 머리카락 몇 가닥이 삐져나온 게 보였다. 그녀는 아침보다 짜증이 좀 가라앉은 얼굴이었다. 아침형 인간이 아닌가 보다. 히파는 여전히 푹 뒤집어쓰고 있어서 보이는 거라곤 눈과 코끝밖에 없었다. 여기 오기 전 누가 물어봤다면 나는 발라클라바를 벗지 않고 식사를 한다는 건 불가능하다고 답했을 텐데, 여기서는 그런 일이 가능한 모양이다.

나도 도시락을 꺼내 벤치 끝에 앉았다.

"그래, 어땠어, 신삥?"

여자가 물었다.

"내 이름은 카바나야."

내가 손을 내밀며 말했다. 우리는 둘 다 장갑을 끼고 있었다. 그녀가 짧고 힘차게 악수를 했다.

"심슨이야. 슈나라 불러도 돼."

그녀가 말했다.

"슈나라고 부를게. 대위님께 에너지바 먹는 걸 들켰어."

"아, 그 인간 원래 그래. 허를 찌르지. 안 그래, 히파?"

히파는 음식물을 한입 가득 넣고 우물거렸다.

"점심 같이 먹어야 되는 거 아니야……?"

나는 이렇게 말한 다음, 아침 먹을 때나 이동할 때 그녀 옆에서 같이했던 남자를 손짓으로 가리켰다. 그는 400미터 떨어진 곳, 다른 세 사병들 틈에 끼어 있었다. 슈나가 어깨를 으쓱했다.

"그런 말 있지. '기쁠 때나 슬플 때나'라는 말. 하지만 점심때는 절대 아니야."

히파가 코웃음 소리를 냈다.

"번식자인가?"

이번엔 둘 다 웃음보를 터뜨렸다.

"아니, 우린 절대 그 염병할 번식자가 아니거든. 내가 번식자처럼 생겼냐? 그런 헛소리 또 해 봐! 쿠퍼하고 나는 그냥 섹스만 하는 것뿐이야."

"너 저 사람 좋아하잖아."

히파가 진술 같기도 하고, 질문 같기도 하고, 놀림 같기도 한 투로 말했다. 나는 그 질문 소리가 불만스러웠다. 왜냐하면 묻고 싶은 게 따로 있었기 때문이다. '어디서 섹스를 하는가?' 벽에서는 사생활이 없다. 번식자(즉 번식자가 되려는 사람)와 장교만이 독립된 공간에서 지낸다. 설마 샤워실에서 하나?

"꽤 많이. 그래도 이 염병할 샌드위치보다는 더 많이 좋아하지."

슈나가 말했다. 그 말에 동의하지 않을 수 없었다. 샌드위치는 빵은 퍽퍽하고 겹겹이 들어가 있어야 할 크림치즈는 눈에 띄지 않을 만큼 얇았다. 그래도 벽에서 나오는 음식은 전반적으로 꽤 괜찮은 편이었다. 경계병으로서 12시간 교대 근무를 하는 데 음식이 얼마나 중요한지 잘 알기 때문에 먹거리 공급에는 신경을 쓰고 있었다.

"꼭꼭 씹어야 돼."

내가 말했다. 이유는 모르겠지만 이 말이 너무너무 웃겼나 보다. 둘 다 배를 그러안고 처음엔 발을 막 구르더니 나중엔 서로가 서로의 등을 팍팍 때리며 숨넘어갈 듯 웃어 댔으니 말이다.

"맞아."

슈나가 숨을 고르더니 말했다. 그녀는 수통을 입에 대고 한참 물을 마셨다.

"그래, 꼭꼭 씹어. 돌아갈 시간이야. 이 벽은 자가 방어를 못 하잖아."

우리는 먹고 남은 쓰레기를 치우고 각자 무기를 집어 들었다. 슈나와 히파는 각자 초소를 향해 터벅터벅 걸어가기 시작했다. 히파가 5미터쯤 가다 서서 뒤를 돌아보며 말했다.

"이따 보자, 츄이(꼭꼭 씹어야 한다는 뜻의 'chewy'를 이름처럼 부름 - 옮긴이)."

히파와 슈나가 각자 초소에 도착하자 나는 몇 분 기다렸다가 시계를 보았다. 배운 바가 있었던 거다. 현재 시간은 12시 30분이었다. 기쁜 일은 5시간 30분이 지났다는 거다. 나쁜 일은 6시간 30분이 더 남았다는 거다. 해가 중천에 뜨니 시야가 더 좋아졌다. 이제 위험 부담이 줄어드는 때가 됐다는 뜻이다. 그 사실을 상대 역시 잘 안다. 그러니 방심하면 안 된다는 뜻이다. 남들이 덜 위험하다고 생각하는 때가 뭔가 시도하기에 좋은 때일지 모른다. 그러니까 덜 위험하다는 것은 곧 더 위험하다는 뜻이다. 하지만 그 반대는 아니다.

벽에서 맞는 아침, 새벽과 저녁과 밤은 시의 시간이다. 하늘콘크리트바다바람. 오후는 산문의 시간이다. 1만 킬로미터에 달하는 벽. 200미터마다 서 있는 경계병. 5만 병력이 수시로 경계 근무를 서고 있다. 또 다른 5만 병력이 교대조로 대기 중이니까 10만 병력이 주야로 경계 근무를 선다. 게다가 2주일은 당번, 2주일은 비번이다. 경계병 중 절반은 벽을 떠나 휴가 중이거나 훈련 중이거나 2주일 교대 근무를 위해 대기 중이다. 따라서 20만 현역을 언제든 동원할 수 있다. 지원 인력과 보조 인력에 장교와 군무원을 더하고, 해안 경비대와 공군과 해군에 병가를 낸 병력 등등을 더하면, 벽을 방어하는 병력이 30만을 넘어선다. 그래서 모두가 열외 없이 벽에 배치되는 것이다. 이것이 규칙이다.

다만 번식자는 열외다. 이건 역설이다. 벽을 지키려면 아주 많은 사람들이 필요하고 번식할 사람들이 필요하기 때문이다. 벽에 배치시킬 병력이 충분하도록 말이다. 현재 상황을 보면 병력 부족이 머지않아서 그런지 부족한 병력을 메꾸기 위해 복무 기간을 2년 반이나 3년으로 더 길게 연장시키자는 소문이 돈다. 그러나 사람들은 세상이 너무 끔찍하게 변한 탓에 번식을 꺼린다. 그래서 번식할 경우 벽을 떠나도 된다는 우대 조치가 생겼다. 벽을 떠나고 싶다면 번식하는 거다. 언제든 벽 복무를 해야 하는 세상에서 아이를 낳는다는 것은 그 아이에게 못할 짓이라고 말하는 사람들도 있다. 하지만 어쩌면 그렇지 않을지도 모른다. 누가 알랴? 그때 가면 상대가 전멸해서 벽이 필요 없을지도 모른다. 게다가 아이들도 때가 되면 번식할 수 있으니 그렇게 벽을 떠날 수 있다. 그 결과, 우리 종의 수명도 연장하게 된다. 떠나고 싶다면 번식하라. 이게 표어다.

사람들이 왜 번식을 원치 않을까? 대격변 이후 아이를 낳으면 안 된다는 생각이 널리 퍼졌던 것이다. 우리는 세상을 파괴했기에 인구 증감을 조절할 권리가 없다. 번식을 원치 않는 사람을 선택자라 부른다. 현재 생존하고 있는 인류를 우리가 전부 다 먹여 살린다는 것은 불가능한 일이다. 지금 세상을 살아가는 인간은 대부분 기아와 수난을 겪으며 사망과 절망을 눈앞에 두고 있다. 그런 인간의 삶을 우리가 어떻게 감히 이해할 수 있겠는가? 여기 이 나라에 사는 사람들은 기아와 수난을 겪고 있지 않지만, 다른 나라에 사는 사람들은 거의 다 겪고 있다. 그러니 이런 세상에서 어떻게 감히 아이를 낳을 수 있겠는가? 이에 대한 답변은 다양하다. 그 누구도 미래를 예측할 수 없다는 것, 이게 한 가지 답변이다. 신이 우리에게 응답해 주신다는 것, 이게 일부에겐 먹힐 답변이다. 그렇지만 최고의 답변은, 아니 어쩌면 내 생각에 제일 합리적인 답변은 그냥 '왜냐하면'이다. 왜냐하면. 가장 인간적인 질문에 대한 최고의 답변이자 최악의 답변이다. 우리는 왜 존재하는가? 왜냐하면.

산문으로 돌아가 보자. 벽을 지키려면 인간의 힘이 필요하기 때문에 경계병은 거의 벽 보초를 선다. 그렇지만 국경과 해안을 지키는 시설이 벽만 있는 건 아니다. 공군도 바다를 감시하며 상대의 위치를 파악하는 즉시 상대를 '제거'해 버린다. 재미있게도 상대를 '사살'한 다는 말은 벽을 지키는 경계병만이 쓴다. 우리가 직접 얼굴을 맞대고 임무를 수행하는 사람들이고, 우리만이 유일하게 완곡한 표현 같은 걸 쓰지 않기 때문이다. 공군에는 항공기를 타는 소수의 사람과 그보다 더 많은 드론 조종사가 소속돼 있다. 공군은 경비대를 위해 현 위치를 표시해 주기도 한다. 경비대는 정식 명칭이 해안 경비대이지만 모두가 그냥 경비대라 부르는데, 크게 중거리용 함선과 단거리용 함선을 보유하고 있다. 그들은 연안과 해양을 순찰하고 그 임무는 상대의 배를 침몰시키는 것이다. 경계병들이 대기하고 있다가 남은 상대를 처리한다. 상대는 방어막을 뚫고 침투해 오는데, 그 수가 꽤 된다. 망봐야 할 하늘과 바다가 워낙 넓기 때문이고, 1만 킬로미터의 해안이 워낙 길기 때문이다. 그들은 노 젓는 보트와 고무보트와 튜브를 타고, 우르르 떼를 지어 2인 1조로 오거나, 3인 1조로 오거나, 개별로 온다. 수가 적으면 적을수록 발견하기는 더욱더 어렵다. 그들은 영리하게, 사력을 다해서, 무자비하게, 목숨 걸고 싸운다. 우리를 상대해도 그렇게 할 게 틀림없다. 우리도 영리하게, 사력을 다해서, 무자비하게, 목숨 걸고 싸워야 한다. 더 그래야만 할 것이다. 안 그러면 우리가 당할지 모른다. 나는 벽에서 싸우다 죽고 싶은 생각은 없지만, 만약 그런 일이 벌어진다면 바다로 추방되는 것보다 싸우다 죽는 쪽을 택할 거다. 한 명이 오면 한 명이 추방된다. 상대가 벽을 넘어올 때마다 경계병도 한 명씩 바다로 추방된다. 그날 바로 재판이 열리고 누가 가장 책임이 큰지 판결이 나면 그 당사자들은 책임의 경중에 따라 그날 바로 배에 실린다. 상대 다섯이 벽을 넘어오면 경계병 다섯이 추방될 것이다. 그 사람들이 어떻게 될지 상상하는 것은 어렵지 않다. 옛 전우들이 자신에게 총구를 겨누는 가운데 배를 밀고 바다로 가야 한다면, 벽에 있을 때보다 더 춥고 외롭고 끝장났다는 느낌만 들 거다.

공군과 경비대는 추방되는 일이 없어서 벽 복무보다 차라리 공군이나 경비대 복무를 원한다. 그렇기에 공군이나 경비대 입대가 훨씬 더 어렵다. 공군에 입대하려면 생체 측정 테스트를 여러 번 통과해야 한다. (나는 안경을 쓰기 때문에 지원조차 하지 않았다. 나중에 알고 보니 내 생각이 짧았다. 공군에도 지상 병력과 지원 병력이 다수 있어서 그런 자리에 지원했다면 나도 뽑혔을지 몰랐던 거다.) 경비대에 입대하는 데는 선박·해양 관련 분야에 가족이 있으면 도움이 된다. 나는 배를 타 본 적이 거의 없어서 뱃멀미를 할까 봐 걱정된 탓에 경비대에도 지원조차 하지 않았다. 그러니 내가 갈 곳은 벽밖에 없었다. 처음부터 정해진 운명이었다.

첫날 오후는 천천히 흘러갔다. 머리 위로 항공기가 몇 대 더 날아갔다. 2시쯤 수평선에 떠오른 배 한 척을 발견하고 흥분해서 무전기에 대고 소리쳤지만, 나보다 더 크게 동료들이 그건 경비함이라고 소리를 질렀다. 형태만 봐도 경비함이란 걸 알 수 있다고들 했다. 요스 상병이 나더러 멍청이라 부르며 교신을 끝내자, 병장이 다가와 나도 머지않아 경비함을 즉각 알아볼 수 있을 거라고 하더니 정체불명의 물체를 발견했을 때 가만히 있다가 위험을 키우느니 보고하는 것이 더 낫다고 말해 주었다. 그 말을 듣고 기분이 좀 좋아졌다. 3시에 에 너지바를 또 먹었다. 이번 바는 짭짤한 재료로 만든 것으로, 내 생각 엔 아마 병아리콩과 참깨와 당근이 들어간 것 같았다. 그렇다고 특별 히 맛있는 건 아니었지만 마음에 들었다. 그리고 메리가 자전거에 따 뜻한 음료가 든 보온병을 싣고 다시 왔을 땐 더 마음에 들었다. 이번 에는 커피였다.

"거의 끝."

그녀가 자전거 페달을 밟으며 이렇게 말하더니 멀어져 갔다. 하지 만 그 말은 사실이 아니었다. 마지막 몇 시간도 남은 하루만큼이나 천천히 흘러갔다. 5시쯤 되자 날이 어두워지기 시작했다. 구름이 잔 뜩 끼었다. 날이 낮에서 밤으로 바뀌어 가는 흐름 없이 옅은 잿빛에 서 짙은 잿빛으로, 더 짙고 진한 잿빛으로 바뀌면서 서서히 사라져 결국 어둠이 승리하는, 그런 저녁이었다. 벽을 따라 100미터 간격으 로 도열한 불이 자동으로 켜졌다. 조명등에서 가는 불빛이 강렬하게 쏟아지자 불빛 주위가 더 어둡게 보이는 것 같았다. 일부 구간의 조 명등을 못 쓰게 만들고 그 대신 야간 투시경을 사용한다는 말을 들었는데, 그 이유를 알 것 같았다. 달도 뜨지 않았다. 나는 문득, 기상과 조명 상태가 좋지 않다면 야간에 침투한 상대를 적발한다는 것이 얼마나 힘든 일인지 깨달았다. 또한 어째서 항상 신참은 주간 근무부터 시작해야 하는지도 깨달았다. 그래서 12시간 주간 경계 근무에 익숙해지도록 적응 기간이 주어지는 거다. 상대가 넘어오는 야간에, 정말로 중요한 야간 근무를 서기 전에 말이다.

그날 처음으로 나는 피로나 추위나 군 생활 적응 여부가 아니라 상대로 인해 긴장되었다. 검은 옷을 입은 형체가 손에 칼을 들고 눈에 살기를 띤 채 잃을 게 없다는 듯 소리도 없이 벽을 훌쩍 뛰어넘는 모습을 상상하기란 어렵지 않았다. 경고도 없고 자비도 없다. 나는 훈련받은 대로 애써 전방을 똑바로 주시하고 난 다음 좌우로 고개를 돌려 주변시(周邊視)를 동원, 양 측면을 살폈다. 속으로는 '상대가 지금 공격해 온다면 정말 쉽게 공격할 수 있겠구나'라는 생각만 들었다.

"밤엔 다르지, 안 그래?"

누군가의 목소리가 내 귓전을 울렸다. 그쪽을 건너다보니 나를 향해 선 히파가 보였다. 나는 답례로 한쪽 팔을 들었다.

"익숙해질 거야, 어느 정도는."

히파가 덧붙여 말했다.

해 질 무렵 바람이 잦아들면서 너울도 잔잔해졌다. 멀리서 모터보트 소리가 들렸다. 나는 아군 보트겠지 했다. 상대라면 저렇게 요란스러운 걸 타고 공격해 올 리 없으니까. 날이 저물어 퇴근하는 경비대일 거다. 하늘 높이 날아가는 항공기 소리도 들렸다. 저 또한 퇴근하는 공군일 거다. 바람과 파도가 잠잠해질수록 나는 더욱더 신경이 쓰였다. 바람과 파도가 불규칙하게 일었기 때문이다. 속삭임이나 노랫소리나 말소리가 아닌 중얼거리는 소리 등 이 모든 소리의 패턴을 알아들을 수 있겠다는 생각이 들기 시작했다. 머릿속에 한 이미지가 떠오르기 시작했다. 환각이나 백일몽이라기보다는 인도된 공상 같은 것, 즉 막 잠들었을 때나 막 깼을 때 같은 의식과 무의식의 경계에서 스스로에게 하는 이야기 같은 것이 떠올랐다. 검은 수도복을 입은 성가대가 낭송하듯 읊조리고 있었는데, 영혼이나 신이나 악마 아니면 조상을 위로하는 의식을 치르며 성가를 부르는 것이었다. 성가대는 두 줄로 서 있었고 수도복 후드에 가려 얼굴들이 보이지 않았으며, 자신들이 무슨 성가를 부르는지 그 의미를 모르는 것 같았다. 그건 만가, 즉 장송곡 같았다. 그들은 수도사나 수녀 아니면 둘 다 섞인 혼성 성가대였다. 어떤 일이 일어나길 바라거나 일어나지 않길 바라기 때문에 성가를 부르고 있었다. 그 성가는 애가(哀歌) 아니면 기도문이었다.

"저기 온다."

병장이 무전기에 대고 말했다. 나는 너무 멍하고 정신이 없어서 검은 수도복을 입은 형체들이 상상 속에서 튀어나와 우리가 있는 벽으로 몰려온다는 줄 알았다. 나는 아드레날린 덕에 정신을 차렸다. 그가 한 말은 야간조가 온다는 말이었다. 우리 중대의 다음 교대조가 감시탑에서 나와 우리 쪽으로 쿵쾅거리며 성곽을 내려오고 있었다.

내가 이렇게 갑자기 기분이 싹 바뀔 수 있는 인간이었나 싶다. 안도감이 쓰나미처럼 나를 덮쳤다. 여기서는 안도감이 아마 가장 순수한 형태의 행복일지 모른다고, 그 순간, 아무튼 나는 그렇게 말한 것 같다. 이보다 더 행복했던 적은 없었다. 처음으로 무아지경에 빠진 거다. 추위? 웬 추위? 다음 교대조가 오는데! 12시간 전에 우리가 그랬던 것처럼 천천히, 인정하건대 아주 천천히 고개를 숙인 채 터벅터벅 투덜거리면서 오고 있었다. '천천히 와라, 제군들, 할 수 있는 한 최대한 천천히 느리게'라고 나는 생각했다.

인수인계할 때 교대식이 있는 것도 아니었고 인사말을 나누는 것도 아니었다. 12시간 전에 봤던 경계병이 내 자리로 왔다. 그는 껌을 씹고 있었다. 아무 말 없이 나를 보고는 인사 겸 그만 가라는 뜻으로 고갯짓만 까딱했다. 나는 이미 배낭과 소총을 어깨에 메고 있었다. 나도 그를 보고 고개만 까딱하고는 감시탑과 막사를 향해 걸어가기 시작했다. 그제야 추위와 부동자세 때문에 온몸이 굳었다는 걸 깨달았다. 한참 서 있어서 다리가 아팠다. 다시 불기 시작한 바람이 맞바로 얼굴을 때렸다. 그래도 아무렇지 않은 것 같았다. 근무가 끝났으니까. 그것만이 유일하게 중요한 사실이었다.

벽에 있으면 시간 구분이 아주 단순해진다. 12시간은 당번이고, 12시간은 비번이다. 실제로는 나를 위한 시간 네 시간에 잠을 자는 시간 여덟 시간이다. 첫날 저녁에 내가 뭘 했는지는 정말 기억에 없다. 그러나 추위를 면했다는 육체적인 감각, 피로로 인한 통증, 배낭을 벗어 놓고 소총을 무기고에 들여놓은 뒤 앉아만 있었던 느낌, 습하지 않은 따뜻한 곳에 앉았던 느낌, 앉는다는 것에 감사해 본 적도 없었고 그 소중함도 몰랐는데 이제는 알게 되었으니 할 일 없이 명령도 받지 않고 앉아만 있다는 게 얼마나 좋은 일인지 다시는 과소평가하지 말아야겠다는 생각만큼은 여전히 기억에 남는다. 대부분의 사병들이 둘러앉아 있었다. 우리가 있는 곳은 식당이었다. 차와 비스킷이 나왔다. 최고급 차와 최고급 비스킷이었다. 다들 꼭 중요한 말이 아니면 별말이 없었다. 조금 있으니 따뜻한 음식이 나왔다. 그게 무슨 음식이었는지는 기억나지 않지만, 세 번이나 더 먹었다는 것만큼은 기억난다. 몇 명은 씻으러 가고, 다른 몇 명은 집에 전화를 걸어 두고 온 사람들의 안부를 물었다. 더러는 무전기로 게임을 했고, 더러는 휴게실로 가서 텔레비전을 봤다. 나도 그 모든 걸 차례로 다 했는데 어느 순간 요스 상병이 내 어깨를 흔들어 깨웠다.

"잠들었구나. 멍청한 자식, 너 여기서 밤새우려고 그래?"

그가 한 말에 비하면 말투는 상냥했다. 휴게실은 텅 비어 있었다. 화면에는 토크 쇼만 보였을 뿐 소리는 거의 나오지 않았다. 그가 큰 소리로 웃었다.

"첫날은 본래 힘든 법이지. 취침 시간이야."

나는 그를 따라 막사 침실을 지나갔다. 건물은 지은 시기에 따라 달리 설계된 곳이 있어서 어떤 감시탑에는 개인 침실이 있기도 하다. 이 큰 방은 사병들이 막사 내 공동생활을 이해하도록 모든 것을 공유해야 한다는 이론이 정설로 받아들여지던 시기에 설계된 것이다. 나와 같은 조원들은 잠자리에 들었거나 잘 준비를 하고 있었고, 다른 조원들의 침대는 비어 있었다. 바로 어제 내가 도착했을 때와 똑같은 모습이었다. 그럼에도 불구하고 내가 이 방으로 걸어 들어온 지 겨우 24시간밖에 안 되었다는 사실은 말이 안 된다. 오히려 24년이 지난 것처럼 느껴졌다. 나는 씻고, 평복을 벗어 놓은 다음, 보온 내복부터 시작해서 잠옷으로 갈아입었다. 불은 다 꺼졌다.

나는 안경을 벗고 침대에 누웠다. 그런데 그때 잠들기 전에 마지막으로 하고 싶던 일 하나가 있었다는 게 떠올랐다. 나는 도로 안경을 쓰고 침대에서 일어났다. 그리고 막사 맨 끝까지 걸어 내려갔다. 분대원들은 거의 잠들어 있었고 한두 명은 코를 골며 잤다. 누군지 잘 모르겠지만, 누군가 담요를 뒤집어쓰고 라이트펜 불빛에 의지해 뭔가를 읽고 있었다. 지금쯤 달이 떴는지 높이 설치된 좁은 창문으로 달빛이 선명하게 들어왔다. 나는 세면장 옆에 있는 마지막 공간 앞에서 걸음을 멈췄다. 아래를 내려다보니 내가 찾던 게 보였다. 겹겹이 포개진 담요 너머로 보이는 캐러멜색 피부와 짧은 곱슬머리와 작고 동그란 코. 들키지 않았다고 생각하며 막 돌아서는데 히파가 눈을 뜨고 재미있어하는 눈빛으로 나를 주의 깊게 보고 있는 걸 보았다. 그렇지만 나는 내가 원하는 걸 알아냈다.

히파는 여자였다. 나는 다시 잠자리에 들었다. 이것이 벽에서 근무한 첫날이었다.

# 5

벽에서는 그날이 그날 같다. 적어도 24시간, 임무, 어디를 가고 무엇을 하고 누구랑 하느냐와 같은 큼직큼직한 분류를 기준으로 보면 그렇다. 그 안에서 많은 변수가 존재하되 하루를 이루는 뼈대는 똑같다. 그렇게 누구나 하루하루가 똑같기를 바란다. 왜냐하면 벽에서는 무슨 소식이 곧 나쁜 소식이기 때문이다. 사람들은 절대 이렇게 말하지 않을 거다. 그거 아나, 드디어 상대의 공격이 종료됐다, 이제 제대해도 된다. 그거 아나, 우린 자네 얼굴이 마음에 든다, 그러니 자넨 2년간 벽 복무 면제다, 실은 내일 당장 제대해도 된다, 실은, 잠깐, 왜안 되겠나, 지금 당장 제대해도 좋다! 어서 가라! 잠깐, 과자도 챙겨가야지!

그런 일은 일어나지 않을 것이다. 일어날 수 있는 일은 나쁜 일뿐이다. 그러니까 아무 일도 일어나지 않기를 바라는 거다. 하지만 현실은 그보다 더 복잡하다. 컴컴한 동굴 같은 마음속 어딘가에 사는 괴물은 이렇게 속삭인다. 만약 무슨 일이 일어난다면, 만약 상대가 공격해 온다면, 만약 목숨 걸고 싸워야 한다면, 만약 혹독하게 훈련받은 대로 전투를 해야 한다면, 즉 악몽에서나 봤을 법한 그냥 아주조금 궁금하기도 한 전투, 그래서 죽거나 죽임을 당할지 모를 전투를 해야 한다면, 재미있지 않을까? 그렇게 하는 게, 추위와 굶주림과지겨움과 피곤함 말고 다른 걸 느끼는 게 더 좋지 않을까? 매일 아침 소총에 대검을 꽂아 휘두르면 신나지 않을까? 최악의 상황이 발발하면 내가 어떤 사람인지, 나 자신에 대해 알게 될 것이다. 내가 여전히 나인지를 알게 될 것이다.

떠버리 멍청이 경계병이나 그런 생각을 입 밖으로 내뱉을까, 우리는 모두 속으로만 생각한다. 발발할지 모를 최악의 상황에 대해 환상 비슷한 걸 품고 있다.

하지만 대개 아무 일도 일어나지 않으며, 대개 우리는 그런 상태를 좋아한다. 벽에 와서 처음 2주간은 그랬다. 주요 변수는 날씨였을 뿐 하루하루가 첫날과 똑같았다. 대부분 날씨가 거의 첫날만큼 추웠다. 이틀은 그보다 더 따뜻했다. 날씨가 따뜻했다는 게 아니라 옷을 한 겹 벗고 나가도 될 만큼 덜 추웠다는 뜻이다. 하루는 두 번째 유형의 추위가, 위험한 추위가, 매서운 추위가 찾아왔다. 그러나 그런 추위가 닥칠 거라고 일기 예보에 나와서 우리는 미리 무장하고 다녔다. 정말로 무서운 추위는 불시에 들이닥치는 추위다.

매일 보는 사람도 똑같았다. 같은 분대원들만 본다. 슈나와 히파와 같이 벽으로 행군해 갔고 점심도 같이 먹었다. 안타깝게도 내 별명은 츄이로 굳어졌다. 요스 상병과 병장은 번갈아 가면서 내가 실수한 일, 다르게 할 수 있는 일, 주의할 일 등을 지적했다. 이게 훈련의 연장이란 걸 깨닫고 나니, 노상 책잡히는 건 싫었지만 그들이 왜 그러는지 이해가 갔다. 슈나는 나와 히파가 사귄다고 놀리며 '히파랑 츄이랑 나무 밑에 앉아 뽀-뽀한대요' 하고 노래를 불렀다. 거기에 개인적인 감정은 없었고 겉으로만 놀리는 것이었다. 남군과 여군이 오다 가다 인사만 나누어도, 얼음장 같은 무관심만 보이지 않는다면, '그렇고 그런 사이'라고 손가락질당할 수 있었다. 그렇지만 내 경우에는 슈나가 제대로 감을 잡긴 했다. 히파 생각이 나기 시작하던 참이었으니까 말이다. 헐렁한 옷을 겹겹이 껴입은 모습 말고 그녀의 다른 모습은 본 적이 없었는데도. 사실은 어쩌면 그게 관심이 가는 부분일지 몰랐다. 그 모든 볼품없는 옷가지를 보면 그 속에 숨은 모습이 궁금하지 않을 수 없었다……. 실제로 형체가 없는 것은 아닌 무형의 모습이, 확실히 뚜렷한 형체 즉 빛을 발하는 모습이. 게다가 솔직히 이건 인간의 참모습인데, 음식에 대해 공상하는 것보다 시간 보내기에 더 좋은 건 섹스에 대해 공상하는 거다. 맞다, 히파와 츄이는 그렇고 그런 사이다. 하지만 꼭 나무 밑에 앉아 뽀-뽀할 필요는 없다.

어느 날 병장이 불시 검열을 하다 내가 예비 탄알을 제대로 갖추지 않은 걸 발견하고는 나한테 제대로 고함을 질렀다. 그가 옳았다. 부대 내엔 우리가 지켜야 할 특별한 규칙이 있었다. 탄알을 순서대로 탄창에 넣어 두어야 교전 중 더 빨리 탄알을 장전할 수 있지만, 그렇게 하는 게 힘들고 귀찮아서 종종 빼먹곤 했다.

고함을 질렀던 게 특별히 이상할 건 없었다. 그렇다고 그게 관전 포인트는 아니다. 내가 주목했던 건 사지 병장이 다소 흥분을 가라앉혔을 때 한 말이었다.

"나한테 걸린 게 다행이지. 대위님께 들켰다면 며칠 더 연장 근무를 시켰을 거다. 네가 지금 한 짓, 이건 2주일 연장 근무 감이다. 그렇게 되고 싶나?"

이건 괜히 하는 질문이 아닌 것 같았다. 나는 아니라고, 그렇게 되고 싶지 않다고 솔직히 답해야 했다.

"나도 아니라고 생각한다. 사람들이 대부분 말은 거칠게 해도 실제로는 그렇지 않다. 거의 모든 사람들이 그렇다. 말만 거칠 뿐이다. 거칠게 굴어 봤자 소리 지르거나 야단치거나 욕하는 게 전부인데. 대위님은 그렇지 않다. 말보다 행동이 더 무서운 사람이다. 대위님이 잡아먹을 듯 으르렁거려도 걱정할 건 없다. 하지만 진짜 물려고 덤빈다면 걱정해야 한다. 짖지 않고 무니까. 알아들었나?"

나는 알아들은 것 같다고 대답했다. 사지 병장은 내 대답이 마음에 썩 들지 않았던지 내가 저 멀리 200미터 밖 벽 위에 있는 것도 아닌데도 마치 사람들로 붐비는 술집에서 비밀 이야기를 속삭이려는 듯이 더 가까이 은밀하게 바싹 다가왔다.

"대위에 대해 할 얘기가 있다. 그게 비밀도 아니다만, 대위가 자기 입으로 직접 말하는 걸 더 좋아하는 얘긴데. 그 작자가 너한테 말하거든 처음 듣는 것처럼 해 주면 좋겠다."

그는 누가 엿들을세라 주위를 두리번거리더니 바람결에 말소리가 들릴락 말락 할 정도로 목소리를 낮추었다.

"대위는 말이다, 상대였다. 여기 온 건 법이 바뀌기 전인 10년 전이다. 그 때문에 그렇게 빡세게 굴리는 거고. 그 때문에 그렇게 깐깐한 거야. 대위는 저 바깥이 어떤 세상인지 잘 알고 있다. 다시는 안 갈 작정이거든. 놈들을 방어하는 데 자신이 존재할 가치가 있음을 증명하려고 눈이 멀어서 벽 복무를 네 번째나 하는 거야.”

그는 소리를 죽여 쉿 하는 소리를 냈다.

“대위는 상대였어!”

그건 말도 안 되는 이야기임과 동시에 사실임을 직관적으로 깨닫게 되는 그런 이야기였다. 대위가 상대였다니! 물론 그것은 사실이었다. 10년 전쯤 유용한 기술이 있음을 제시한 상대는 방어에 실패한 경계병과 자리를 교환하는 걸 대가로 이곳에 남을 수 있었다. 이 사실이 상대에게 알려지면서 상대가 여기로 오는 이유, 이른바 ‘유입 요인’의 구실이 되었기 때문에 법이 바뀌었다. 지금 현재는 벽을 넘어오면 안락사 아니면 도우미 아니면 추방 중 하나를 선택해야 한다. 이제 이 나라 사람들은 누구나 칩을 가지고 있기 때문에 다른 출구도 없고 다른 대안도 없다. 칩이 없으면 10분도 못 버틴다. 그래서 벽을 넘어오는 데 성공해서 달아난다 해도 번번이 체포되어 주어진 선택지 중 하나를 택해야 한다. 대부분이 도우미가 되기를 선택한다. 그 경우 매력적인 요소는 아이가 있다면 그 아이가 시민의 자격을 얻어 자랄 수 있다는 점이다. 그건 물론 부모와 격리된 후에 그렇게 된다. 상대는 번식자가 되려는 경향을 보인다. 가는 곳마다 민족이 확연히 다른 부모나 나이 든 부모와 함께 다니는 아이들을 쉽게 볼 수 있다. 대위는 법이 새로 바뀌기 전에 도착한 마지막 상대 중 하나였음이 틀림없다. 그러니 그가 광신도처럼 구는 게 당연하다. 그러니 말보다 행동이 더 무서운 것도 당연하다. 그의 상처는 종족의 상처였음에도 불구하고 그는 종족을 버리고 지금 우리 중 하나인 경계병이 되었던 것이다.

"알겠습니다, 알겠습니다."

나는 병장에게 대답했다. 그가 지켜보는 가운데 훈련받은 대로 탄창에 탄알을 끼워 넣었다. 대위는 한때 상대였다……. 그래, 그래, 완전히 이해가 되었다. 그가 무자비한 데에는 좀 이상한 구석이 있었던 거다. 일단 그가 봤을 법한 일, 그가 했을 법한 일에 대해 생각해 보기 시작하니까 이해하기가 더 쉬워졌다. 그때 이후 나는 더 이상 속임수를 쓰지 않았고, 샛길로 빠지지 않았고, 지름길로 가지 않았으며, 모든 일을 100퍼센트 규칙대로 수행했다. 나는 원칙주의자가 되었다. 내가 비록 벽에 있을지라도 마음 한구석에는 여기에도 최소한 인간적인 면, 해석의 여지, 관용이나 수용이 통하는 자유스러움, 좀 비겁하긴 하지만 문제가 생겼을 때 변명할 기회가 있을 줄 알았다. 이제는 그런 생각이 틀렸다는 걸 깨달았다. 재량권도 없었고, 자유스러움도 없었으며, 온통 흑백 논리, 즉 규칙 아니면 무법천지였고, 온통 벽과 상대와 항상 대기 상태, 기회주의, 성난 바다였다.

6

첫 2주간의 벽 근무를 마치고 나는 귀갓길에 올랐다. 그 여정은 벽에 오던 때와 정반대의 여정이었다. 그러니까 트럭, 기차, 다른 기차, 버스, 도보 순서였다. 언뜻 비슷할 것 같지만 달라도 완전히 달랐는데, 가장 큰 차이는 중대원 전체와 함께 귀갓길에 오른다는 점이었다. 30명이 넘는 중대원이 2주간의 중노동과 반 감금 상태에서 벗어나 함께 출발했다. 이 표현이 맞을 것 같은데, 우리는 조금 소란스러웠다. 벽에서는 금주가 철칙이었다. 단속에 들키면 당사자와 다른 관련자, 관련자로 보이는 사람들 모두 자동적으로 복무 일수가 늘어난다. 그런데도 어쩐 일인지 트럭을 타자마자 2리터짜리 증류주 술병 두 개가 마법처럼 나타났다. 우리는 술병을 돌려 가며 기분 좋게 꿀꺽꿀꺽 들이켰고, 나는 끔찍한 일과가 끝났을 때 벽에서 가끔 맛봤던 안도의 기쁨, 순수한 기쁨을 또 한 번 느꼈다. 모든 경계병이 좋아해 마지않는 인생의 크나큰 기쁨. '진짜 싫은 일과, 이제 끝났다' 하고 말하는 순간, 밀려오는 기쁨 말이다.

나는 이때 처음으로 다른 교대조와 어울리게 되었다. 이상한 일이었다. 우리는 같은 공간에서 같은 시간에 같은 일을 했지만, 경계 근무 시작과 종료 시각에 지체 없이 인수인계하는 순간을 제외하고는 서로 거의 알은체도 하지 않았다. 그러면 서로가 서로를 미워하게 되기도 했다. 왜냐하면 그 순간에 감정 상태가 일치한다는 것이 거의 불가능하기 때문이다. 교대 근무를 시작한다는 것은 우울, 분노, 불안, 인생 최악의 업무 수행을 뜻했다. 반면에 근무를 종료한다는 것은 희열, 황홀, 안도, 하루 최고의 순간, 퇴근을 뜻했다. 교대 근무가 끝나면 나는 후임에게 악의를 품지 않지만, 후임은 내가 밉기 때문에 악의를 품게 된다. 12시간이 지나면 그 반대 현상이 벌어진다. 거기엔 개인적인 감정 같은 건 없다. 교대하러 가면 교대가 끝난 전임이 마냥 미울 뿐이다. 그 일련의 감정들을 완벽하게 안다는 사실이, 다른 사람의 감정 상태를 정확하게 안다는 사실이 상황을 더 악화시킨다. 나와 맞교대하는 조원은 하루에 두 번 보는 사람으로서 악감정이 생기기 쉬운 사람, 내가 잘 모르는 사람이다.

트럭에서 내린 다음 우리는 기차에 올랐다. 가장 가까운 소도시에서 출발해 수도로 가는 민간 열차였다. 나는 다른 승객들에게 미안한 마음이 들었다. 우리는 시끄러웠고, 우리는 무례했으며, 우리는 남들이 어떻게 생각하든 뭘 원하든 안중에도 없었던 거다. 우리 소유의 기차였으니까. 민간인들은 경계병의 이런 행동에 익숙해서 우리에게 넓게 길을 비켜 주곤 했다. (좋은 생각이다.) 우리가 배정받은 객실로 우르르 몰려가자, 맨 뒷자리에 어린아이를 데리고 앉았던 한 번식자가 아이 손을 잡고 가방들을 들더니 다른 칸으로 옮겨 갔다. (이역시 좋은 생각이다.) 객실은 따뜻했다. 벽에서 2주일을 보내고 왔더니 실제로는 너무 덥다고 해야 할 판이었다. 더운 게 어떤 느낌인지를 잊어버렸다. 처음 몇 분간은 더운 게 좋더니 곧 몸에서 땀이 나기 시작했다. 우리는 모두 겹겹이 껴입은 옷을 벗어 버렸다. 그리고 술을 진탕 퍼마셨다. 누군가가 기차역에서 몰래 두 병을 더 사 온 거였다. 우리는 병나발을 불어 댔다. 기차가 덜컹 출발했다. 중대원 몇몇은 노래를 부르고 있었다. 슈나와 쿠퍼는 두 모금쯤 마시고 나더니 손을 잡고 앉아서 아무도 안 본다 싶으면 이따금 키스를 했다. 저 둘이 남들에게 말하는 것보다 더 많이 서로를 좋아한다는 게 눈에 보였다. 나는 객실 뒷자리에 혼자 앉은 히파를 찾고야 말았다. 열 겹을 벗은 히파의 몸은 유연하고 비쩍 말랐으며 단단하면서도 부서질 듯 가냘팠다. 검은 머리카락은 사방팔방 뻗쳐 있었다. 비니나 모자도 쓰지 않은 히파를 보는 게 오늘로 딱 세 번째였다. 히파와 같이 앉아서 별것 아닌 이야기를 나누고 있는데, 웬 남자 경계병이 다가와 우리 앞자리에 몸을 날려 털썩 앉더니 보드카병을 내밀었다. 나는 그 병을 받아 들고 고개를 끄덕여 고맙다고 인사한 다음 한 모금 꿀꺽 마시고는 히파에게 병을 건넸고, 그녀도 한 모금 꿀꺽 마시고는 그 남자에게 다시 건넸다. 그러는 내내 그는 나를 줄곧 쳐다보았다. 그제야 나는 알아차렸다.

"그때 그 사병!"

그가 큰 소리로 웃었다. 강렬한 알코올 냄새가 열차 테이블 주위로 퍼져 나갔다. 바로 그 사람, 나와 맞교대하는 조원이었다. 내가 그를 몰라봤다는 건 놀랄 일이 아니었다. 벽 근무 복장, 즉 방한복을 겹겹이 껴입고 비니에 후드를 뒤집어쓴 차림만 늘 봐 왔기 때문이다. 네

벌짜리 겉옷을 벗으니, 그는 몸이 마르고 머리가 검은 남자로, 눈이 갈색이고 나흘째 깎지 않은 수염이 얼굴에 돋아 있었다. 내 또래였다. 아마도 모든 경계병이 또래일 거다.

"난 휴스."

그가 말했다.

"난 카바나."

내가 말했다.

"츄이잖아."

그가 말했다.

"마음엔 안 드는데, 그렇게들 부르나 봐."

"생각했던 것보다 더 말랐다, 츄이."

"너도 만만치 않은데. 그러니까……"

"그래, 나도 안다."

"얼마나 된 거야?"

"오십팔 주."

대화 도중, 휴스는 내가 벽에 온 지 얼마나 되었는지 묻지 않았다. 그는 경험으로 알고 있었기 때문에 그럴 필요가 없었던 거다. 그가 일어섰다.

"그럼, 훈련 주간에 보자. 그냥 인사하고 싶어서 온 거야."

"고맙다. 그때 보자."

그는 잠깐 우리 자리 옆에 서서는 건배를 하듯 병을 들었다.

"참, 너희 번식자가 될 생각이라면 둘 다 더 나쁜 짓도 할 수 있겠네?"

히파와 나는 동시에 말했다.

"꺼져."

그는 큰 소리로 웃으며 노래 부르는 사람들을 향해 객실 통로를 걸어갔다. 그도 기차도 좌우로 기우뚱 흔들리며 나아갔다. 중대는 옛날 팝송을 쭉 부른 다음 음란한 노래로 바꿔 부르더니 (이때 몇 안 남은 시민들이 자리를 피하자 객실이 비어 완전히 우리들 차지가 되어 버렸다.) 시대를 뛰어넘는 경계병의 고전, 성가곡이나 장송곡 정도는 아니지만 구슬프면서도 반항적이고 허무주의적인 노래를 부르기 시작했다.


우리가 벽에 있는 건

우리가 벽에 있는 건

우리가 벽에 있는 건

우리가 벽에 있는 건 (세 번 발 구르기, 세 박자 쉬기)

우리가 벽에 있는 건…….


이렇게 계속된다. 이 노래를 부르다 보면 최면에 걸린 것처럼 나 자신을 초월하게 된다. 성가를 부르듯, 장송곡을 부르듯 이 노래를 부르면 내가 독립된 개인이 아니라 하나의 집단으로 느껴진다. 노래가 멈출 기미가 보이지 않아서 다른 중대원들과 몇 좌석 떨어진 곳에 앉았던 히파와 나도 따라 불렀다. 나는 음치에 가까웠지만 특별히 어려운 노래가 아니라서 상관이 없었다. 히파는 뜻밖에도 섬세한 고음을 내며 노래했다. 우리가 벽에 있는 건 / 우리가 벽에 있는 건…….

어둠이 찾아오자 객실 유리창이 반투명해져서 창밖으로 어둑한 바깥 풍경을 내다볼 수도 있었고, 유리창에 비친 객실 안 풍경을 구경할 수도 있었다. 나는 언제나 원근법에 의한 착시 현상이 재미있었다. 유리창에 비친 풍경과 창밖 풍경을 번갈아 가며 바라보았다. 달, 소, 나무, 강과 내 얼굴에 겹친 히파 얼굴, 녹슨 기차 부품들, 흔들리며 노래하는 다른 경계병들. 저편 모습과 이편 모습, 실제 풍경과 유리창에 비친 풍경, 안과 밖. 저 밖의 추위와 이 안의 따뜻함.

런던에 도착하자 우리는 한동안 포옹과 농담을 나누기도 하고, 서로가 서로를 끌고 가다시피 기차에서 내려 내동댕이치듯 하기도 하다가 헤어졌다. 각자 고향으로 향하는 각종 상이한 기차를 타러 뿔뿔이 흩어져 갔다. 내 경우엔 지하철을 타고 도심을 가로질러 얼마 안 가면 있는 역에서 미들랜드행 2시 기차를 탔다. 이번에 경계병은 나 혼자뿐이라 그런지 민간인들은 다른 객실로 피해 달아나지 않고 힐끗힐끗 나를 훔쳐보다가 나와 눈이 마주치면 하지 말아야 할 짓을 하다 들킨 사람처럼 굴었다. 기차에서 내린 다음에는 시외버스 막차를 기다렸다 타고 가서는 터미널에 내려서 걸어갔다. 약 1.6킬로미터쯤 되는 길이 나를 짓누르는 배낭 무게와 집 생각 때문에 더 멀게 느껴졌다. 부모님이 현관에 불을 밝혀 놓아서 그런지 멀리서도 우리 집이 눈에 띄었다. 동네에서 유일하게 한쪽 벽이 옆집과 붙어 있는 우리 집은 외관이 환했다. 두 분은 주무시지 않고 나를 기다리고 있었던 거다. 나는 어깨를 쫙 펴고 현관문을 똑똑 두드렸다.

집. 집이 외딴섬이나 구시대의 유물인 것처럼 보이진 않았다. 집이라는 개념이 낯설게 느껴졌고, 예전엔 신앙의 대상이었던 것, 한때는 열광했으나 지금은 폐기 처분된 이데올로기처럼 느껴졌다. 집. 내가 돌아가야 할 곳, 나를 품어 주는 곳. 그렇게들 말한다. 하지만 벽에서 한번 지내본다면 누군가 나를 무조건 품어 주겠지 하는 믿음은 더 이상 생기지 않게 된다. 아무도 나를 품어 주지 않는다. 그렇게 해 줄지, 말지 선택할 뿐이다.

# 7

우리는 모두 부모님과 말이 안 통한다. 여기서 '우리'라는 것은 우리 세대, 그러니까 대격변 이후에 태어난 사람들을 말한다. 연인과 결별할 때 하는 말이 '너 때문이 아니라 나 때문이야'라고 하던가? 그때와 이때는 정반대가 된다. 우리 때문이 아니라 부모 때문이다. 무엇이 문제인지는 모두가 다 안다. 진단 내리는 건 어렵지 않다. 심지어 그 진단은 논란거리조차 못 된다. 그건 죄책감, 집단 죄책감, 세대 간 죄책감이다. 기성세대는 이 세상을 돌이킬 수 없게 엉망으로 만들어 놓고는 그런 세상에 우리를 태어나게 했다고 느끼는 거다. 아는가? 그건 사실이다. 그게 바로 기성세대가 한 짓이다. 그걸 그 세대도 알고, 우리 세대도 안다. 모두가 다 안다.

설상가상이라더니 그때는 벽이 없었던 탓에, 대격변 발발 전이라 벽이 필요치 않았던 탓에 기성세대에게는 벽 복무가 없었다. 이게 무슨 말인고 하면, 우리 세대의 삶을 형성하는 가장 중요한 단 하나의 경험(우리 모두가 공통적으로 거치는 통과 의례 같은 것)을 기성세대는 짐작조차 못 한다는 말이다. 책이나 영화를 보면, 인생 충고나 다 안다는 듯한 언행, 시대에 뒤떨어진 지혜가 부모와 자식 간 대화에서 차지하는 비중이 크게 나오지만 현실에서는 절대 그렇게 되지 않는다. '할아버지, 지금 저더러 인생 잘못 살고 있다고 잔소리하시는 거예요? 됐거든요. 과거로 가서 엉망으로 만드신 세상이나 바로

잡아 놓고 오시죠, 그러면 얘기가 통할 것 같으니까요.'

과거엔 세상이 어땠는지 궁금해하는 또래, 그 시절 이야기도 한번 들어 보고 싶어 하는 또래, 그 이야기와 놀라운 사실을 엄청 좋아하는 또래가 더러 있다는 건 인정하는 바다. 예를 들면 이렇다. 내 또래 중에도 해변을 엄청 좋아하는 사람들이 있다. 그들은 영화와 텔레비전 프로그램을 통해 해변을 보고, 그림을 통해 해변을 보고, 질문을 통해 해변에 가면 기분이 어떤지를 듣는 사람들이다. 하루 종일 모래밭에 누워 있으면 어떠냐고, 모래성을 쌓았다가 파도에 쓸려 모래성이 허물어지면, 즉 파도가 밀려와 크고 튼튼하게 보였던 모래성이 씻겨 내려가 흔적도 없이 사라지면 어떠냐고, 해변으로 놀러 가서 모래가 들어가지 않게 음식을 먹으면 어떠냐고, 서핑을 하면 어떠냐고, 사람들이 모래밭에 서서 자신을 지켜보는 가운데 파도타기를 하면 어떠냐고, 여기 이 최북단 지역 바닷물이 때로는 따뜻한 게 정말 사실이냐고 질문하는 거다. 그런 쓰레기 같은 이야기를 엄청 좋아하는 사람들이 있긴 있다. 나는 아니다. 진짜 해변으로 나를 데려가 주면 나도 해변에 관심을 좀 표할 텐데. 하지만 아는가? 내 관심의 정도를 수치로 나타내면 현존하는 해변의 숫자와 정확히 일치한다. 그리고 현재 이 세상 그 어디에도 해변은 존재하지 않는다.

이 현상에 대해 모두가 내 의견에 동의하는 건 아니다. 아마 대부분이 아닐 거다. 하루 종일 해변에서 노는 옛날 영화 속 장면을 좋아하는 사람들이 많으니까 말이다. 내가 보기엔 어떤 것 같냐고? 멍청한 것들.

어머니는 대하기 힘든 분이다. 늘 죄책감을 안고 산다. 나와 함께 있을 때마다 보이는 온화한 표정은 약간 우는 양을 닮았다. 그 표정 뒤에는 분명 분노 또한 이글거리고 있었다. 사람이 늘 죄책감을 안고 살다 보면 화가 쌓이기 마련이라 그렇다. 그러나 어머니는 내가 아무리 말썽을 피우고 화나게 해도 종교로 풀고 성인군자처럼 행동하며 큰소리 한번 내지 않는 분이다. 그저 가끔 (노골적이지 않게) 아주 살짝…… 실망한 티를 내는 게 전부다. 내가 말없이 부모님 차를 끌고 나가 술에 취해 자동 조종 장치를 무시한 채 운전하다 바퀴가 미끄러져 나무를 들이받고 차 배터리가 박살 났을 때, 음주 운전에 미성년자 무면허 운전이라 보험 처리가 안 됐는데도 어머니는 화 한번 내지 않고 이렇게만 말했다.

'엄만 그만 가서 주방 청소하고 네가 내일 입고 갈 교복 꺼내 놓을게. 네가 일부러 엄마 아빠를 실망시키려고 그런 게 아닌 줄은 잘 안다만, 아주 조금…… 속상한 건 어쩔 수 없구나.'

아버지는 어머니보다 더 심하다. 아버지의 문제는 아버지가 아직도 부모라는 역할에 감정적으로 반응한다는 점이다. 책임지고, 더 많이 알고, 나를 반듯하게 기르고, 옛날 일을 들려주고, '나 때는 말이야……'란 말로 운을 떼고 싶어 했다. 내가 어려서 학교에 다닐 때 아버지는 그렇게 하고 싶어 하면서 숙제를 도와주거나 일상에서 사소한 일을 어떻게 처리해야 하는지 시범을 보이곤 했다. 다섯 번 구멍을 통과시켜 신발 끈 묶는 법, 플러그에 열네 번 전선 감는 법 따위를 말이다. 공정하게 말하자면 아버지는 그런 일을 꽤 잘했다. 세상이 지금하고 달랐다면 아버지는 좋은 아버지가 되었을 거다. 하지만 내가 10대로 접어들면서 세상이 항상 그와 같지 않고 그렇게 된 데 책임이 있는 사람들이 우리 부모와 그 세대라는 걸 알게 되었다. 그 뒤로 아버지의 잔소리는 더 이상 내 귀에 들어오지 않았다. 나는 부모의 충고도 듣고 싶지 않고, 부모의 생각도 알고 싶지 않다, 영원히.

이러니 집에서 보낼 일주일이 어떨지 짐작이 갈 거다. 어머니는 세상에서 가장 힘든 일처럼 보이는 집안일과 세 식구 밥해 먹이는 일을 간신히 해내고 있다. 우리 집은 도우미를 쓸 만큼 형편이 넉넉지 않다. 도우미 고용은 무료이되 그 사람을 먹이고 입히고 재워 줘야 하기 때문에 그만큼 비용이 나간다. 집 안에 일거리가 많다면 별문제가 없겠지만, 설거지 로봇과 청소 로봇이 있어서 할 일이 그리 썩 많지는 않다. 아마도 내가 집에 있을 때 어머니가 많다고 생각하는 것만큼 많지는 않을 거다. 무엇보다 어머니는 소금 광산에서 제일 씩씩하고, 제일 열심이고, 제일 자발적으로 일하는 노예처럼 움직인다. 그렇지만 우리는 거의 대화를 하지 않는다. 단, 어머니가 나에게 그거 마음에 드느냐고, (다음 식사 때) 특별히 먹고 싶은 건 없느냐고, 어떤 친구가 보고 싶으냐고, (그 답은 '엄마가 왜 그걸 걱정하시죠?' 이다.) 뭐 좀 가져다주랴 하고 물어볼 때를 제외하면 말이다. '아침에 차 한잔 부탁드립니다.' 이건 마치 숙박 운영은 잘되나 사람 속은 답답한 민박집에 묵는 것 같았다.

이런 환경이 내가 최고의 능력을 발휘하도록 만들어 주었다고 한다면 그건 거짓말이다.

아버지의 경우 아침엔 출근해서 일하고, 저녁엔 퇴근해서 집으로 돌아와 어머니가 차려 주는 대로 저녁을 먹고 난 뒤 텔레비전이든 영화든 뭐든 본다. 우리는 대화를 거의 하지 않았고, 둘 다 그게 더 편했다.

이런 집안 분위기는 예전과 다름이 없었다. 어느 노래의 가사처럼 예전 그대로였다. 나는 오래된 친구들을 만나러 나가곤 했다. 하지만 예전만큼 주변에 친구들이 없었다. 왜냐하면 내 또래는 모두 벽 복무 중이어서 근무 아니면 훈련 아니면 휴가 중이었기 때문이다. 주요 화젯거리는 벽 복무였다. 사람들은 불만 사항을 비교해 본다. 이야기를 하다 보니 우리 중대가 가장 엄격한 것 같았다. 한 번에 열 명만 경계 근무를 나가는 중대도 있다는데, 그렇다면 사흘에 하루꼴로 한나절이나 하룻밤을 쉰다는 말이다! 그건 규칙에 위배되는 것이고 만약 그때 상대가 오면 망하는 거지만, 상대가 오면 어차피 망하는 거다.

여기선 대위라면 그렇게 생각하지 않을 거라고만 말해 두겠다. 내가 우리 중대를 좀 씹자 모두들 '그렇게 빡센 곳에 있다니 너도 참 재수가 없구나' 하고 말했다. 나도 그 말에 동의하며 같이 투덜댔지만 마음속으로는 그렇게 엄격한 경계병 생활을 견디고 있는 나 자신이 뿌듯했다. 나야말로 진짜 경계병이다. 사흘에 하루를 쉰다면 그건 완벽한 경계병이 아니었다. 3분의 2만 경계병이다. 사람들은 진짜 경계병(바로 나)과 다른 경계병을 절대로 구분하지 못한다. 술집에 떼로 몰려와 술에나 취하는 경계병밖에 모른다. 사람들은 이들을 피해 다닌다. 특히 경계병으로서 복무를 마친 젊은이들조차 그런 경계병과 조심스럽게 거리를 두며 다닌다. 사람들은 우리가 잃을 게 없음을 안다는 걸 안다. 누가 뭘 어떻게 하겠는가, 우리를 보낼 데가 벽밖에 더 있겠는가? 게다가 법원은 경계병에게 관대한 것으로 악명이 높다. 우리가 막 싸우고, 우리가 막 난동을 부려도 별일이 없다. 빌어먹을, 그렇고말고.

오래된 친구들과 떠들다 보니 인생이 두 갈래, 즉 벽 이전과 벽 이후로 나뉜다는 걸 깨닫게 되었다. 공통적으로 경험한 이 벽이 마치 우리 사이를 갈라놓는 것 같았다. 벽은 모두에게 같으면서도 모두에게 달랐다. 복귀하면 우리는 2년이라는 시간(근무 날짜를 달력이 아니라 주 단위로 헤아려 버릇하는 경계병의 기준으로 보면 96주라는 시간)을 공통적으로 보내게 되겠지만, 어쨌든 지금은 현재가 아니라 과거 때문에 친구로 지내는 거다. 집에서 일주일을 보내며 얻은 교훈은 이거였다. 현재 내 인생의 전부는 가족과 친구가 아니라 벽에서 함께 지내는 전우들이다.

도보, 버스, 기차, 다른 기차, 트럭을 타고 벽으로 돌아오던 날, 나는 현관문 앞에서 어머니와 아버지에게 작별 인사를 드렸다. 어머니는 주춤주춤 나를 껴안았고 아버지는 나와 악수를 했다. 나는 아버지의 눈빛에서 뭔가 충고 같은 말을 하고 싶어 한다는 걸 알아챌 수 있었고, 아버지는 내 눈빛에서 그것을 거부한다는 걸 알아챌 수 있었다. 나는 배낭을 집어 들고 집을 나섰지만 현관문이 닫히자 잠시 걸음을 멈추고 창가에 서 있었다. 밖이 어두우니 두 분 눈에는 내가 보이지 않을 터였다. 현관 불이 꺼지고 거실 불이 환해지더니 텔레비전이 켜졌다. 두 분은 일주일 내내 기다렸을 게 분명한 프로그램을 보기 시작했다. 그게 다큐멘터리인지 영화인지는 알 수 없었고 눈으로 직접 확인할 마음도 없었지만, 오프닝 화면에 모래와 푸른 하늘과 그보다 더 푸른 바다가 나오더니 작게 보이는 인물들이 보드에 올라 파도를 타다가 바닷물에 풍덩 빠지는 장면이 나왔다. 부모님은 내가 떠나기를 기다렸다는 듯이 서핑 프로그램을 틀고 보는 것이었다.

8

그런 뒤 벽으로 복귀했다. 두 번째 순환 근무는 우리 분대가 야간조로 바뀌었기 때문에 더 힘이 들었다. 12시간 주간 경계 근무도 힘들다고 생각했는데 야간 근무는 그보다 더 힘들었다. 어두우니까 확실히 더 힘들었다. 더구나 밤에 찾아올 가능성이 훨씬 더 높은 두 번째 유형의 추위도 막상 겪으니까 더 힘들었다. 아교풀 같고 진흙 같은 추위였다. 추우니까 벽 콘크리트가 물먹은 솜처럼 되어 노면을 걷기가 너무 힘들었다. 하지만 진짜 힘든 이유는 밤에 더 쉽게 생기는 불안감 때문이다. 낮에는 상대가 오면 어떻게 될까, 그러면 정말 상황이 악화될까 하고 머릿속으로만 궁금해하다 밤이 되면 두려움에 사로잡히는 거다.

벽에서, 밤에 떠오른 상상력은 친구가 아니다. 다른 데 있다는 생각, 제대하면 뭘 할까 하는 생각, 먹을 것에 관한 생각, 섹스에 관한 생각 등 낮 시간을 버티는 데 도움이 된 잡념은 하등 소용이 없다. 실제로 존재하지도 않는 것들이 눈에 보이고 귀에 들린다. 그걸 누구나 잘 알고 그에 관해 훈련을 받지만, 그러면서도 가끔은 그런 것들이 존재한다는 것과 다음과 같은 일이 수차례 일어났다는 것을 알고 있다. 쇠붙이에 반사된 달빛 같은 게 보였겠거니 하고 예사로 넘기거나, 쇠붙이로 콘크리트를 긁는 소리 같은 게 들렸겠거니 하고 예사로 넘긴 경계병이 복부에 상대의 칼을 맞고 피를 토하며 죽어 갔더라는 걸 말이다. 12시간 교대 근무를 서다 보면 최소 한 번은 아드레날린이 폭발한다. 그럴 때마다 진정하라고 자신을 타이르다가도 결국 '뭔가가 실제로 존재할지 몰라' 하고 중얼거린다. 무슨 약이라도 먹은 것처럼 상태가 오르락내리락한다. 그것에 결코 적응이 안 될 테니, 적응이 안 된다는 것에 적응하길 바라는 게 최선이다.

대위는 야간에 훨씬 더 자주 나타났다. 한 사람의 출현으로 밤에 보초를 설 때와 같은 근본적이고 기본적인 두려움이 누그러진다는 게 말도 안 되는 일이란 걸 안다. 그럼에도 불구하고 누그러졌다. 12시간 근무를 하다 보면 어느 순간 그가 나타났다. 그는 불빛이 환한 성곽을 행군해 오거나 자전거를 타고 왔다. 낮이라면 절대 타지 않았을 자전거를 탄 모습은 아무리 봐도 약간 이상하게 보였다. 대위는 덩치가 큰 데 비해 자전거는 너무 작은 것처럼 보였던 거다. 가끔은 사전 경고도 없이 초소 옆에서 불쑥 튀어나오곤 했다. 벽의 내부 통로로 왔기 때문이다. 첫날 딴생각에 빠진 나를 포착하고 달려왔던 것과 같은 수법이었다. (신병의 근무 첫날마다 그가 그렇게 한다는 이야기를 나는 나중에야 알게 되었다.) 그는 말 한마디 없이 그냥 내 옆에 서서 바다를 살펴볼 뿐이었다. 그런 다음 어두운지 덜 어두운지, 추운지 덜 추운지, 달빛이 비치는지 별빛이 비치는지, 바람이 부는지 잠잠한지, 가시거리가 좋은지 나쁜지, 근무 종료 시점인지 시작 시점인지 등등 필수적이고 기본적인 야간 근무 상황을 확인했다. 그는 사병이 아직 모르는 사안에 대해선 아무 말도 하지 않았지만,

그 자체만 봐도 그가 사병보다 훨씬 더 오래 보초를 서 왔고 그만큼 잘 아는 사람은 없으며 그래서 그가 여기 눈앞에 서 있음을 알고도 남게 된다. 그러고 나면 그는 고개를 끄덕여 인사하고는 다음 초소로 걸어갔다. 그러다 벽 중간쯤, 한 초소와 다음 초소의 중간쯤에 서서 자주 바다를 응시하곤 했다. 마치 모든 감각을 총동원해서 어둠을 꿰뚫고 나가 소리를 듣고 눈으로 보려 하는 것 같았다.

"그럴 때 대위님은 뭘 찾는 거 같아?"

어느 날 밤 내가 히파에게 물었다. 우리는 주간에 했던 그대로 야간에 보초를 서다가 중간에 식사 시간이 되면 3인 1조로 모였다. 나는 2년 내내 같은 조에 속해 초소에 근무한다는 것이 곧 같은 세 사람과 매일 같이 식사한다는 뜻이란 걸 예전에는 미처 몰랐다. 조원들과 사이가 좋지 않다면, 조원들이 남을 왕따시키는 사람이나 멍청한 사람이나 과묵한 사람이나 굉장히 까칠한 사람이라면, 단지 서로 잘 맞지 않는 거라면, 안 그래도 힘든 12시간 근무가 더욱더 힘들어질 거다.

"자기 감각이 여기서 제일 뛰어나다고 생각하는 거 같으니까. 뭐, 사람들이 내는 작은 소리를 찾겠지. 집중을 방해하는 소리들. 보디랭귀지 같은 거 말야. 신경 쓰지 마. 너 그거 다 먹을 거야?"

히파가 야식용 에너지바를 천천히 우물거리는 슈나를 보며 물었다. 바 속에는 끈적거리는 뭔가가 들어 있었다. 대추야자 같았다. 그에 답하듯 슈나가 먹다 만 바를 반으로 뚝 잘라 그 끝 쪽을 히파에게 내밀었다. 히파는 아무 말 없이 받아 들고 먹기 시작했다. 다른 곳에서 그랬다면 이것은 굉장히 무례한 행동으로 보였겠지만 벽에서는 친밀함을 나타내는 행동이었다.

"네 번째 복무……. 네 번째 복무를 한다고 상상해 봐. 벽에서 8년을 산 거잖아."

히파가 말했다.

"그분은 병장으로 첫 복무를 마쳤어. 재주가 있었던 거지."

슈나가 말했다.

"맞아. 음, 재주가 있다고 상상해 봐. 그러니까, 무슨 재주든 말이야."

히파가 말했다.

"저글링."

내가 대답했다.

"뜨개질."

슈나가 대답했다.

"섹스."

히파가 대답했다.

"잠."

내가 대답했다. 그 뒤로 우리는 아무 말도 하지 않았다.

나는 식사를 끝내고 따뜻한 음료를 다 마신 다음 담당 초소로 돌아가려고 자리에서 일어섰다. 밤에는 젊고 건강한 사람조차 몸이 금방 굳어 버린다. 나 역시 앉아 있는 동안 추위가 온몸을 구석구석 파고들었다는 걸 느낄 수 있었다. 골반과 무릎이 뻣뻣했다. 히파와 슈나도 일어섰고 우리는 각자 위치로 흩어졌다. 나는 불빛이 환한 노면 가장자리 쪽으로 걸어갔다. 초소를 50미터쯤 앞두고는 몇 분 동안이 끝에서 저 끝으로 왔다 갔다 조깅을 했다. 숨이 차면서 몸에 열이 올라오기에 땀이 나지 않도록 조심했다. 한쪽 끝을 돌다 바다를 바라보니 뭔가가 눈에 띈 것 같았다. 처음엔 저 멀리 바다에서 불빛이 깜박이나 보다 했다. 아군의 불빛일 개연성은 없어 보였다. 해안 경비대가 야간에 출동하기는 하지만 그럴 때엔 조명을 잘 밝히지 않는다. 착각이겠지 했는데, 잠시 뒤 또 불빛이 반짝이고 나더니 또다시 반짝였다.

"불빛이 보이는 거 같습니다."

나는 무전기에 대고 말했다. 당황스러움과 무서움을 동시에 느꼈다. 당황스러움은 이게 나의 착각이라면 어쩌나 하는 마음이었고, 무서움은 저게 저 멀리 바다에서 온 상대라면 어쩌나 하는 마음이었다.

"거리는?"

대위가 물었다. 다짜고짜 귀청을 때리는 그의 목소리에 나는 화들짝 놀랐다. 평시에 그는 무전기를 사용하지 않았기 때문이다.

"식별이 어렵습니다, 대위님. 죄송합니다. 그리 가깝진 않지만 수평선보단 가깝습니다. 1킬로미터 이상 같습니다."

"인원은?"

"둘 또는 셋입니다. 깜박거립니다."

"오케이. 잘했다. 경계를 늦추지 마라. 걱정할 건 없다, 종종 일어나는 일이니까."

"왜 저런 겁니까? 대위님. 무슨 일입니까?"

내가 물었다.

"우리도 모른다."

대위가 평소의 명령조나 힐난조가 아니라 질문하는 것 같은 목소리로 대답했다.

"놈들이 가끔 하는 행동일 뿐이다."

그가 말한 '놈들'이 누군지는 물어볼 필요도 없었다. 저 불빛은 상대들이었다. 이것이 나와 그들의 첫 대면이었다. 서로 얼굴을 마주본 것은 아니었다. 그랬다면 둘 중 어느 한쪽은 죽어 나갔을 것이다. 그럼에도 불구하고 대면은 대면이다. 처음으로 그들을 본 거다. 또한 처음으로 상대가 되어 밤에 임시 배나 뗏목이나 고무보트를 타고 다니며 해안선을 응시하고 벽을 쳐다본다는 게 어떤 기분일지 상상해 봤다. 벽 위쪽은 불빛이 점점이 환하고 아래쪽은 가파르고 시커멓다. 파도가 너울거리는 대로 온몸이 출렁거리겠지. 따뜻하고 뽀송하고 안전했던 때가 언제였는지 거의 기억나지도 않겠지. 우리도 춥지만 상대는 우리보다 더 춥다. 우리가 무료하고 피곤하고 불편하고 불안하다면, 그들은 화나고 두렵고 고달프고 절박하다. 세상에, 바다에서 바라보면 벽은 틀림없이 끔찍한 것, 즉 흉터 같은 사악한 선처럼 보일 거다. 너무도 공허하고, 너무도 무자비하고, 너무도 잔인하게.

우리는 그들에게 두려움과 적대감을 느끼는 데 익숙해 있었다. 그래서 그들이 오면 우리는 그들을 죽일 거다. 단순한 이치다. 그런데 그들의 눈에 우리는 어떻게 보일까? 우리는 틀림없이 인간보단 악마에 더 가깝게 보일 거다. 악함 그 자체가 구체화된 본질, 악령이다. 만약 우리가 그들을 발견 즉시 죽이려 든다면 그들은 우리에게 무슨 짓을 하려 들까? 그들이 할 수만 있다면 말이다.

우리는 그들에게 빚진 게 하나도 없다고 생각했던 게 기억이 난다. 내가 그들 중 하나가 아니라 우리 중 하나라서 기쁘다. 26시간이 지나면 두 번째 교대 근무가 끝난다.

# 9

오후 늦게 우리는 레이크 지방(영국 잉글랜드 북서부에 있는 호수가 많은 산지 – 옮긴이)에 있는 한 계곡의 산턱에 서 있었다. 배낭은 우리 옆에 얌전히 놓아두었다. 아침나절엔 구름이 잔뜩 끼었었는데 어느덧 하늘이 맑게 개더니 지금은 거의 완벽에 가까운 날씨를 보였다. 그래서 그런지 걸을 때 너무 덥지 않았고, 가만히 서 있을 때도 너무 춥지 않았다. 하늘은 거의 노란빛으로 물들어 갔다. 아직 해가 진 건 아니었고 막 지려는 참이었다. 그 순간이 되면, 마치 보이지 않는 얇은 버터막이 펼쳐진 것처럼 모든 것이 더 풍요롭고 더 심오하고 마음에 더 와닿게 된다. 언덕도 친근하게 보였다. 나는 물 한 모금을 마시고는 산세를 둘러보며 여기 온 것에 기쁨을 느꼈다.

그다음 벽 경계 근무는 별다른 일 없이 순조로웠다. 우리는 보초를 섰고, 대위는 매의 눈을 번뜩이며 순찰을 돌았고, 사지 병장과 요스 상병은 우리를 단속했다. 낮의 길이가 더 길어졌고 밤의 길이는 더 짧아졌다. 날씨가 살짝 풀렸다. 두 번째 유형의 추위가 거의 물러갈 철이 되었지만, 그러다 한 번씩 찾아오면 기습 추위에 노출될 수 있기 때문에 그 어느 때보다 더 위험했다. 우리 분대원 중엔 키가 크고 말이 별로 없는 한 여성이 있었다. 그녀는 대학 1학년을 다니다 와서 제대하면 복학할 생각이었다. 그녀의 제대 날짜가 다가와서 우리는 그녀를 위해 송별회를 열어 주었다. 밖으로 나갈 수 없었기 때문에 술이 빠진 송별회였지만, 그럼에도 불구하고 아주 즐거운 한때였고, 그로 인해 나는 시간이 가긴 가는구나 하는 생각이 들었다. 나의 군 생활도 그럭저럭 흘러가고 있었다. 하루하루가 흘러가 휴가 날짜가, 제대 날짜가, 남은 인생을 새 출발할 날짜가 시시각각 다가오고 있었다. 이 2주일이라는 주기 사이에 우리는 가족들이 기다리는 '집'으로 가서 일주일 동안 대기 상태로 지내는데, 그때가 보초를 서거나 훈련을 받을 때보다 몸은 훨씬 더 편하지만 너무 단조로워서 다른 도전거리가 필요했다. 그래서 다음 휴가 때는 우리 조원들과 같이 시간을 보내기로 했다. 새 친구들과 같이 일주일 휴가를 보내게 된 것이다. 히파가 빠지겠다고 했다면 나도 그렇게 했을 텐데, 히파도 간다고 했기에 나도 냉큼 함께 가겠다고 했다.

우리 중 돈 있는 사람이 아무도 없어서 캠핑을 가기로 했다. 바다가 보이지 않는 곳이라면 어디든 가고 싶었다. 풍경이 멋진 곳, 좋은 술집이 있는 곳, 산책하기엔 좋지만 너무 힘들지 않은 곳, 아니면 산책을 좋아하는 사람들에게만 힘든 곳. 남자 셋과 여자 셋, 바로 나와 쿠퍼와 휴스와 히파와 슈나와 메리였다. 병참 장교에게 텐트 두 개를 빌렸다. 우리는 무전기를 놓고 가자는 데 의견을 모았다. 사실 이런 과감한 행동은 처음 시도해 본 것이었다. 열 살 때 처음으로 폰이 생긴 뒤 폰 없이는 일주일도 살 수가 없었다. 자연 상태! 그게 캠핑의 목표였다. 나는 그냥 그게 목표였다는 것뿐, 꼭 좋은 목표였다고 말하는 게 아니다.

쿠퍼는 그 지역의 유명 술집과 가까운 산비탈 쪽으로 캠핑하기에 가장 적당한 장소를 조사했다. 그런데 캠핑 첫날, 우리가 도착한 곳은 그가 생각했던 장소가 아니었다. 그 결과 날이 저물어 가는 가운데 우리는 그냥 서 있었다. 텐트를 칠 수 없는 곳이었다. 이곳은 아름다운 장소이긴 했지만 최상의 캠핑장은 아니었던 거다.

"언덕 넘어가서 찾아보자, 더 좋은 곳이 있나."

쿠퍼가 말했다.

"아, 그만. 난 힘들어 죽겠어. 저녁이나 먹었으면 좋겠다."

메리가 말했다.

"술집은 저쪽에 있어. 무전기가 없으니……."

쿠퍼가 말했다.

"우리 모두 동의한 거잖아."

히파와 내가 동시에 말했다.

"그래, 맞아, 동의한 거야. 지금 우린 길을 잃은 거고."

"길을 잃은 건 아냐, 여기가 어딘지 확실치 않은 것뿐이지. 그건 완전히 다른 문제라고."

쿠퍼가 말했다.

"우리가 캠핑 이야기할 때 여기에 대해 말했던 거 기억나는 거 같아. 바로 저 위로 넘어가면 될 거 같아. 일 킬로미터만 가면 돼. 그것보다 더 가지는 말고."

슈나가 말했다. 우리 사이의 묘한 역학 관계 때문에 슈나의 의견이

상황을 종료시켰다. 그녀의 말에 무게가 더 실린 이유는 그녀가 쿠퍼의 말을 따르기보다 그와 언쟁을 벌일 것 같아서였다. 둘이 짜고 다른 의견을 공격하거나 무조건 한쪽 편을 들어줄 생각은 없어 보였다. 우리는 물을 다 마시고 배낭을 집어 들었다. 말없이 몇 미터 떨어진 곳에 있던 도우미들도 우리와 똑같이 했다.

이번 여행을 위해 시도한 또 다른 거창하고 과감하고 획기적인 일은 바로 도우미를 데려가기로 한 것이었다. 우리는 인력 지원 센터에서 그들을 구했다. 도우미는 일반인에겐 비용 부담이 크지만, 캠핑할 때엔 도우미가 각자의 음식이나 텐트를 가지고 오니까 기본적으로 도우미 고용은 공짜다. 이걸 생각해 내고 제안한 사람이 나였기에 나는 내가 그랬단 티를 감추려 들지 않았다. 이것은 식량과 물품이 몽땅 들어간, 유독 무겁고 불편한 배낭을 메지 않고 그보다 훨씬 더 작고 가벼운 휴가용 배낭만 메고 다니면 된다는 뜻이었다. 우리가 낮에 하고 싶은 대로 실컷 놀다가 캠핑장으로 돌아오면 모닥불이 피어 있고, 저녁이 차려져 있고, 빨래가 되어 있는 등 주변이 깔끔하게 정리되어 있을 것이다. 부자가 된 기분이 어떤지 맛보게 될 거다. 인간의 관점에서 볼 때 나는 우리가 평소 도우미를 두고 사는 사람들이 아니라서 도우미를 부린다는 것이 우리에겐 어색한 일이 될지도 모른다고 생각했었다. 그러나 흥미롭게도 적응은 빨랐다. 도우미는 남자 하나에 여자 하나였는데, 서로 허물없고 말도 별로 없는 것으로 봐서 커플인 것 같았다. 나는 그들에게 사생활에 대해 묻지 않았고 그들도 구태여 말하지 않았는데, 이 또한 더할 나위 없이 좋았다. 남자가 요리를 맡아 했고 여자는 다른 일을 맡아 했다.

첫날, 쿠퍼가 방향은 제대로 잡았다는 게 드러났다. 우리는 언덕을 따라 올라가던 길을 계속 올라갔다. 등 뒤에서 햇빛이 비쳐 풍경이 온통 신의 축복을 받은 것처럼 황금빛으로 물결쳤다. 언덕을 다 오르자 다시 한 번 시야가 탁 트이더니, 우리 앞으로 산으로 빙 둘러싸인 호수가 펼쳐졌고, 그 한가운데에 뜬 외차선에서는 모락모락 증기가 피어오르고 있었다. 19세기 낭만파인지 뭔지 하는 녀석이 산봉우리를 정복하고 발아래 펼쳐진 세상을 살펴보는 그림 같은 순간이었다. 다만 그 그림에 몇 가지 세부 사항, 즉 여섯 명의 꾀죄죄한 병사와 두 명의 도우미가 있다는 것만 빼면. 더구나 찾고 있던 술집을 발견했기 때문에 사병은 모두 축하의 춤을 덩실덩실 추고 있었다. 술집은 반대편으로 500미터쯤 내려간 곳에 있었는데, 우리가 정상에서 본 것과 같은 풍경이 그대로 보이는 아담하고 위치도 딱 좋은 캠핑장이 있었다.

"당연한 결과지."

쿠퍼가 자신에게 만족한 듯 말했다. 우리가 가방을 벗어 놓고 술집에 간 사이 도우미들은 텐트를 쳤다. 나는 '그래, 엘리트 계층에 속한다는 건 이런 거야'라고 생각했다. 누군가 나를 위해 일해 주는 것. 내부자가 되는 것. 술집은 옛날 잉글랜드풍 여관으로, 술 마시는 공간과 라운지와 작은 방이 따로 나 있는 아늑한 목조 건물이었다. 그러니 누구나 상상하듯 겨울밤인지라 안으로 들어섰더니 이내 안도감과 훈훈함이 밀려들었다. 우리는 약 10초 만에 알아차렸지만 주인은 벽 복무 중인 사람을 특별하게 대우해 주는 전직 경계병이었다. 처음 시킨 맥주를 공짜로 주었던 거다. 우리는 맥주를 하나 더 시켜 마셨다. 그런 다음 텐트 친 곳으로 돌아왔더니 도우미들이 모닥불가에서 저녁을 준비하고 있었다. 이제는 어둠이 내려앉았지만 그건 정 많은 경계병들이 좋아하는 달빛이 비치는 짙푸른 어둠이었다. 모닥불, 나무 때는 연기, 양고기 등 모든 게 더할 나위 없이 좋았다. 벽이 딴 세상처럼 느껴졌다.

첫날 아침, 동이 튼 지 얼마 안 된 시각에 나는 일찍 잠에서 깼다. 텐트 밖으로 나와서 졸음을 쫓으며 기지개를 켠 다음 커피를 찾았다. 안경을 쓰지 않아서 눈앞이 흐릿했는데 갑자기 헛것이 보였다. 하얀 형체가 아침 해를 등지고 햇빛에 이글거리는 듯 느린 동작으로 춤을 추고 있었던 거다. 나는 '대천사다! 내가 미쳤나 봐! 귀여운 아기 예수시여' 하는 생각을 했지만 그건 태극권 수련을 하는 휴스였다. 그는 멈추지도 않고 나를 돌아보지도 않고 계속 동작을 익혔다. 그게 인상적이면서도 우스꽝스러웠다. 그가 그게 우스꽝스럽게 보인다는 걸 뻔히 알면서도 동작을 멈추거나 늦추지 않았기 때문에 부분적으로 인상적이었다는 거다. 그가 잘하긴 했나? 아마 그런 것 같다. 움직임에 유연함이 넘쳐 보였고 넘어지지도 않았다.

도우미들이 아직 일어나기 전이었는데도 휴스가 난로에 커피 주전자를 올려놓아서 나는 커피를 조금 따라 마셨다. 접의자에 앉아 경치를 바라보았다. 나는 휴스와 사이가 좋았다. 그리고 우리는 좀 비슷하게 생겼다는 점을 빼고도 그가 우리 집 근처 24킬로미터쯤 떨어진 마을에서 자랐다는 묘한 인연이 있었다. 알고 보니 우리는 서로 같은 학교에 다닌 친구들까지 있었다. 인수인계할 때 한번은 사지병장이 휴스를 보고 왜 엉뚱한 곳에 있느냐며 소리치고 나서 상대가 누군지 알아보고는 사과, 아니 사과 비슷하게 한 일이 있었다. 사과의 말은 정확히 이랬다.

"미안하네, 길고 가느다란 오줌발같이 생긴 놈이랑 착각해서."

내가 커피 한 잔을 다 마셨을 즈음 휴스도 태극권 수련을 마쳤다.

"미안, 바보처럼 보인다는 거 나도 알아."

휴스가 말했다.

"아니야……."

나는 말문을 열었다. 그리고 어깨를 으쓱했다.

"다를 뿐이지. 착검, 자동 화기 조준, 발사, 이런 것들하고."

"벽에선 사람들이 놀릴까 봐 이렇게 못 해. 아마 나 평생 놀림당할 거다."

"맞아, 그럴 거 같아."

"더구나 이건 밖에서 해야 하는 건데 거긴 맨날 환장하게 춥잖아."

"맞아, 것도 그렇지."

"스승님은 나더러 그런 건 신경 쓰지 말라고 하실 텐데. 추위도 놀림도 모두 다 말이야. 그런데 난 그게 안 돼."

"스승님이라니, 수염 휘날리는 구십 넘은 중국 양반인데, 무술을 오래 해서 막 날아다니기라도 하는 분인 거야?"

"아니, 스승님 이름은 그레이엄이라고, 서른다섯 살에 울버햄프턴 사람인데. 태극권을 잘 아시지."

"다시 배우러 갈 거야?"

"아니. 대학에 들어가려고."

그가 배낭 속으로 손을 뻗어 워즈워스의 시선집을 꺼냈다.

"문학을 공부하고 싶거든. 공부 잘하면 대학에서 학생들을 가르칠까 해."

나는 휴스를 바라보았다. 내가 처음 봤을 때 이 인간은 옷을 잔뜩 껴입어서 무시무시한 모습에 구레나룻을 기른 얼굴로, 숨 죽여 중얼거리면서 나를 노려보더니 자동 화기를 어깨에 메지 않고 오른손에 든 채 석양빛을 밟으며 터벅터벅 벽을 내려갔던 인간이었다. 그런 인간이 사실은 명상에 잠겨 무술을 익히고 낭만주의 시를 읽고 교수가 되고자 하는 깡마른 지식층 신사였던 거다.

"너는?"

그가 물었다.

"글쎄."

이렇게 대답하고 보니 그게 사실이라는 생각에 나 자신도 놀랐다. 예전엔 남들에겐 비밀로 해도 뭔가 하고 싶은 것들이 있었다. 어느 누구에게도 말한 적이 없었다는 의미에서의 비밀이다. 집에서 벗어

084 … 더 월

나고 싶었고(이건 비밀이 아니었지만), 최대한 교육 과정을 다 밟고 싶었고, 돈 많이 버는 직업을 갖고 싶었고, 엘리트가 되고 싶었다. 그런 생각들을 계획이라 말하기엔 너무 멍청한 것 같았다. 나는 그렇게 됐다는 사람을 모른다. 어떻게 해야 그렇게 되는지 그 세부 방법도 모른다. 하지만 그게 가능하다는 건 안다. 엘리트 계층은 외부 인사를 일부 받아들여야 한다. 이것은 계층이 잘 굴러가는 데 필요한 기본 규칙이다. 이런 것을 통해 스스로를 물갈이하고 밑에서부터 올라오는 혼란을 잠재울 만한 혜택을 충분히 제공해야 한다. 또한 엘리트 계층은 새로운 피를 수혈해야 한다. 다른 사람들이 지금 어떤 생각을 하고 있는지를 아는 사람은 새로 유입된 엘리트이기 때문이다. 일반적인 측면에서가 아니라 바로 이 특정한 역사적 순간에. 그 생각을 알려면 외부 인사를 일부 받아들여야 한다. 나 같은 사람, 영리하고 야심만만한 지방 출신 소년을.

이건 정말 혼자만 깊이 숨겨 둔 비밀이었다. 이게 바라는 바 좋은 일도 아니고, 좋은 방법도 아니란 것은 알고도 남았다. 게다가 나는 친구와 또래와 동문, 동료 경계병 등 그들로부터 벗어나 다른 뭔가가 되려고 남몰래 계략을 꾸미고 있었다. 이건 사실상 내가 그들보다 더 낫다고 말하는 것이나 다름없었다. 소리 내서 말한 적은 없지만 내 마음에 대고 말하는 것이니 그보다 훨씬 더 나쁜 짓일 수도 있다. 내 속에 숨은 생각은 이렇다. 나는 너희와 다르다. 너희는 나를 모른다.

그럼에도 불구하고 놀랍게도 내가 진짜 누구인지에 대한 이 비밀

스런 생각이 스러져 없어지는 것 같았다. 그들과 함께 시간을 보내면 보낼수록 나는 내가 그들과 다르기보다 같다는 걸 더욱더 많이 깨닫게 되었다. 처음에 나는 머리 위로 날아가는 항공기를 올려다보면서, 여기 밑에서 올려다보기보다 저기 위에서 내려다보기를 애가 탈 만큼 간절히 원했다. 발아래 펼쳐진 세상을 내려다보는 것, 푸른 하늘 높이 떠오르는 것, 더 이상 사람들이 보이지 않을 만큼 아주 높이 떠오르는 것, 그게 전부였다. 사람들 위로 떠 올라가는 것, 평범함에서 멀어지는 것, 고도와 공중이라는 순수한 비인간적인 환경 속에 사는 것. 지금도 그런 것에 매력을, 전율을 느낀다. 여기 밑이 아니라 저기 위에 있고 싶다……. 그런데 문제는, 그런 생각이 보통 사람들 중 하나가 되는 게 아니라 그들보다 위에 있기를 바라는 것과 같다는 점이었다. 다시 말해서 나는 사지 병장과 요스 상병과 메리와 쿠퍼와 슈나와 휴스와 히파와 심지어 우리 부모님보다도 항공기를 탄 저 사람들에 더 가깝다는 것이다. 우리 중 하나가 아니라 저들 중 하나가 되는 것. 그런데 어쩌면 나는 저들 중 하나가 되고 싶었던 게 아닐지 모른다는 걸 깨달아 갔다. 어쩌면 저들을 좋아하는 것보다 우리를 더 좋아하는 모양이다. 그래도 저 항공기는 지금도 몹시 아름답게 보였고, 저게 저렇게 높이 날아오른다는 것, 저렇게 빨리 날아간다는 것, 하늘을 날면서 발아래 세상을 내려다볼 수 있다는 것은 분명 놀라운 일이다…….

"모르겠네. 대학에 가겠지. 그러고 나선, 모르겠어."

"정말 모르겠는데 아는 척하는 건 의미가 없지."

"맞아."

그다음으로 메리가 일어났다. 그녀는 하품을 하고 기지개를 켜며 여자들 텐트 밖으로 나왔는데, 그녀의 곱슬머리도 기지개를 켜듯 사방팔방 뻗쳐 있었다. 그녀가 다가와 잔에 커피를 따랐다. 그녀는 기질적으로 쾌활한 사람인데, 아침에 카페인을 좀 충전해 줘야 기분이 좋아지는 그런 사람이었다. 커피를 한 잔 다 마시고 나자 말문을 열었다.

"저분들이 오늘 저녁엔 무슨 요리를 할지 궁금하다."

메리가 말했다. 우리가 도우미를 데려온 이유 중 하나가 요리에서 손 떼려고 그런 건데도 요리는 메리의 취미요 주된 관심사이자 직업이었다. 그건 바로 그녀가 제일 좋아하는 일이었다. 벽 복무가 끝나면 뭘 할 계획인지 그녀에겐 굳이 물어볼 필요가 없었다. 그건 그녀가 제일 좋아하는 화젯거리였고, 그녀는 창업 자금이 생기면 어떻게 할 건지 몽상에 잠기는 걸 제일 좋아했다. (그 부분, 그녀가 돈을 모은다는 부분은 좀 모호했다. 그래도 그녀는 믿음이 있었다.) 무슨 제철이 되기만 하면 원하는 건 뭐든지 다 요리할 수 있었던 때. 그 시절에 대해 이야기하는 걸 너무도 좋아했다.

"대격변 전에 살 수 있었던 작물들 말이야. 그 모든 게 항상 있었대. 토마토 품종이랑 과일 종류, 누구나 알 만한 햄 종류, 언제든 즐겨 먹는 고기, 이런 게 다 사시사철 있었대. 오일류, 향신료 종류, 사시사

철 피는 허브류 등 언제 어디서든 원하는 건 뭐든지 다. 옛날 책에서 읽은 건데, 틀림없이 너무 편했을 거 같아, 그지? 요리만 하면 되니까. 언제든지 말이야. 그냥 이런 생각이 들었어. 그때는 사람들이 뭘 원하는지 어떻게 알았을까? 그러니까 좋아하는 건 뭐든지, 언제든지, 마치 공상 과학 소설에 나오는 것처럼, 그걸 만들어 주는 기계가 있었단 거지. 눈 돌아가게 말이야. 버튼만 누르면 로스트비프, 꿩 요리, 요구르트 드레싱 뿌린 파넬레, 아이올리, 새우 카레, 망고 수플레, 오리 피 볶음 요리, 양고기 콩소메가 나온대. 한도 끝도 없이. 그러니까 모든 게 항상 있다는 게 신기하긴 해도, 그 역시 이상하고 잘못된 거 같아. 지금은 옛날에 비해 부족하지만, 어쩌면 그게 더 낫다고는 할 수 없을지도 모르지만, 그건 미친 소리겠지만, 분명히 더 나은 것도 아니지만, 알다시피 우린 우리가 가진 걸로 먹고살아야 하고, 그리고 그게 설령 순무, 순무, 빌어먹을 순무라 해도 순무를 갖고 먹고 살고 있다는 것쯤은 너희도 알잖아. 왜냐하면 그게 바로 밭에서 나온 거고 요리해야 하는 거고 맛있게 만들어야 하는 거니까. 왜냐하면 다른 선택지는 없으니까, 알잖아? 게다가 또 양배추나 셀러리액이나 스웨덴순무나 비트나 산딸기류가 나는데, 밭에서 나는 건 뭐든지 신기하고 아름답고 흥미로워. 그냥 가게에 가서 살 수 있는, 현지에서 비행기로 배송해 온 작물이 아니니까."

메리는 도우미들 손에 요리를 맡기고 가려니 발길이 영 떨어지지 않겠다 싶었는지 처음 며칠 동안엔 요리 담당자 주변을 맴돌며 이런 저런 제안을 했는데, 그의 몸짓으로 판단컨대 고마워하는 기색이 전혀 없었다. 그걸 보니 그가 자존심이 센 남자란 걸 알 수 있었다. 그런데 한 주가 끝나 갈 무렵에는 그녀도 같이 손에 물을 묻히고 있었던 거다. 슈나가 그녀에게 '너 바보 아냐? 휴가의 진정한 묘미는 벽에 있을 때 하던 일에서 손 놓고 쉬는 거 아냐?' 하고 다그쳤음에도 불구하고. 메리는 "하지만 하고 싶은 걸 어떡해"라고 대꾸하고는 더 이상 대답하지 않았다.

휴가를 보내는 동안 또 다른 궁금증이 나를 압박했다. 바로 이거였다. '쿠퍼와 슈나는 언제 섹스를 할까?' 막사에 있을 때도 그게 수수께끼 같더니 여기 오니까 더 궁금해졌다. 우리는 그 둘에게 따로 텐트를 원하는지 어떤지 물어봤었다. 아니, 우리라고는 했지만 히파가 남들이 없는 데에서 슈나에게 물어본 거였고, 그녀는 원치 않는다고 대답했었다. 그래, 그런데 둘은 언제 어디서 그걸 하는 걸까? 몰래 빠져나가거나, 아니면 건물 뒤로 돌아가거나 그랬을 텐데. 둘은 남들 앞에선 절대 애정 표현을 하지 않았고 연인 티도 내지 않았지만, 둘이 연인인 건 확실했다.

그 방면에 대한 나의 계획은 수포로 돌아갔다. 히파와 같이 산책을 나가 보려고 두어 번 시도했지만, 나중에 생각해 보니 캠핑의 문제점 중 하나가 사생활이 거의 없다는 점이었다. 내가 엉큼한 제안, 예를 들어 '술집에 가 볼래?', '저 언덕 너머에 뭐가 있는지 가 볼래?', '가장 가까운 마을까지 걸어가 볼래?', '낚싯대 빌려서 낚시하

러 가 볼래?' 같은 제안을 할 때마다 그녀는 즉시 다른 사람들에게
도 가 볼지 말지 물어보거나, 그게 아니면 같이 가자고 하지도 않았
는데 우리가 나서는 걸 보면 다른 사람들이 끼어들곤 했다. 마치 남
이 하는 일에는 끼어들어도 된다고 자동적으로 승인을 받은 것처럼
말이다. 나는 자신이 한심했다. 여자아이에게 호감을 표시하겠다며
몰래 다가가서 그 아이의 머리를 확 잡아당기고는 멀리 달아나던,
성의식 발달 단계에 이른 아이 때로 돌아간 것만 같았다.

나는 지금도 종종 그 주가 생각난다. 아마 그건 그다음에 벌어진
일 때문일 거다. 하지만 적어도 어느 정도는 그때가 마법과도 같은
일주일이었기 때문일 것이다. 그때가 벽에서 보낸 시간 중 가장 행
복한 때였다고는 말 못 하겠다. 요점을 말하자면 우리가 벽에 있었
던 게 아니라 휴가 중이었기 때문이다. 하지만 그때가 벽에서 만난
새로운 가족들과 함께 보낸 최고의 시간이었다. 우리는 산책하고 이
야기하고 먹고 책을 읽었다. 술도 제법 많이 마셨지만 숙취 때문에
다음 날을 망칠 정도로 마시진 않았다. 술집 주인은 우리에게 욕실
을 쓰라고 내주었다. 심지어 거기서 세수도 하고 샤워도 하라고 했
다. 우리는 서로가 서로의 새로운 모습을 알게 되었다. 경계병이 되
면 벽에 있을 때의 모습만 드러나게 된다. 어쩌면 벽이 아닌 곳에서
드러나는 모습이 진짜 자기 모습에 더 가까울지 모른다. 그게 아닐
지라도 지금 생각해 보니 환경에 따라 그리고 상대에 따라 달라지는
수많은 모습들이 존재할 뿐 진짜 자기 모습이란 존재하지 않을지도

모르겠다. 부모를 대할 때의 나는 히파와 이야기할 때의 내가 아니고, 그런 나는 대위에게 명령을 받을 때의 내가 아니며, 그런 나는 보초를 서는 내내 12시간 근무가 끝날 때까지 일분일초를 세어 보는 내 안의 내가 아니다.

마지막 날 저녁이 되어서야 나는 히파에게 쭈뼛쭈뼛 다가가 곁눈으로 가리키며 "좀 걸을까?"하고 청함으로써 드디어 간신히 그녀와 단둘이 산책에 나서게 되었다. 그렇게 우리는 캠핑장을 벗어나 언덕 밑으로 내려가기 시작했다. 언덕을 내려가다 낮은 고개를 넘어간 다음, 비탈을 타고 올라가 서서 경치를 내려다보았다. 우리는 캠핑장이 있는 우묵한 언덕 맞은편에 서 있었고 술집도 바로 보였다. 마지막 날 밤이란 느낌, 개학 전날 같은 느낌, 신나는 휴가를 마치고 집으로 돌아가기 직전에 항상 느껴지는 현실로 돌아가는 느낌이 들었다. 나는 속으로 생각했다. '이런 순간에 뭐라고 말 좀 해 봐. 아니, 말 대신 행동으로 옮기는 게 나을까?' 히파는 마지막 비탈을 오르느라 힘겨웠는지 숨을 약간 헐떡이고 있었다. 머리는 비니 때문에 뒤로 쓸려 넘어갔고, 얼굴은 발그레했으며, 입술은 도톰하니 분홍빛을 띠고 있었다.

"사회에 나가면 도우미를 두고 살 만큼 부자가 될 거야."

단호한 말투가 아니라 마치 꿈을 꾸는 듯한 말투로 히파가 말했다. 그렇게 나의 순간이 날아가 버렸다. 그녀는 내가 입으로 말하기엔 너무 사적이라고 생각해 왔던 것을 소리 내어 말했다. 도우미를 두고 싶다는 건 나의 비밀스런 희망 사항이었다. 예전부터 그랬다. 이번 캠핑 경험으로 그 생각이 바뀐 건 아니었다. 오히려 그게 더욱 바람직하게 보였다. 나는 도우미 고용을 자신의 부유함을 입증하는 기법, 즉 지위의 상징이라고 생각해 왔다. 그런데 내가 그 주에 배우게 된 것은 귀찮고 힘든 일을 모두 대신 처리해 줄 사람이 있다면 인생이 얼마나 더 멋지게 돌아갈까 하는 것이었다. 도우미를 둔다는 건 인생을 업그레이드하는 것과 같다. 나는 이게 나와 히파의 차이점 중 하나라는 것도 깨닫게 되었다. 그녀는 도우미를 두고 살 만큼 부자가 되겠냐 싶었기 때문에 농담 삼아 편하게 말할 수 있는 거다. 나는 언젠가 부자가 되고도 남을 거라 생각했기 때문에, 부유한 사람이 되고도 남을 거라 온몸으로 느꼈기 때문에 절대 농담처럼 말하진 않는다. 그걸 보면 내가 어떤 사람이고 내가 무엇을 원하는지 그에 관한 진상을 알게 될 것이다.

"그만 돌아가야겠어, 곧 해가 질 거야."

그녀가 등을 돌리며 말했다. 덮쳐도 될까? 아니다, 너무 늦었고 너무 극단적이다. 기회는 날아갔다. 나는 또 생각했다. '와, 웃기다, 너에 대해 정말 아무것도 몰랐다니.'

아침이 밝았다. 현실로 돌아갈 시간이다. 우리는 짐을 싸 들고는 기차역으로 가서 벽으로 향하는 여정에 올랐다. 휴가를 떠날 때는 가볍게 느껴지던 짐이 벽으로 돌아갈 때는 무겁게 느껴졌다. 우리는 일주일 내내 이야기하고 말싸움하고 농담하며 휴가를 보냈지만 기차에 오른 뒤에는 입을 꾹 다물고 갔다. 나는 런던의 큰 역에서 도우미들과 헤어질 때까지도 여전히 도우미 문제에 관해 곱씹고 있었다. 그 주를 보내며 생각하고 있던 게 있었다. 예전에는 도우미에 대해 한 번도 생각해 본 적이 없었다. 도우미를 두는 것이나 그들의 삶이 어땠는지, 대격변 이전과 이후의 삶이 어떻게 달라졌는지, 그들이 이곳에 오기 위해 어떤 여행을 했는지, 어떻게 벽을 넘어왔는지, 상대들과 섞여 사는 것과 지금 도우미로 사는 건 어떤지 등을 연결시켜 생각해 본 적이 없었다. 내가 상상할 수 있었던 것은 기껏해야 불타는 듯 뜨거운 모래밭, 머리 위로 뜬 거대한 노란빛 태양, 상처를 따갑게 하는 짠 바닷물, 버림받은 약자들, 유배와 상실이라는 쓴맛, 안전에 대한 갈망, 계속 불어닥칠 극도의 절망과 슬픔……. 아니, 사실은 상상이 가지 않았다. 그런데 지금 내 눈앞에 그들이 존재했다.

내가 알고 싶은 것들이 왜 이상한 질문처럼 느껴졌는지 모르겠지만, 그렇게 느껴졌고, 나는 용기를 내어 물어봤던 것이다. 기차역에서 도우미들은 우리와 헤어져 다음 임지로 가려 하고 있었다. 다른 경계병들과 합의한 대로 나는 잠시 요리사를 한쪽으로 데리고 가서는 고맙다고 인사하며 그와 그의 동료를 위해 준비한 팁이 든 봉투를 슬쩍 건넸다. 이렇게 하면 안 되는 일이었지만 우리는 이것이 옳은 일이라고 생각했다. 그는 고개를 갸웃거리며 봉투를 받았다. 그가 웃는 모습 혹은 표정이 바뀌는 모습을 본 것은 그가 메리와 같이 요리하던 때 휴가가 끝나 갈 무렵이었다. 이것이 나의 마지막 기회였다. 역이 붐비고 혼잡한 탓에 우리는 가까이 붙어 서서 대화할 수밖에 없었다. 그러니 우리 대화는 새어 나가지 않을 것이다.

"물어보고 싶은 게 있는데."

내가 말했다. 비쩍 마른 남자 도우미는 움직임이 거의 없었고 상대방이 말을 걸어도 차렷 자세로 무표정하게 서 있었다.

"세상에 일어난 일을 여기 사는 우리들은 대격변이라고 불러요. 내가 궁금한 건 다른 사람들은 그걸 뭐라고 부르나 하는 거요. 그 같은 일을 뜻하는 단어가 있는지, 아니면 그냥 무슨 일이 일어났네, 하고 말하는지요. 우리가 부르는 대격변이란 말이 그쪽 언어로는 어떻게 되는지 좀 묻고 싶군요."

"쿠-이-쉬-아."

그가 이렇게 말한 것 같았다. 내가 그 말을 정확하게 들은 건지, 또 그게 무슨 뜻인지는 잘 몰랐지만, 그의 눈빛을 보니 뭐라고 더 이상 물어볼 여지가 없었다. 그는 가방을 들고는 작별 인사도 없이 뒤도 돌아보지 않고 동료와 함께 가 버렸다.

우리는 공탁소로 가서 북쪽으로 가기 전에 맡겼던 귀중품인 무전기를 찾았다. 히파는 무전기를 켜기도 전에 입을 맞추고는 이렇게 말했다.

"얼마나 보고 싶었는지 아니!"

나는 남들이 없는 곳에서 내 무전기를 보고 싶었다. 그걸 주머니에 넣고 다른 사람들이 벽으로 가는 기차를 타러 갈 때까지 기다렸다. 역은 주로 집으로 가는 통근자들 때문에 여전히 정신없이 붐볐다. 경계병에서 벗어나면 내 인생에 얼마나 많은 것들이 존재하는지를 기억하게 되는 순간 중 하나였다. 여기 있는 사람들은 집이 있고, 월급을 받고, 가족이 있고, 취미가 있고, 세금을 내고, 고민거리도 있고, 드라마도 봐야 하고, 난방비도 내야 하고, 정원도 가꿔야 한다. 나는 그런 것들을 하나도 갖고 있지 않다. 아마 언젠가는 갖게 되겠지만 그 순간 나는 그런 것들을 딱히 원치 않았다. 이상했다. 벽을 벗어나길 원했고, 이 시간이 얼른 끝나길 원했다. 그렇지만 그다음엔 어떻게 될지 애써 생각하려고 하면 머릿속이 하얘졌다.

나는 무전기를 켰다. 메시지가 잔뜩 들어와 있었지만 그것들을 열어 보기 전에 인터넷부터 접속해서 뭔가를 찾았다. coo-ee-shee-a. 처음에 철자를 잘못 입력한 바람에 제대로 된 답을 찾지 못하다가 세 번째 시도 만에 원하는 걸 찾아냈다. 쿠이쉬아는 스와힐리어였다. 그 뜻은 '종말'이었다.

# 10

우리는 벽으로 돌아왔다. 엄밀히 말하자면 돌아온 게 아니라 새로 배치를 받아 동부 해안으로 옮겨 갔다. 앞서 말했듯 2주일은 당번, 2주일은 비번, 그 비번 중 첫째 주는 휴가 기간, 둘째 주는 (대개) 훈련 기간이다. 이곳은 훈련 구역이었다. 경계병이 기다리고 기다리던 훈련이다. 흔히들 기초 훈련을 지옥으로 여겼다. 훈련의 요지는 체력을 단련시키고, 모든 새로운 규범에 적응시키고, 과거의 자신을 무너뜨려 경계병으로 다시 태어나게 만드는 거였다. 그러나 일단 벽에서 보초를 설 때는, 상대적으로 말하면, 훈련 주간이 재미있다. 우선, 훈련할 때마다 복무 기간이 일주일씩 줄어든다. 평소 주둔하는 감시탑이 아닌 새로운 장소로 가게 된다. 게다가 훈련은 내가 새로운 일을 하고 있다는 걸 의미했다. 이미 할 수 있는 일은 훈련받을 필요가 없으니까.

우리는 강어귀에 있는 벽, 초기에 쌓고 사용되지 않았던 구역으로 배치를 받았다. 과거의 강 풍경은 대부분 대격변 때 사라졌다. 그런 풍경은 사진으로만 남아 있는 또 다른 풍경이다. 그런데 여기는 지형적 사고 때문에 옛날 사진에서 보던 것과 거의 흡사했다. 비탈진 강기슭, 물 위로 늘어진 나뭇가지들, 완만하게 굽이진 곳에서 천천히 흐르는 강물과 초록 나뭇잎들이 보였다. 이곳은 첫 축조 때 쌓아 올린 곳들 중 한 군데로, 사람이 사용한 흔적이 전혀 없었다. 그 이유

는 대격변이 지속되면서 기술자들이 벽을 더 멀리 쌓아 나가야 한다
는 걸 깨달았고, 그래서 강어귀를 콘크리트로 뒤덮은 뒤 벽의 축조
방향을 다시 바꾸었기 때문이다. 그 결과, 이곳은 일반적인 설계 구
조에 맞게 축조한 벽이었지만 현재는 쓰이지 않는 구역이 되어 버렸
다. 훈련장으로 쓰기엔 완벽한 장소이다. 또한 이곳은 엄밀한 의미
에서 벽이 아니었기 때문에 도우미도 있었다. 그들이 주방 일과 막
사 관리를 한다. 잡일과 변소 청소는? 여기서 불침번 설 때는 안 해
도 된다! 지금 바로 이 순간이 그 자체로 휴가나 마찬가지였다. 메리
와 동료들이 특히 좋아서 난리가 났다. 그들이 할 일이 없었기 때문
이다. 즉 요리를 맡은 도우미가 따로 있었던 거다. 그들은 하루 종일
앉아서 텔레비전이나 보고 무전기로 게임이나 했다. 그들이 드러내
놓고 좋아하니까 참았지 그렇지 않았다면 더 약이 올랐을 것이다.

"이번 훈련은 방어-공격 훈련이다."

우리가 감시탑에 도착한 이튿날 아침, 대위가 말했다. 우리는 사
관실과 같은 막사 회의실에 앉아 있었는데, 창문을 통해 나무가 보
인다는 점에서 사관실과 매우 다른 느낌을 주었다.

"우리가 3박 3일 동안에 방어해야 할 구간은 5킬로미터. 평소
구간보다 2킬로미터가 더 길다는 점을 유념하도록. 우리의 담당 구
역이 늘어난 것이다. 각 경계병은 200미터가 아니라 330미터를 방
어해야 한다. 내 말 명심해라. 더 힘들다는 걸. 훨씬 더 힘들다는 걸.
다른 분대는 앞으로 3일 내 어느 한 시점에 공격해 올 것이다. 아마

한 번 이상이 될 것이다. 나는 그들이 누군지, 어디서 올지, 몇 명이나 될지 아는 바가 전혀 없다. 그들이 우리 분대와 규모가 비슷할 것으로 추측하고는 있지만 정확히 모르기 때문에 추정치만 갖고 행동하면 안 된다. 우리는 상대를 대하는 것과 똑같이 그들을 대해야 한다. 단."

그는 보기 드물게 깜짝 놀랄 만한 미소를 지었다.

"실탄이 아닌 공포탄을 사용한다. 제군들 재킷에 탐지기가 부착돼 있을 텐데, 그게 깜박이면 총상을 입었으나 계속 싸울 순 있다는 뜻이고, 그게 계속 켜져 있으면 사살됐다는 뜻이다. 여기엔 이 전투를 감시하는 평가단이 있다. 그들은 흰 완장을 차고 있다. 그들에게 사망 선고를 받으면 사망한 것이다. 괜히 문제를 만들지 마라. 그들한텐 복무 기간을 연장시킬 수 있는 권한이 있기 때문이다. 그들은 또한 카메라와 헤드 캠으로 교전 장면을 촬영할 거다. 그리고 누가 사망했고 누가 통과했는지 그에 대한 판결은 평가단의 판단과 촬영 영상을 종합해서 내려질 것이다. 질문 있나?"

우리는 조금 웅성거렸다. 그러자 병장이 입을 열었다.

"재미있는 부분을 말씀해 주십시오, 대위님."

그러자 대위가 정말로 웃었다. 이로써 그는 이런 종류의 훈련을 대단히 좋아하는 사람임이 분명해졌다. 비상시를 대비하여 맨날 보초나 서는 게 아니라, 활동적인 것과 일하는 것을 좋아했던 거다. 그는 여전히 웃고 있었다.

"그래, 재미있는 부분도 있다. 3일간 방어하고 나면 그다음 하루는 다른 분대와 위치를 바꾸고 그때 우리는 작전을 짤 수 있게 된다. 그다음엔 우리가 공격조다."

나는 그가 '우리가 상대다'라고 말하지 않았다는 걸 알아차렸다. 그게 기뻤다. 그랬다면 그 말이 틀린 말처럼 느껴졌을 거고, 귀신을 본 것처럼 오금이 저렸을 거다. 그럼에도 불구하고 그게 그가 말한 것이었고, 확실히 그가 가장 크게 기대하는 것이었다. 과거에 상대였던 대위는 다시 상대가 되어 훈련하는 걸 좋아했고, 그때 실제로 했던 일을 모의로 훈련하는 걸 좋아했다.

"우리는 3일간 놈들의 삶을 지옥으로 만들어 줄 거고, 우리 중 일부는 벽을 넘을 것이다. 나는 이런 훈련을 수차례 진행한바, 분대원을 데리고 벽을 넘는 데 실패한 적이 단 한 번도 없었고 그건 이번에도 마찬가지일 것이다. 훈련에 임하면 위치를 바꾸는 날 작전 회의가 있을 거란 걸 잊지 마라. 우리는 벽을 넘을 것이다. 그러려면 어떻게 해야 할지 모두 아이디어를 내도 좋다. 그리고 나는."

그가 다시 웃었다.

"나는 이미 아이디어가 있다."

그다음에는 우리가 담당할 구역, 그 지형과 지리에 대한 브리핑이 이어졌다. 주요 내용은 이 부근의 강둑이 높아서 거의 절벽처럼 경사가 급하지만, 계단식으로 올라가는 경사면은 5미터나 되는 수직 구간에 이어 작고 평평한 구간, 다시 5미터나 되는 수직 구간이 이어진다는 것이었다. 가파른 강둑 구조 때문에 한때 기술자들은 큰 어려움 없이 이곳에 벽을 쌓을 수 있다고 생각했지만 벽을 쌓고 나서야 그들의 생각이 틀렸다는 게 드러났다. 그 결과 벽 아래쪽에 그 옛날의 해변 같은 게 아니라, 사람이 서서 걸어 다닐 수 있을 만큼 꽤 넓은 강둑이 선반처럼 튀어나온 채로 남아 있게 된 거다. 이로 인해 축조가 중단된 구역에는 매복이 가능한 곳이 있었기 때문에 그곳이 바로 공격하기에 아주 좋은 장소였다. 흥미진진한 한 주가 될 것 같았다.

우리 중대원들을 보니, 그 7일 간의 훈련 기간만큼 기분 좋게 지낸 때는 없었던 것 같다. 정말 휴가나 휴양지에 온 듯했다. 왜냐하면 건물, 즉 힘든 훈련장뿐 아니라 위치의 변화가 있었고, 도우미 덕분에 늘어난 자유 시간이 있었고, 결정적으로 새로운 얼굴들이 있었기 때문이다. 나보다 입대가 빠른 경계병들은 맞교대할 조원이나 같은 조원과 아는 사이였지만, 내가 아는 사람은 오직 휴스밖에 없었다. 그 외 다른 교대조는 근무 주간을 마치고 기차로 이동하던 중 만났던, 술을 빌미로 민간인을 겁주던 사병들이었다. 그들이 우리와 얼마나 유사하던지 지켜보는 재미가 있었다. (나 같은) 신참, 잘 웃기는 녀석, 성격 나쁜 녀석, 건건이 세 번씩 말해 줘야 하는 녀석, 심지어 요스 상병처럼 나무 조각이 취미인 녀석도 있었다.

벽, 아니 가짜 벽의 훈련 구역에서 첫 방어 훈련이 시작되자 나는 바짝 긴장했다. 복합적인 훈련에 임하여 우리는 중간에 복잡하게 근무 위치를 바꿔 가며 3박 3일을 보낼 거다. 우리의 방어는 야간에 시작되었는데, 여기엔 장점도 있었고 단점도 있었다. 가장 고된 훈련부터 먼저 해치워 버릴 수 있기도 했지만, 다른 한편으론 일주일간의 휴가에서 막 돌아왔다는 점을 고려하면 그만큼 정신을 더 바짝 차려야 했기 때문이다. 우리가 있는 곳이 진짜 벽은 아니라고 하니까 그 사실 또한 기분이 묘했다. 나는 긴장이 되었지만, 긴장할 이유가 없다는 걸 마음 깊이 알고 있었다. 진짜 경계를 서는 게 아니니까. 방어에 실패해도 나는 죽지 않을 테니까. 또한 이곳의 경치는 훨씬 더 좋았다. 콘크리트하늘바다바람 말고는 아무것도 없는 그곳과 달리 여기에는 기본적으로 뭔가가 있었기 때문이다. 강도 있었고, 벽 한쪽을 휘감고 도는 굽이진 강물도 있었고, 심지어 나무도 있었다! 맑은 날 벽 너머로 멀리 바라보면 야트막한 초록빛 언덕도 보였다. 첫날 밤 달빛에 비친 풍경은 마치 이국적인 미술 작품처럼 보였다. 검은빛과 흰빛을 풀고 달빛에 비친 빛깔들을 섞어 칠한, 잿빛도 아니되 평범한 빛깔도 아니고 검은빛이나 흰빛도 아닌 색조의 작품 말이다. 쿠란에 나온 대로 새벽은 흰 실과 검은 실이 구별되는 때였다. 하지만 새벽이 되기 전, 달빛이 비칠 때는 그림자 빛깔이 저마다 달랐다. 그리고 우리가 보초 서는 구역만큼 날씨도 춥지 않았다. 우리가 날씨 복이 좋은 건지, 아니면 이쪽 방향으로 바람이 덜 부는 건지, 아니면 미세한 기후 변화에 속은 건지, 그건 잘 모르겠다. 그 이유가 뭐든 간에, 날은 몇 도 더 포근했다. 이 모든 정황이 더해지니 평소보다 힘이 훨씬 덜 들었다. 그래서 방심하지 말아야 하는데 그 유혹을 이기기가 쉽지 않았다.

"이게 바로 삶이지."

첫날 밤, 누군가가 무전기에 대고 말했다. 나는 웃음보가 터졌다. 그러다 그 말이 왜 웃겼을까 하고 생각해 봤다. 결국 깨달았다. 매섭게 추운 밤에 12시간 동안 자동 화기를 들고 서서 누군가의 공격을 기다리며 실패의 대가는 곧 죽음이라고 생각하다가, 그보다 약간 덜 추운 밤에 12시간 동안 서서 모의로 공격하는 누군가를 기다린다고 생각하니 재미있게 느껴졌던 거다.

첫 번째 공격은 그날 밤 새벽 4시에 있었다. 상대편 분대 입장에서는 좋은 전술이었다. 보통 이렇게 달 밝은 밤에 공격할 거라고는 아무도 예상하지 않을 테니까. 게다가 그들이 지도를 보면서 지형을 익히고 작전을 세우는 데는 적어도 하루가 걸릴 줄 알았다. 그들의 작전은 더 단순하고 더 효과적으로 허를 찌르는 거였다. 그들은 강어귀 쪽 벽으로 접근하지 않았다. 느닷없이 나타나 일정한 간격을 유지하며 유령처럼 소리 없이 벽을 타고 넘으려 했다. 약 5초간 경고가 있었다. 그 형태는 우리 구역의 중간 끝 지점으로부터 1킬로미터 정도 떨어진 곳에서 울려 퍼진 총성이었다. 나는 재빨리 훑어보며 속으로 '아이, 씨'라고 내뱉었고, 그 순간 아드레날린이 분출되면서 오싹한 한기를 느꼈다. 이상한 종류의 전기 충격이었다. 그건 관념이 아니라, 공포 영화를 보다가 끔찍한 장면이 나오기 시작할 때 느껴지던 실제 감각이었다. 머릿속에 떠오른 게 아니라 등으로, 등줄기로, 배로 느껴지는 감각 말이다.

그러나 경계병들이 하는 말은 사실이다. 우리가 잘 쓰는 표현이 '훈련의 효과는 빠르게 나타난다'이다. 새로운 본능이 몸에 배어 있다는 걸 알게 된다. 나는 자동 화기의 안전장치를 풀고 이리저리 담당 구역을 훑어보았다. 100미터쯤 떨어진 곳에서 두 사람이 벽을 넘어오려는 걸 포착했다. 한 명은 성공했지만 다른 한 명은 버둥거렸다. 그러자 첫 번째 사람이 동료를 내려 주려고 손을 뻗었다. 나는 훈련받은 대로 그들에게 탕 하고 공포탄을 쏘았다. 첫 번째 사람이 나를 돌아보더니 동료를 마저 내려 주고는 두 손을 든 채 나를 향해 돌아섰다. 내가 두 사람을 잡은 것이다. 그러나 내가 자축하던 순간, 등 뒤에서 철컥하는 소리가 들리더니 내 가슴에서 빨간 불이 깜박이기 시작했다. 또 다시 훈련의 효과는 빠르게 나타났다. 나는 얼른 바닥에 엎드려 초소에 있는 콘크리트 벤치로 몸을 굴렸다. 또 다른 두 공격조원이 다른 방향에서 벽을 넘어와 나를 향해 다가오고 있었다. 내 머리 한쪽에서는 우리 구역 전체에서 이런 일이 벌어지고 있다면 이건 우리가 총공격을 받고 있다는 뜻이며, 우리가 2대 1로 인원수가 부족하다는 생각이 들었다. 상대편 중대 전체가 우리 편 중대 절반을 공격해 온 거였다. 나는 다른 한편으로 애써 자신을 진정시키고는 조준했다. 한 번 발사할 때 준수해야 하는 거리보다 더 멀리 사격해 버렸다. 한꺼번에 너무 많이 쏘면 총구가 흔들려서 목표물을 놓치게 된다.

나는 절반은 운 덕분에, 절반은 훈련 덕분에 벤치, 즉 적당한 엄폐물로 몸을 숨길 수 있는 좋은 위치에 자리를 잡았다. 그사이 공격조원은 둘 다 정체가 드러나는 곳으로 나왔다. 그들은 따로따로 나를 덮쳐야 했다. 저들이 얼어붙었는지, 아니면 내 등 뒤에서 공격했을 때 나를 해치웠다고 생각한 모양이다. 그게 그들의 실수였다. 내가 길게 연사하고 나자 그들 중 한 사람이 총을 내려놓고는 두 손을 들었다. 다른 한 사람은 빨간 불을 깜박이며 벌떡 일어나 좌우로 획획 방향을 바꿔 가며 나를 향해 달려오기 시작했다. 40미터쯤 떨어진 곳에 있다가 빠르게 다가왔다. 나는 탄알이 떨어져서 탄창을 갈아야 했는데, 사지 병장이 나에게 탄창 두 개를 붙여 테이프로 묶어 두라며 무섭게 야단쳤던 게 그렇게 고마울 수가 없었다. 그 덕분에 공격조원이 덤벼들기 전에 탄창을 갈아서 그를 향해 쏘려고 총신을 들었다. 바로 그때 등 뒤에서 총소리가 나자마자 내 가슴에 부착된 탐지기에 빨간 불이 켜졌다. 믿을 수 없었다. 실전이었다면 의심할 바 없이 이랬을 것 같았다. 총에 맞았을 때 맨 처음 드는 생각은 믿을 수 없다는 것이었다. 헉, 내가 총에 맞다니. 아, 이게 총 맞은 느낌이구나. 아, 이게 바로 죽어 가고, 죽어 가고, 죽는 느낌이구나……

어떤 철학자가 말하길 죽음은 인생에서 일어나는 사건이 아니라고 했다. 그럴지도 모른다. 전투 중에는 그렇게 느껴지지 않는다. 정반대의 느낌을 받는다. 죽음이란, 나의 죽음이든 상대편의 죽음이든, 인생에서 일어나는 단순한 사건이 아니라 인생의 본질이다. 삶이라는 여정의 정점이자 의미다.

나는 돌아섰다. 공격조 두 사람이 등 뒤로 다가와 서 있었다. 흰색 완장을 찬 평가단원이 그들과 같이 있었다. 나는 공식적으로 죽었다. 한 가지 섬뜩한 느낌, 아니면 온갖 느낌이 솟아올랐다. 나는 짜증이 났다. 게임을 하면서 내가 이기고 있다고 생각했는데 갑자기 졌을 때 짜증이 나는 것처럼. 그래도 나는 약간 우쭐했다. 내 손으로 세 명을 '죽였는데' 나를 '죽이기' 위해서 여섯 명이나 동원되었기 때문이다. 그런데도 자랑하는 것처럼 들리지 않게 표현할 수 없다는 게 짜증이 났다. 그리고 자랑해 봤자 결국 내가 '죽었다'는 사건으로 인해 놀림거리나 되고 별명이나 생길 게 뻔했다. 모르겠다, '뒈진 놈' 같은 별명이 붙을까? 그래도 전투가 끝나서 조금 마음이 놓였다. 훈련 중 힘든 역할이 끝났다. 최악의 상황이 벌어졌지만 오늘 밤 내가 할 일은 다 했다.

등 뒤로 몰래 접근한 두 공격조원이 내 총에 맞은 공격조원과 머리를 맞대고 다음에 어떻게 해야 할지를 의논하기 시작했다. 벽을 넘었다고 선언한 뒤 마감하거나, 수백 미터 떨어진 다음 구역으로 달려가 그곳에서 진행 중인 전투에 가담하려는 것 같았다. 총성이 울렸지만, 산발적으로 울려서 무슨 일이 어떻게 벌어지고 있는지 알 수가 없었다. 나는 함께 모여 서 있는 세 명의 '죽은' 공격조원에게 다가갔다. '죽은' 자와 산 자는 대화를 하면 안 된다는 게 훈련상 정해진 규정이었지만, 죽은 자들끼리 대화하지 말라는 규정은 없었다.

"안녕" 하고 누군가가 말했다. 그는 초콜릿을 뚝 부러뜨려 그중 한 조각을 나에게 건네주었다. 초콜릿은 경계병의 진짜 사치품이었다. 벽을 벗어나면 쉽게 구할 수 없었기에 이렇게 한다는 건 같은 편이라는 신호, 즉 평화의 제의였다.

"고마워. 저 친구가 오는 걸 못 봤어. 숨어 있었던 거지?"

나는 그렇게 짐작했다. 그들이 성공하려면 벽 아래쪽 선반처럼 튀어나온 곳에 숨어 있다가 우리가 교대하는 틈을 노려 공격하는 방법밖에 없었기 때문이다. 다른 말로 하자면 속임수를 쓴 거다. 미리 숨어 있지 않는 한, 달이 밝은 밤에 그곳으로 이동하는 건 불가능할 테니까. 내가 담당한 구역이 대규모 급습을 당했다. 나중에 알고 보니 서른 명이 6인 5개조로 편성되어 다섯 구역을 공격했다는 건데, 그중 한 구역이 내가 담당한 곳이었다.

"응."

"음, 평가단의 제재가 없었다면 정당한 거겠지."

"맞아, 우리 대위도 그렇게 말했어."

"전에도 이거 해 봤어?"

"공격-방어 훈련? 아니. 너는?"

"나도. 벽 근무보다는 더 재미있는 거 같아."

"말해 뭐하나!"

등 뒤에서 나를 쏜 두 영웅은 대화를 끝내며 '벽을 넘었다'고 결론 지었다. 이로써 공식적으로 전투가 끝났다. 그 평가단원은 부상자를 보고는 같은 편 동료들과 함께 갈 만한 상태가 아니라고 말했다. 그래서 그는 가까운 곳에서 벌어지는 전장 쪽으로 성벽을 따라 달려가기 시작했다. 평가단원도 그와 함께 달려갔다. 공격조원들과 나는 뒤를 돌아 그들과 다른 방향으로, 감시탑과 막사를 향해 되돌아갔다. 그들 중 하나가 앞으로 나서더니 나에게 악수를 청했다. 나도 같이 악수를 하고 보니 그 사람은 여자였다. 우리는 모두 어쩐지 다 친구가 된 것 같았다.

"너희는 어디서 지내?"

내가 물었다.

"막사 두 군데 지나서. 강굽이를 돌아가야 있어서 그쪽에서는 우리가 안 보일 거야."

"어떻게 거기로 다시 가?"

"트럭으로. 훈련이 끝나면 곧 올 거야."

그들은 나에게 초콜릿을 한 조각 더 건네주었다. 감시탑까지 절반쯤 갔을 무렵, 휴스가 나를 향해 다가오는 게 보였다. 당연했다. 방어벽 경계는 절대 멈추면 안 되니까. 이 훈련은 실제 상황에 대비한 것이기 때문에 만약 한쪽 벽이 뚫렸다면 경계병을 즉각 새로 투입해야 한다. 가까이 다가온 그를 보니, 자다 깬 것에 대해 화도 내지 못할 만큼 피곤한 기색이 역력했다.

"미안하다, 친구."

그와 서로 마주칠 때 내가 말했다.

"먹을 거 좀 없냐? 시간이 없어서 바로 나왔거든."

나는 주머니를 탈탈 털었다. 내가 가진 걸 휴스가 다 가져갔다. 평가단원이 봤다면 규정에 위배된다고 말했겠지만 지금 평가단원은 여기 없으니, 뭐 어떤가.

"네가 이 많은 사람들을 다 죽인 거야?"

그가 물었다.

"이 중에 세 명. 다른 두 명이 날 처리한 거고."

"기분이 나쁘진 않네."

내가 '죽인' 사람들 중 한 사람이 웃으며 초콜릿이 목에 걸린 목소리로 말했다. 우리는 감시탑에 도착했다. 트럭이 대기하고 있었고, 우리는 다시 악수를 나눴다. "또 보자"고 한 내 말에 모두가 빵 터졌다. 내 말대로 된다면 그들이 또 떼 지어 몰려와 내가 나타날 때까지 엎드려 있는, '죽음'을 향한 또 다른 전투가 될 수 있었기 때문이다. 남들이 생각하는 것보다, 산 자도 죽은 자도 서로 미워하는 감정은 없었다. 운이 좀 있고 없고의 차이만 있을 뿐이다. 교대로 살고, 교대로 죽는다. 모두가 한 배를 탄 것이다. 정말로 모두가 똑같다. 상대나 경계병이나 뭐가 다른가? 나는 이것이 죽을 때까지 싸우는 것과 정반대되는 것인지, 아니면 그것에 대한 최선의 대비책인지 판단이 잘 서지 않았다.

## 11

결과를 보고할 때 대위가 우리를 잡아먹을 듯 으르렁거릴 줄 알았
는데 내 예상은 빗나갔다. 알고 보니 그 모든 상황에 대위가 쭉 관여
하고 있었다. 그로 인해 전날 밤 그가 그 자리에 없었던 이유가 설명
이 되었다. 사실 나도 그가 왜 없었는지가 궁금하긴 했었다. 두 진영
의 대위들은 그 극비 대침투 작전에 대해 논의한바, 우리 쪽 대위가
그 작전에 동의했던 것이다. 그건 우리의 전투 기술을 시험하기 위
한 훈련이었다. 몰래 벽을 넘는 상대를 우리가 얼마나 잘 잡느냐를
알아보려는 게 아니라, 숨어 있다가 벽을 넘는 상대의 대군에 맞서
야 할 전면전에서 우리가 얼마나 잘 대처하느냐를 알아보려는 것이
었다.

"불공평한가? 그렇게 생각할 수도 있다. 그렇다, 공평하지 않다.
그게 이 훈련의 핵심이다. 우리는 쉽게 싸우기 위해 힘들게 훈련한
다. 그것이 언젠가 제군들의 생명을 구해 줄 거다. 공격당한다면 그
게 어떻게, 왜 일어났는지 생각 따위 하지 말아야 한다. 목숨 걸고 싸
워라. 오늘 배운 교훈이 제군들을 구해 줄 것이다. 질문 있나?"

히파가 손을 들었다. 나는 깜짝 놀랐다. 여럿이 함께 있으면 그녀
는 보통 말이 없었기 때문이다.

"네. 저희도 똑같이 해도 되는 겁니까?"

대위가 천천히 미소를 지었다.

"그렇다."

"알겠습니다."

그들 중 서른 명이 공격해 왔다. 내가 생각했던 대로 전 분대가 공격해 온 것이다. 그중 열여덟 명이 죽었고, 일곱 명은 평가단의 판정에 의하면 도망칠 수 없을 정도의 중상을 입었다. 다섯 명만이 벽을 넘어와 '탈출'했다. 실제 상황에서 그들이 진짜 상대였다면, 물론 멀리 가지 못했을 것이다. 그들에겐 칩이 없으니까. 기껏해야 하루나 이틀밖에 못 버틸 것이다. 검거된 뒤엔 안락사형, 바다 추방형, 도우미 되기 중 하나를 선택하게 된다. 아마도 대개가 도우미가 되는 쪽을 택하는 모양이다.

우리 중 일곱 명이 '죽음'을 당했는데, 다섯은 대침투가 벌어진 구역을 지키던 사병이었고, 다른 둘은 지원 나온 사병이었다. 부상자는 다섯이다. 우리 교대조 열다섯 명 중 오직 세 명만이 '무사'했다. 실제 상황에서 그런 구멍이 생겼다면 책임자급 전원이 바다로 추방됐을 사건이었다. 몇 명을 추방할지는 법정에서 판결이 날 것이다. 이 정도 규모의 방어 실패라면 분대 전체가 추방될 수도 있다. 만약 다른 분대의 주간조가 반격이 느렸다는 게 드러나고, 그게 구멍이 생긴 원인이 되었다면 그들 중 일부도 바다로 추방될 것이다. 대위는 그 공격과 그에 대한 우리의 대응을 놓고 무엇이 잘되었고 무엇이 잘못되었는지 자세히 설명해 나갔다. 핵심은 이거였다. 만약 상대가 대규모로 벽을 타고 밀려오는데 준비가 되어 있지 않으면 망한다는 것이다.

히파도 '죽은' 사병들 중 하나였다. 그녀가 담당한 구역에도 대규모 침투가 있었다. 반면에 나는 내가 죽음을 당했다는 것에 꽤 냉정하다는 걸 알았다. 대위의 말대로 그건 처음부터 계획된 작전이었고, 훈련의 요지는 실전과 유사한 것을 그대로 해 보는 것이었다. 그런데 히파는 그렇게 받아들이지 않았다. 그녀는 온몸이 공포탄 자국으로 벌집투성이가 되어 있었다. 그녀는 말없이 생각에 잠겨 있었다. 보고를 끝낸 후 우리가 식당으로 몰려가 자리에 앉자 도우미가 우리 앞에 차를 한 잔씩 날라다 주었다. 그 후 나는 그녀에게 말했다.

"그건 모의 훈련이잖아. 애들이 하는 전쟁놀이 말이야. 컴퓨터 게임 같은 거라고 생각해."

"난 컴퓨터 게임 안 하거든."

히파가 말했다. 그건 사실이었다. 우리는 그 자리에 좀 더 앉아 있었다. 그녀가 말했다.

"전쟁놀이……. 나도 그거 좋아했었지. 전쟁놀이……. 근데 어른은 전쟁놀이 안 하잖아."

"네가 어른이라고?"

그녀가 나에게 박하사탕을 던졌다. 그녀의 기분이 좋아지고 있다는 뜻이었다.

"어쨌든 이건 '전쟁놀이' 치고는 너무 끔찍해. 실제로 상대가 우리가 교대하기를 기다리며 벽 밑에서 서른 명이나 매복하고 있지는 않잖아. 전쟁놀이는 담요로 요새를 쌓아 놓고 성이라고 하는 걸 말하는 거야."

"어떤 성?"

"뾰족탑이 있는 성."

"그 성엔 누가 살아?"

"행복한 거인."

"와! 거인 혼자 살아?"

"아닐 수도 있고."

"그 넓은 공간을 혼자서 쓴다고? 아무리 거인이라 해도 그렇지."

"거인은 공간이 필요하거든."

"거인은 헌신적이지 못하나 보네."

"그리고 입 냄새도 독해. 말 그대로 사람을 독살시켜. 심지어 다른 거인까지도."

"요스 상병님이랑 비슷하네?"

"그건 좀 심했다."

내가 말했다.

"틀림없이 그 거인도 조각 좀 할걸?"

"못 해, 손이 너무 커서 조각을 하고 싶어도 부러뜨리기만 할 테니까."

"불쌍하네."

"그런데 그 부러진 나뭇조각으로 공예품을 만들어서 수집가들한테 어마어마한 돈을 받고 판대. 그렇게 해서 거인은 그 성을 살 만한 여유가 있었던 거야. 하지만 할 수만 있다면 성과 조각하는 재능을 맞바꿀 거야."

"나 이제 그 거인이 안쓰럽다."

"네 말이 맞다고 봐."

"거인은 뭐 먹고살아?"

나는 잠시 생각해 봤다.

"어린애들."

히파가 평소 말하는 목소리보다 반 옥타브 낮은 소리로 매력 넘치게 웃었다.

막사 저 끝에서 사지 병장이 나타났다.

"어이! 30분 후 교대다."

그 공격 때문에 교대 순번이 앞뒤가 꼬여서 우리는 주간조로 근무가 바뀌었다. 나도 한숨을 쉬었고, 히파도 한숨을 쉬었다. 그러고 나서 우리 둘은 일어나 준비하기 시작했다. 사지 병장은 공격에서 살아남은 사람들 중 하나였기에 기분이 좋았다. (내 개인적인 생각에 그건 순 우연이었지만, 그의 면전에 대고 그렇게 말할 생각은 없었다.)

그 뒤 우리는 모의 훈련에 임해 5일 더 방어 태세에 들어갔지만 방어가 뚫리는 일은 다시는 없었다. 그렇다고 해서 특별한 사건이 없었다는 뜻은 아니다. 가장 긴 휴식 시간이 18시간에 불과할 정도로 쉴 새 없이 공격이 이어졌으니 말이다. 이 점만큼은 다른 분대에게 존경을 표하지 않을 수 없다. 그들은 정말 끝없이 시도했다. 하지만 그 누구도 벽을 넘지 못했다. 솔직히 말하면 그 누구도 벽 근처엔 얼씬도 못했다. 밤마다 달이 밝았던 게 도움이 되었다. 강어귀 풍경에는 저 멀리 하늘과 바다가 맞닿는 희미한 수평선이 없었다. 그런 곳은 새벽녘과 저물녘에 조명을 비추기 힘들다. 게다가 파도도 잔잔하거나 고요한 강 물결 수준이었을 뿐, 평소 초소 근무를 고되게 하던 철썩거리는 파도가, 거센 파도가 이곳에선 일지 않았다. 이렇게 이곳에는 도움이 되는 자연 조건이 많았다. 그럼에도 불구하고 첫날 밤 트라우마를 겪은 후, 정상적인 상태라면 잘 훈련된 공격조가 쳐들어와도 비교적 쉽게 추격하고 해치울 수 있다는 사실이 가장 안심이 되었다. 우리는 이삼백 미터 떨어진 곳에서 그들을 발견하고 조명을 비추곤 했다. 평가단은 보트를 탄 저격병들이 우리 쪽 몇몇 사병을 맞혔다고 발표했지만 우리는 모두 헛소리로 넘겨 버렸다. 상대들 중에 보트를 타고 자동 소총을 쏘는 잘 훈련된 저격수가 있다고? 어련하겠는가. 그들은 확성기로 꽝꽝 바그너 음악을 틀고서 잘 훈련된 일각돌고래를 타고 7열 횡대로 진군해 올 거다. 최고의 공격은 두 번째로 맞은 밤에 있었다. 그때 나는 취침 중이었다. 그들은 1킬로미터를 헤엄쳐 와서 한 명씩 벽을 기어오르려고 했다. 보초 서던 조원들은 그들이 가까이 오기를 기다렸다가 한 방에 한 명씩 해치웠다.

그러고 나서 우리 차례가 되었다. 우리는 군장을 정리해서 트럭을 타고는 다른 막사가 있는 곳까지 갔다. 막사는 상대편 중대원이 말한 대로 강굽이 근처, 두 감시탑과 떨어진 곳에 있었다. 중간쯤 가다 맞은편에서 달려오는 상대편 중대 트럭과 마주쳤을 때 우리는 농지거리를 날렸다. 중대 전체가 다 일어나 대형을 갖춰 중지를 치켜세웠다.

이곳 막사는 탁구대, 당구대, 헬스장과 영화관 같은 오락 시설이 좀 더 구비되어 있다는 것 빼고는 다른 막사와 똑같았다. 물론! 경계 방어는 한시도 쉴 수 없지만 공격조로서 우리에겐 선택권이 있었다. 우리는 교대 근무를 할 필요가 없었고, 우리 마음대로 일정을 조정할 수 있었다. 아니, 반드시 그렇진 않았다. 우리는 대위가 시키는 대로 정확히 해야 하고, 대위가 시키는 때에 정확히 해야 했다. 그래도 방어 훈련이 다소 휴일 같았던 것에 비하면 이것은 진짜 휴일이었다.

굳이 말할 것도 없이, 대위에겐 다른 계획이 있었다. 새로운 막사에 도착한 지 한 시간 만에 명령이 떨어졌다. 회의는 상황실에서 열렸다. 그는 사지 병장과 요스 상병을 거느리고 서 있었다. 그가 엄청난 기대감으로 신이 나서 낄낄거리며 손바닥을 비볐더라고 말할 생각은 없다. 그는 절대 그럴 사람이 아니니까. 하지만 그는 금방이라도 그렇게 할 것처럼 보였다.

"지금부터가 재미있는 부분이다! 자, 먼저, 몸 좀 풀겠다. 상대에게 공격을 당하고, 죽임을 당하고, 부상당하거나 목숨은 건졌지만 바다로 추방당할 처지에 놓였던 경험이 즐거웠던 자가 있으면 손을 들어라."

그가 말하는 내용(상황실에 있는 사람들이 가장 두려워하는 것)에 비하면 극도로 경쾌한 그의 목소리는 충격적이었다. 아무도 손을 들지 않았다.

"없겠지. 그런데 여기엔 나도 포함된다. 침입을 허용한 중대의 책임자는 자동으로 추방된다 이 말이지."

나는 좌중을 둘러보았다. 대부분의 사람들이 그 사실은 잊고 있었던 게 분명했다.

"이제부터 할 일이 재미있는 이유는, 저들이 우리한테 한 짓을 우리도 할 수 있기 때문이다. 그게 어떤 건지 저들도 느끼게 될 거다. 제군들은 아마 이 주변 지형이 비현실적으로 방어에 용이한데 어떻게 그게 가능한지 하고 궁금해할 것이다. 나는 저쪽 대위와 거래를 했었다. 저들은 매복을 택했다. 그건 유리한 작전을 쓸 수 있게 미리 합의한 바다. 그 대가로 우리도 저들처럼 한 번, 딱 한 번에 한해 유리한 작전을 쓸 수 있다. 우리는 5분간 전력을 차단하는 것이다."

몸을 움직이고 자세를 고쳐 앉는 소리가 났다.

"그렇다. 우리가 날짜를 정하면 그날 밤에 5분, 딱 5분간 전력 공급이 중단된다. 이 작전은 상대나 내부 동조자들이 파괴 행위에 가담할 경우를 대비한 것이다. 비현실적이라 생각할 수도 있겠지만, 첫날 밤에 당한 매복 역시 비현실적인 것이었다. 혹 제군들이 궁금해할까 봐 미리 말하는바, 그게 여기 훈련의 표준 모델이다. 여기서 훈련하는 양쪽 진영에 각각 유리한 작전을 쓸 수 있는 기회를 주고 있다. 이제 우리가 응징할 기회가 왔다. 단, 나는 단순히 응징만 원하는 게 아니다. 저들은 다섯 명이 벽을 넘었다. 그보다 한 명 더, 두 명 더 넘길 원하는 게 아니라 열다섯 명이 넘길 원한다. 분대 전체가 벽을 넘기를 바란다. 그러면 기록으로 남을 일이 될 것이고 그게 바로 내가 원하는 기록이다."

그는 자신과 달리 그런 기록을 원치 않는 사람이 있다면 누군지 찾아내려는 듯 좌중을 둘러보았다. 그런 사람은 없었다.

"그러면 우리는 어떻게 해야 할까? 나한테 아이디어가 있다만. 나는 제군들 아이디어를 듣고 싶다."

침묵이 흘렀다. 발 구르는 소리가 났다. 여전히 침묵만 흘렀다.

"의견 내는 사람이 아무도 없다면 이 회의가 꽤 길어질 텐데."

쿠퍼가 손을 들었다.

"저들을 힘들게 해야 합니다."

"그래, 좋다. 어떻게?"

그는 안절부절 손장난을 했다. 나는 사람들이 몰라서 그런다기보다는 대위 앞에서 멍청한 소리를 하고 싶지 않아서 그런 것 같았다. 그도 그랬다. 결국 누군가 이렇게 말했다.

"병력을 소모시키는 겁니다."

"그렇다!"

대위가 거의 튕겨 오를 듯한 기세로 말했다.

"바로 그거다. 소모전을 벌이는 거다. 특히 밤에. 매일 밤 밤새도록. 공격하고 또 공격한다. 어떤 때는 작은 규모로, 어떤 때는 그보다 더 작은 규모로. 연달아 계속. 절대 쉬지 못하도록 공격해서 저들을 지치게 만들어라. 그런 다음, 크게 한 방 날리는 거다."

그래서 우리는 그렇게 했다. 둘째 날 형식에 불과한 공격을 수행했지만 그걸 제외하면 그냥 야간 근무를 서는 것 같았다. 우리는 다시 2교대로 나뉘었는데, 기쁘게도 평소 근무 때와 차이가 있다면 몇 시간 동안만 공격하다 오면 된다는 거였다. 즉 낮에는 자고 싶을 만큼 실컷 잠을 자면서 2교대로 이틀 밤 동안 서너 차례 공격에 나섰다. 대위가 말한 것처럼 그건 정말 재미있었다. 물론, 물에 젖고 그 때문에 동태가 된다는 건 유쾌하지 않았지만 몸을 움직이며 공격하는 기본 훈련 패턴은 원래 재미있고 몰입하게 만들었다. 내가 언제 뭘 어떻게 공격할지를 아니까 공격이 방어보다 훨씬 덜 불안했다. 첫날 밤 우리 조는 두 차례나 공격을 감행했다. 첫 번째 공격 후 대기하던 트럭을 타고 막사로 되돌아가 잠수복으로 갈아입고는 다시 모터보트를 몰고 나가 두 번째로 공격하고 왔다. (보트 근처에 가서 스노클을 쓰고 보트에 올랐다.) 우리가 모두 '전사'했다고 한들 그게 뭐 어떠랴? 우리가 '쏜' 공포탄에 맞은 사람들이 왜 그렇게 쾌활하게 웃었는지 이제야 나는 이해할 수 있었다. (훈련 중 처음으로 나는 히파와 가장 많은 시간을 함께 보냈다. 무슨 이유를 찾아서든 그녀와 함께, 또는 그녀 곁에서 뭔가를 하는 단계까지 이르렀다. 그리고 그녀 역시 그 같은 단계에 이른 건 아닐까 하고 의심이 들기 시작했다. 그건 그녀와 썸을 타기 시작했다는 작은 암시였다.)

그리고 마지막 밤이 왔다. 대규모 공격을 감행할 순간이 온 것이다. 그동안 맨날 대위를 봤지만, 그가 그날 밤처럼 기분이 좋아 보인 건 처음이었다. 모든 게 이 순간을 위한 준비 과정이었다. 강어귀 강폭이 좁은 지점에서 소규모 공격을 벌여 상대편의 시선을 돌려놓은 다음 다른 방향에서 단 한 차례의 대규모 공격을 감행하기로 했다. 우리는 해안 경비대가 조종하는 쾌속 고무보트 세 대에 나눠 탈거다. (전문 조종사를 이용하는 건 부정행위가 아니다. 상대는 분명 배를 잘 다룬다. 그렇지 않다면 그들은 먼저 바다에 빠져 죽을 테니까.) 날씨가 우리 편인지 달은 뜨지 않고 바람만 불었다. 우리는 천천히 보트를 몰고 대위가 예측한 500미터까지 최대한 가까이 다가가 있다가 전력이 끊기는 순간 경비대원들이 보트의 속력을 높여 돌진하기로 했다. 그러면 90초가 걸릴 것이다. 공격 목표는 세 곳. 한 보트당 한 곳씩 맡는다. 우리에겐 장비와 사다리가 있었고 벽 아래쪽엔 공격하기 좋은 튀어나온 곳이 있었다. 60초 안에 벽을 타고 넘어가야 한다. 그리고 전력이 끊긴 2분 30초 안에 가급적 많은 수비병을 죽이고 내부로 침투해야 한다. 우리는 눈이 어둠에 익은 상태일 것이나, 수비병들은 그렇지 않을 것이다. 보트가 접근해 온다는 소리는 들리되 눈으로는 보트가 보이지 않을 거다. 그들은 지난 60시간 동안 밤마다 계속된 공격으로 인해 지쳐 버렸을 테고, 이제 다행히 훈련의 끝이 보이니 최악의 상황도 끝날 거라고 생각할 터였다. 그들이 그렇게 생각한 만큼 우리가 승리할 확률도 높을 것이다.

나는 휴스 옆에 앉아 브리핑을 들었다. 대위는 우리가 벽에 도착했을 때의 총격전 양상을 그림으로 그리고 있었다.

"대위님 이런 거 잘한다, 안 그래?"

그가 속삭였다.

"누가 보면 옛날에 상대였던 줄 알겠네."

이렇게 속삭이고 나자 금세 마음이 불편해졌다. 이건 농담 삼아 할 이야기가 아니었다. 나도 너무 많이 나갔다. 대위가 여기 오기 전에 겪었던 일, 곧 그가 보고 듣고 행한 일은 그의 존재감이 느껴지는 화젯거리가 될 순 있어도 호사가들의 가십거리는 될 수 없다. 그렇긴 해도 그가 이런 공격을 그림으로 쓱쓱 그리는 걸 보니 그가 벽을 어떻게 넘어왔는지 이해할 수 있었다.

그 작전은 한 치의 오차도 없이 계획대로 진행되었다. 군사상 보기 드문 작전이었다. 결과 보고 때 우리 모두가 입을 모아 동의한 건 날씨가 큰 도움이 되었다는 거다. 그날 밤은 정말 칠흑같이 어두웠다. 바람결에 춤을 추는 잔파도가 고무보트들을 해안 쪽으로 밀어대는 통에, 고무보트들은 우리가 의도했던 것보다 더 앞으로 가서 멈춰 섰다. 벽이 있는 곳까지 몇백 미터밖에 안 남았을 때 누군가가 보트의 쇠부품에 소총을 쾅 떨어뜨리는 바람에 10킬로미터 밖에서도 들릴 법한 요란한 소리가 났다. 하지만 벽에 있는 경계병들이 그 소리를 들은 것 같지는 않았다. 아니면 소리가 들렸어도 무슨 소린

지 몰랐거나. 우리는 각자 손목시계를 보며 초읽기에 들어갔다. 예정된 시각에 정확히 전기가 나갔다. 경비대원들은 가속을 밟았다, 아니 속력을 높였다, 아니 그 용어가 뭐든 간에 보트의 속도를 최고로 올렸다. 한 손으로는 난간 밧줄을 꽉 잡고 다른 한 손으로는 소총을 쥔 채로 물보라를 맞으며 어둠을 뚫고 통통 튀어 오르듯 전력 질주하는 기분은 처음 맛보는 흥분 그 자체였다.

마지막 1미터쯤 남겨 두고 우리는 철벅철벅 뛰어내렸다. 안전을 고려하여 적당한 위치에 사다리를 세우고는 떼 지어 올라가 일제히 사격을 개시했다. '뭐에 맞는 줄도 몰랐다'라는 표현은 완전히 틀린 말이었다. 그들은 지극히 잘 알고 있었다. 속수무책으로 당할 수밖에 없었을 뿐이다. 우리는 준비가 되어 있었고 사물을 볼 수 있었고, 그들은 준비가 되어 있지 않았고 사물을 볼 수 없었다. 이것은 거의 불공평한 처사였지만, 그들이 첫날 밤에 전개했던 작전만큼 불공평하진 않았다. 우리가 적진을 뚫고 들어가 가장 가까이에 있던 수비병 둘을 해치우고 나자 우리 조원 여덟 명이 훌쩍 벽을 넘어 달아나기 시작했다. 나는 작전상 그 자리에 남아 후방을 지키기로 되어 있었고, 그건 슈나도 마찬가지였다. (굳이 말할 것도 없지만, 이게 실전이었다면 나는 자원하지 않았을 거다. 군인으로서 지켜야 할 가장 기본적인 규칙은 절대 앞으로 나서지 않는 것이다. 하지만 이 훈련에서는 후방에 남아 사격하는 게 더 재미있을 것 같았다.) 전기가 다시 들어오기까지 약 30초가 남은 순간부터 그들의 반격이 시작되었다. 슈나와 내가 몇몇을 해치우고 나자 불이 다시 켜졌다. 우리는 얼른 벽을 타 넘어 벽면을 미끄러져 내려갔다. 수비병들이 우리를 향해 총을 쏘아 댔다. 나중에 나온 평가단의 발표에 따르면 슈나는 탄알을 피했지만 나는 그렇지 못했다. 그래서 뭐? 탈출에 성공한 사람이 우리 조에서만 여덟 명이 나왔다. 다른 조에서는 열한 명이 나왔다. 총 열아홉 명이 성공했다는 건 역대 최고의 기록이었다. 그다음 기록은 열네 명이었다. 전기가 나간 순간부터 평가단이 종전을 선언한 순간까지 걸린 시간은 7분. 전투는 원래 이렇게 춤출 수 없는 엉뚱한 리듬처럼 흘러가기 마련이다. 느리게, 느리게, 더 느리게 흘러가다, 순간 아수라장으로 돌변하고 만다.

막사로 돌아와 보니 대위는 우리와 달리 신나 보이지 않았다. 그저 침착하게 우리 사이를 돌며 개개인과 악수를 했을 뿐이다. 그가 우리와 악수를 한 건 그때가 처음이자 마지막이었다.

12

다른 분대가 돌아와 우리는 다 함께 술을 조금 마셨다. 벽은 금주 구역이었지만 이곳은 진짜 벽이 아니었다. 누군가 음악을 틀자 춤판이 벌어졌다. 노래방 기계도 있어서 사람들은 돌아가면서 마이크를 잡았다. 그러다 다른 분대원 중 한 여자가 멋진 목소리로 노래를 잘해서 우리는 모두 마이크를 양보하고 그녀가 부르는 고전 노래를 한참 듣기만 했다. 그러고 나서 술을 또 마셨다. 그리고 그 뒤에 또 마셨다. 내가 말한 대로 이건 휴가였다. 다른 분대원들은 그들의 막사로 돌아가야 했지만, 그쪽 트럭 운전사들이 우리 쪽 트럭 운전사들과 대화를 나누며 캔 맥주를 따서 마시고 또 따서 마셔 대는 바람에 다른 대원들처럼 다 같이 고주망태가 돼서 운전할 사람이 아무도 없는 지경에 이르고 말았다. 결국 모두가 남는 침대며 소파, 의자, 심지어 당구대까지 점령하고는 우리 막사에 쓰러져 갔다. 당구대를 침대로 쓸 생각을 하는 사람은 이 세상에 오로지 술 취한 경계병뿐일 것이다.

이튿날 아침, 우리는 본대로 복귀할 예정이었다. 그렇다는 것은 5시간 동안 트럭에 실려 입으론 먼지를 마시고 얼굴엔 기름때를 묻힌 채 금방 무덤에서 꺼낸 시체 같은 냄새를 풀풀 풍기며 가게 될 거란 뜻이었다. 다른 분대는 훨씬 더 끔찍했다. 북웨일스까지 다시 가야 했으니까. 히파는, 어제 마지막으로 본 그녀의 모습이 노랫소리가 멋진 여자 대원과 같이 춤추던 모습이었는데, 그녀를 처음 봤을 때

썼던 것과 같은, 성별 구분이 안 되는 비니를 쓰고 있었고, 그 밑으로 드러난 그녀의 자그마한 얼굴은 숙취로 잔뜩 일그러져 있었다. 내가 술이 조금만 더 깼어도 그 장면이 웃겼을 거다. 나는 15분간 안경을 찾느라 공황 상태에 빠져 하루를 시작했는데, 이 소동은 내가 안경을 줄곧 쓰고 있었다는 걸 깨달으면서 끝이 났다. 공포의 트럭 여행을 시작하기 전 상황실에선 연설이 있었다. 아니, 연설이라기보다는 정치인인지 관료인지 모를 한 엘리트 계층의 '잡담'이었다. 그는 더벅머리 금발에 반짝거리는 정장을 입은 반짝거리는 젊은이였다. 필요 이상으로 불을 밝힌 실내로 들어온 그는 연단으로 올라가 섰다. 우리는 장교를 맞으려고 일어섰지만 그가 장교가 아니라서 그대로 가만히 서 있었다. 그는 우리의 상태를 보고 약간 놀란 표정을 지었다. 부스스하고 술이 덜 깬 60명의 경계병들, 특별하지도 않고 대단하지도 않은 경계병들. 세상에서 제일 상대하기 힘든 청중일 터였다.

"훌륭하십니다!"

그가 밝은 목소리로 말했다. 이런 사람들은 늘 칭찬하는 것으로 연설을 시작한다.

"세계 최고의 훈련 프로그램에 참여한, 세계 최고의 국토 방위군 여러분!"

앞말 뒷말 모두 처음 듣는 소리였지만, 어쨌든 간에.

"여러분의 지휘관님들께 쭉 얘기를 들어 왔습니다만. 역시 대단들 하십니다!"

나는 고개를 돌려 내 옆에 앉아 있는 히피를 바라보았다. 이렇게 가까이 앉아 있으니 그녀가 아주 살짝 고개를 꾸벅거리는 게 보였다. 눈을 감은 건 아니었지만 그렇다고 해서 두 눈을 똑바로 뜨고 있는 것도 아니었다. 나는 팔꿈치로 그녀를 툭 건드렸다. 그런데 이게 실수였다. 그녀가 고개를 돌려 나를 보더니 숨을 후 내쉬었기 때문이다. 그 순간 나는 알코올 냄새를 맡았을 뿐 아니라 그녀가 스파이스드 럼(여러 가지 향신료를 첨가한 럼 - 옮긴이)을 마셨다는 사실도 알 수 있었다. 그녀의 눈은 붉게 충혈되어 있었는데 그런 눈으로 그 정치인을 계속 노려보았다.

"진심으로 드리는 말씀이지만, 지금 이 나라는 최고의 방위 태세를 갖추고 있습니다. 이게 다 여러분 같은 분들의 덕분입니다. 여러분은 마땅히 박수를 받아야 한다고 생각합니다!"

그가 손뼉을 치기 시작했다. 그는 우리도 같이 '그래! 파이팅!' 하면서 우리 스스로에게 손뼉을 쳐 줄 줄 알았던 모양이다. 하지만 그는 실내 분위기를 잘못 읽어도 한참 잘못 읽었다. 우리는 이 행사에 핵심이 있음을 가정하고 그 핵심을 기대하며 앉아 있었던 거다. 이 정치인은 이런 연설을 처음 해 보는 사람 같았다. 그는 정치 초짜, 신생 엘리트 계층이었다. 아직 보조 바퀴를 떼지 못한 아이 같았다. 나는 잠이 부족한 데다 술도 덜 깬 상태에서 꿈인지 현실인지 구분이 안 가는 백일몽 같은 걸 꿨다. 고치에서 막 깨어난, 그야말로 아기나 다름없는 엘리트 계층이 반짝거리는 정장에 주름진 넥타이 차림으로 뻔한 말을 입에 단 채로, 허물을 벗고 그 고치를 말끔히 닦고서는 연단으로 올라가 첫 연설에 임해 첫 장광설을 늘어놓으며 첫 거짓말을 하는 꿈이었다. 그런 사람들은 태어나기 전부터 배 속에서 이미 그렇게 하도록 타고난 사람이었다. 거짓말하는 것이 그가 가장 잘 아는 일이었으며 단지 그렇게 하도록 타고났을 뿐이다. 그런 사람들은 모든 사람이 한 명도 빠짐없이 벽에 간다고 말한다. 그렇지만 저 제임스라는 정치인을 보고 나니 그게 사실이 아닐 수 있다는 생각을 처음으로 하게 되었다. 저 남자는 벽에 가 본 적이 없는 사람임이 확실했다. 경계병이 된 적도 없었다. 그에게서 그런 냄새가 났다. 종종 사람들 말로는, 부자들이 ID 칩을 조작해서 당사자 대신 도우미를 벽으로 보낸다고 한다. 건강이나 학업을 핑계로 벽 복무를 면제받는다는 소문도 나돌았다. 벽에 안 갔다고 시인하는 사람은 아무도 없었지만, 돈 있고 빽 있는 사람은 벽에 안 간다는 의심은 누구나 가지고 있었다.

그가 손뼉을 치다 말았다. 우리는 그가 손뼉을 계속 치면 분위기가 더 나빠질 것임을 눈치챘다는 걸 눈치챘고, 그가 그걸 안다고 드러내면 안 되는 것임을 눈치챘다는 것도 눈치챘다. 그의 태도가 좀 더 사무적으로 바뀌어 갔다. 자신이 가진 권력을 일부 과시하기도 했다.

"안타깝게도 경계병이 된다고 해서 오로지 찬양과 찬사만 받는 것은 아닙니다. 마땅히 받아야 함에도 불구하고 말입니다! 그리고 우리는 새로운 첩보를 입수하였습니다. 여러분과 직접 관련이 있는 첩보입니다."

그가 이렇게 말을 이어 가는 방식은 매우 흥미로웠다. 우리에 대한 그의 사고방식이 보이는 작은 창을, 그의 인생과 우리의 인생 '임무' 간의 거리감이 보이는 작은 창을 발견한 그 짧은 순간에 그에게 차갑고 어두운 기운이 언뜻 느껴졌기 때문이다. 우리의 임무. 춥고 어두운 곳에서 목숨을 잃을지 모른다는 두려움과 미칠 것 같은 지루함을 견디며 12시간을 보내야 하는 우리의 긴 밤, 우리의 임무 말이다. 그의 눈에 비친 것으로 보아 그게 우리의 존재 이유였다. 그게 우리의 용도이자 존재 목적이었다.

"여러분 모두 잘 알다시피, 대격변은 고립된 단독 사건이 아니었죠. 여기 있는 우리는 해수면 상승과 기후 변화라는 특별한 변화가 오랜 시간에 걸쳐 일어난다는 걸 경험으로 알기 때문에 그런 식으로 말하지만, 그 당시를 되돌아보면 여전히 한순간에 벌어진 사건처럼 느껴집니다. 곧 이전과 이후를 가르는 결정적인 순간이죠. 그때는 우리 부모의 세계가 있었고, 이제는 우리의 세계가 있습니다."

그는 교활했다. 우리와 나이 대가 비슷해서 그에 대해 우리가 예민하게 반응하고 폭넓게 공감한다는 것과 부모 자식 간에 벌어진 세대 차를 알 만큼 아는 사람이었기 때문이다. 실내 분위기가 변했다. 그는 아주 못된 놈일 뿐 아니라 진실을 아는 놈이었다.

"대격변, 그 이전과 이후. 그러나 다른 곳에서는 그와 같은 일이 없었죠. 대격변은 하나의 사건이 아니라 하나의 과정입니다. 어떤 곳, 운이 없는 어떤 곳에서는 쉬지 않고 일어나는 과정입니다. 특히 상당수 더 더운 지역에서는 대격변이 여전히 진행 중이라 지형이 변하고 있고 인간의 삶에 영향을 미치고 있습니다. 대격변에서 도망친, 그 영향력에서 도망친 남녀는 새 삶을 꾸리기 위해, 앞다투어 새 보금자리를 마련하기 위해, 더 높은 지대로 올라가기 위해, 자신과 가족이 안전할 수 있는 곳, 암반, 동굴, 우물, 오아시스를 찾기 위해 애를 씁니다만."

그가 어조를 바꾸면서 말했다. 그러더니 아예 명령조로 나쁜 소식을 전하는 진짜 엘리트 계층 같은 목소리를 냈다.

"대격변은 끝나지 않았습니다. 보금자리는 쓸려 갔고, 해수면은 더 높아졌고, 지표면은 뜨거워졌고, 농작물은 타 죽었고, 암반은 무너졌고, 우물은 말라 버렸습니다. 안전이라는 것은 한낱 신기루에 불과했습니다. 그래서 불행한 자들은 다시 도망쳐야 합니다. 초기 대격변 때처럼 도망치는 사람들의 수가 불어나고 있죠. 상당한 수가, 위험한 수가. 그것을 첫 번째로 말씀드리려고 제가 여기에 온 것입니다. 상대들이 오고 있죠. 지난 몇 년간 비교적 평화롭고 조용한 시간을 보냈습니다만 이제 그런 시절은 다 갔습니다. 여러분은 바빠질 것입니다. 과거와 달리 훈련받은 것들을 실전에서 경험하게 될 가능성이 높아졌습니다."

이제 그것이 진짜 뉴스로 와닿았다. 갑자기 술이 확 깨는 것 같았다. 히파도 똑바로 앉아 그 남자를 쳐다보고 있었다. 나머지 중대원들도 마찬가지였다. 우리가 무슨 말을 듣게 될지 생각한 바는 없었지만, 이런 말은 아니었다.

"공군과 우리의 외국 친구들이 확인시켜 줬죠. 상대들이 오고 있다는 걸. 이것이 제가 여러분께 전해 드릴 첫 번째 첩보입니다. 그렇지만."

그가 웃었다.

"벽은 오랜 세월 그 자리를 지키고 있고 여러분이 받은 훈련은, 제가 이미 언급했듯이, 세계 최고입니다. 여러분도 세계 최고입니다. 이 나라도 세계 최고입니다. 우리는 승리했고, 우리는 승리하고 있으며, 우리는 승리할 것입니다. 이것이 사실이란 걸 우리는 잘 알고 있습니다. 그런데."

그는 슬프고, 애석해하는 듯, 더 서글픈 목소리로 말했다.

"우리 중엔 다른 눈으로 사물을 보는 사람들이 있습니다. 안보를 바라고, 안전을 바라고, 평화를 바라는 우리의 염원을……."

사람들은 벽에 대해 이야기할 때 벽이 마치 거대한 팔 같다는 듯 두 팔을 쭉 뻗곤 하는데, 그도 두 팔을 쭉 뻗으며 말을 이었다.

"이기적인 욕망으로 보는 사람들이 있다는 것이죠. 세상은 외면한 채 자신만 살려는 것, 이기적인 것으로 말입니다. 우리의 책무를 거부하는 사람들이죠. 그리고…… 아, 계속 이야기할 필요는 없겠군요. 여러분을 익사시키려 하고, 공격하려 하고, 해치우려 하는 자들과 타협하면 안 됩니다. 절대 타협하면 안 됩니다! 그들의 마음을 바꿀 만한 방법은 존재하지 않습니다. 그러나 그런 자들은 세상에 존재하고 있으며, 우리는 그중 일부가, 그런 헛된 망상을 품은 자들이 도저히 믿을 수 없는 짓을 꾸미고 있다는 첩보를 입수한 것이죠. 그 자들은 이 나라의 선량한 보통 사람들, 즉 경계병 여러분이 보호해 주는 사람들, 여러분이 불철주야 지켜 주는 사람들, 여러분이 하는 일의 의미이자 목적이 안보임을 아는 사람들의 편이 아닙니다. 그렇습니다, 그자들은 선량한 사람들의 편이 아닙니다."

그는 이제 연설의 절정에 다다랐다. 목소리가 커지더니 연기하는 배우의 말투처럼 속삭임으로 변했다.

"그자들은 상대와 한편입니다!"

그 말을 내뱉고서 그는 뒤로 물러나 그 말이 사람들 가슴에 가닿도록 기다렸다.

"그렇습니다. 그자들은 상대와 한편입니다. 상대들! 그자들은 선량한 사람들의 편에 서느니 차라리 상대들의 편에 설 것입니다. 어떻게 그런 사악한 짓을 할 수 있는지 상상조차 하기 어렵습니다. 그렇게 비뚤어지고, 그렇게 도덕이 상실되고, 그렇게 윤리가 결여된 짓을 한다는 게 상상하기 어렵죠. 나는 선량한 사람들이 믿기 어렵다는 것을 압니다. 하지만 우리는 이 지옥에 떨어진 영혼들이 존재한다는 것과 그자들이, 달리 설명할 말이 없지만, 상대의 편이라는 것을 받아들여야만 합니다. 게다가 지금 우리가 새로 입수한 첩보에 의하면, 그자들이 상대를 돕기 위해 조치를 취할 것으로 밝혀졌습니다. 첩보에 의하면, 그자들 중 일부가, 저는 그자들을 범죄자라 불렀습니다만 무릇 범죄자란 단지 삶의 방향을 잃고 실수로 길을 잘못 들어선 시민을 이르는 말이기에 그 대신 배신자라 부르겠습니다. 이 배신자들이 상대를 도와줄 방법을 연구하고 있다는 것입니다. 벽을 넘는 데 성공한 상대를 멀리 달아나도록 도와줄 방법을. 상대와 내통하면서 공격할 장소와 시간을 알려 주고 심지어, 이게 가장 우려되는 행위인데, 상대가 칩을 얻도록 도와줄 방법, 벽을 넘는 데 성공하기만 하면 우리 사회 속으로 숨어들도록 도와줄 방법을 말입니다. 벽을 무너뜨리고, 경계병을 무너뜨리도록 도와줄 방법을. 그렇습니다, 바로 여러분을 무너뜨리도록 돕는 것입니다!"

알 거다, 좌중을 둘러보면 분위기가 다시 전환되었다는 걸 말이다. 우리는 그렇게 신경 쓰지 않았다. 더 많은 상대가 몰려오고 있고, 그 침입이 임박했다는 소식이 우리에겐 더 중요한 문제였으니까. 그것은 사실이었다. 우리는 그것이 무엇을 의미하는지 잘 안다. 상대가 우리 내부의 도움을 받는다는 사실, 그가 일단 벽을 넘기만 하면 방어 시스템을 피할 수 있다는 사실, 그것은 사실 우리의 문제가 아니었다. 나는 그것이 저 초짜 정치인에겐 큰 문제란 걸 알 수 있었고, 그 이유가 뭔지도 알 수 있었지만, 경계병의 입장에서 상대가 벽을 넘으면 어차피 경계병은 죽은 목숨이다. 그러니 상대가 반짝거리는 마이크로 칩을 구해서 잠입하는 데 성공하든 말든 그건 사병이 걱정할 일이 아니었다. 당연히 상대와 엘리트 계층에겐 중차대한 일이겠지만, 경계병에게 달아난 상대는 더 이상 관심사가 아니었다.

　그는 조금 더 이야기를 이어 갔지만 더 이상 새로운 정보는 없었다. 요점은 상대가 몰려오고 있다, 도움을 받고 있다, 정도였다. 그의 연설이 끝나자 우리는 군장을 챙겨 들고 트럭에 올라타 다음 교대 근무지를 향해 나아갔다. 절반쯤 갔을 무렵 머리가 지끈지끈 아파 오면서 구역질이 나기 시작했다. 술이 깬 줄 알았더니 취기가 다시 올라왔던 거다. 긴 여정이었다. 막사에 돌아와 보니 우리 앞 조가 한창 근무 중이었다. 그건 교대 시작 전에 시간적 여유가 있다는 뜻이었다. 나는 잠자리에 들어 18시간을 내리 잠만 잤다.

2부

상대

13

벽으로 돌아와 보니 예전과 달라진 게 하나도 없었다. 물리적으로는 예전 그대로였다. 똑같은 하늘, 똑같은 바다, 똑같은 바람, 똑같은 수평선. 똑같은 콘크리트바다바람하늘. 하지만 그 정치인의 말은 역시 맞았다. 상대의 활동이 늘었다는 소문이 돌고 있었다. 수평선엔 더 많은 배가 나타났고 밤중엔 더 많은 불빛이 보였다. 지난 2주간 세 건이나 되는 공격 소식도 들렸다. (어떤 공격이든 그에 관한 세세한 브리핑은 모든 사병에게 하달된다. 그 내용이 언제 어떻게 내 생명을 구해 줄지 모른다.) 그 공격은 모두 작전도 실력도 영 형편이 없어서 배를 타고 노 저어 와서는 '날 잡아 잡수오' 하고 부탁하는 거나 다름없었다. 그렇지만 벽에서는 덜 위험할 때가 더 위험할 때라는 걸 잊으면 안 된다. 바로 이 주제에 대해 대위가 우리 모두를 불러 모아 놓고 강연회를 열었다.

"그렇다면 이게 왜 나쁜 소식일까? 훈련도 안 돼 있지, 무기도 없지, 그래서 벽을 넘을 가능성도 제로인 상태에서 공격했는데?"

내가 손을 들었다.

"그건 그들이 필사적이라는 걸 의미하기 때문에 그렇습니다. 그리고 멍청한 자들이 필사적이라면 영리한 자들 역시 그럴 겁니다."

"츄이가 핵심을 찔렀다. 아둔한 놈들만 보고 방심하면 안 된단 얘기다. 놈들이 오고 있으니까."

휴스가 손을 들었다.

"대위님, 저희가 경고성 연설을 들은 대로 조력자들이 도와준다는 어떤 증거가 있습니까?"

"없다."

대위가 대답했다. 그가 표정 변화도 없이 가만히 서 있기만 함으로써 개소리란 말을 쓰지 않고도 어떻게 개소리로 치부할 수 있었는지 퍽 인상적이었다.

정말로 그들이 오고 있었다. 그렇다 해도 어떤 시간에 어느 조가 보초를 설 때 올는지 그건 아무도 모른다. 어쨌든 아직까지는 오지 않았다. 1만 킬로미터 구간에 걸친 세 차례의 공격은 평균을 내 보면 그렇게 많은 수의 공격도 아니었다. 계절은 바뀌어 초여름으로 접어들고 있었다. 낮이 길어지고 아주 조금씩 따뜻해질수록 밤도 더 짧아지고 아주 조금씩 더 따뜻해져서 주야 교대 근무도 좀 더 수월해졌다. 나 또한 경계병으로서 첫 번째 단계를 통과했다는 생각이 들었다. 보초를 설 때마다 온 신경이 곤두서더니 이제는 두 번째 단계에 접어들어서 그것에 익숙해지고, 교대 근무 흐름이 몸에 배고, '거꾸로 걸어 봐도 국방부 시계는 간다'는 것과 최선은 시간이 흐르는 대로 내버려 두어야 한다는 걸 알게 되었다. 시간의 흐름에 거스르지 말고 그 흐름에 맡긴 채 따라 흘러가면 된다. 그보다 더 좋은 건 시간이 흐르면 흐르는 대로 그냥 두는 것이다. 시계를 보지 마라. 다른 걸 생각해 보라. 무슨 일이 생기면 아드레날린과 그간 받은 훈련으로 처리하면 된다. 벼랑 끝에 서지 마라. 졸지 마라. 시간은 흘러갈 것이고, 우리가 해야 할 일은 흘러가게 그냥 두는 것이다.

그날 보초를 서면서 캠핑 갔을 때 휴스와 나눴던 대화에 대해 오랜 시간 생각해 봤다. 나는 커서 뭐가 되고 싶었을까? 엘리트 계층이 못 된다면 그 대신 뭘 한단 말인가? 나는 다른 경계병의 전우이자 친구이기도 하고 그들과 공통점이 있는 것 같기도 하지만, 그렇다고 해서 내가 부모님을 좋아한다거나 부모님과 공통점이 있다는 뜻은 아니었다. 나는 집에 가지 않을 거다. 집이 더 이상 집처럼 느껴지지 않았다. 대학에 갈 건데 그다음에는 뭘 하지? 휴스는 책 속에 파묻혀 살고 싶어 했다. 나는 아니다. 새로운 친구들인 히파와 쿠퍼와 슈나와 메리와 휴스와 같이 모여 새로운 생활 방식을 찾아 살아가면 좋겠다고 생각했다. 가족에 기반을 둔 것이 아니라 해도 같이 살고 서로가 서로를 돌봐 주고 생각이 같은 다른 사람도 받아들일 줄 아는 더 큰 공동체 생활을 하는 것 말이다. 우리는 어쩌면 농장에 가서 살지도 모르고, 누구나 알다시피 염소 같은 농가에서 기르는 가축을 기를지도 모른다.

솔직히 나는 농장 일에 대해 아는 게 하나도 없었다. 그냥 다른 뭔가를 해 보고 싶은 것뿐이다. 싫어할 기운조차 나지 않는, 따분한 토끼장이나 들여다보면서 내 남은 인생을 썩히고 싶지 않았다. 우리 부모님처럼 말이다. 벽에 있을 때면 벽을 떠나고 싶은 마음이 간절해진다. 온통 그 생각뿐이다. 복무 기간을 다 마치고 벽을 떠나는 것.

하지만 또 이런 생각이 들기 시작한다. 왜? 무엇 때문에 벽을 떠나고 싶은 거지? 뭐가 날 기다리고 있기에?

나는 그냥 (이건 끔찍한, 입에 올리기도 싫은 일, 몇 주 전만 해도 맹세코 불가능했던 일인데) 재복무를 신청하는 사람들의 마음이 이해되기 시작했다. 병장과 상병 같은 사람은 두 번째 복무 중이고, 대위 같은 사람은 세 번째 복무를 마치고 네 번째 복무 중이다. 그것에 대해 나도 적극 고민 중이라고 말하려는 건 아니다. 사람들이 왜 그러는지 알 수 있다고 말하려는 것뿐이다. 그들이 길고 무미건조한 일상과 결합된 강렬한 목적의식의 분출을 즐긴다는 걸 알 수 있었다. 목적 없는 시간, 꽉 짜인 일과와 의미 있는 작업의 조합. 흔히 사람 사는 곳은 어디나 비슷비슷하다고 아무 일 없으면 일상이 끔찍하게 반복되고, 무슨 일이 생기면 공포 그 자체다. 서둘러라, 그리고 기다려라. 이것이 삶을 지배하는 좌우명이다. 그리고 벽을 지배하는 좌우명이기도 하다. 아무 일 없는 것보다 더 나쁜 건 단 하나, 무슨 일이 생기는 거다.

아니면 나는 두 번 할지도 모르고, 아니면 세 번 다 할지도 모른다. 이번 복무만큼 끔찍할 수 있는 벽 복무를 더 할지도 모른다. 단, 내가 무엇을 하고 있는지 이해하고 복무할 테니까 조금은 덜 끔찍할 거다. 무조건 해야 하는 게 아니고 선택지가 없는 것도 아니되, 내 스스로 선택한 일이니까, 나에게 달린 일이니까, 내가 통제권을 쥐고 있고 그것을 함으로써 무엇을 얻을지 아니까. 나는 이곳저곳 항로를 찾아 다른 사람이 될 기회, 곧 대위처럼 특권을 얻을 기회를 거머쥘 거다. 어쩌면 장교로 훈련받을 기회가 생길 거고, 그러고 나면 대학에 가고, 그러고 나면 엘리트 계층에 진입하여 항공기를 타고 휙 날아가서…… 엘리트 계층이 하는 일을 하고, 회담이나 대담이나 회의나 대격변에 대한 대토론이나 뭐든 참석하고, 그런 다음에는 히파와 다른 동료들과 함께 공동체를 만들어 새로운 생활 방식, 새로운 조화를 찾으며 사는 거다. 새로운 원하는 것, 새로운 존재 방식. 그래, 좋은 생각이다. 이제부터 그게 나의 새로운 정책이자 계획이다. 모든 것을 조금씩 해 나갈 거다.

그렇게 해서 밤이 되면 내 마음은 콩밭에 가 있었다. 교대 근무를 하면 할수록 밤이 눈에 띄게 더 짧아지는 것 같았다. 열흘이 지나면, '야간' 근무도 대낮처럼 환할 때 시작해서 대낮처럼 환할 때 끝날 거다. 해가 막 서산으로 넘어갈 무렵 첫 간식 시간이 되자, 메리가 바구니 달린 자전거를 타고 달려왔다. 지난 근무 때 그녀가 따라 준 마지막 커피를 마셨던 때는 동이 트기 직전이었다. 바로 첫날부터 메리가 오니까 좋았다. 새로울 건 하나도 없었지만 모두가 메리를 아주 좋아했다. 오랜 시간 외로이 불침번을 서고 있을 때 찾아와 이야기와 웃음과 따뜻한 음료를 선사해 주는 사람을 어떻게 좋아하지 않을 수 있을까? 게다가 이 일은 그녀의 적성에 딱 맞았다. 그녀는 사람들을 웃음 짓게 만드는 그런 사람이었다. 심지어 그녀를 보기만 해도 동글동글한 예쁜 분홍빛 얼굴에 웃음이 나오고, 주방에 있을 때는 스카프를 쓰고 밖에 나올 때는 기온이나 습도에 따라 후드 아니면 비니 아니면 모자를 써서 아무리 정돈하려 하지만 언제나 밖으로 삐져나오려고 용을 쓰는 것 같은 연한 적갈색 곱슬머리에 웃음이 나오게 된다. 긴 시간을 보내다 보면 사람들은 짜증을 내고, 그 시간을 견디지 못하겠다 싶으면 신경이 급격히 날카로워지기 쉽다. 하지만 메리는 단 한 번도 그런 적이 없었다. 그에 비해 그녀의 직업은 상대적으로 특권이 부여된 직업이라서 그녀도 그 사실을 알고 남들을 기분 좋게 만드는 역할을 자처하는 것이다.

야근 근무 열흘째가 되던 날, 동이 트기 몇 분 전에 메리가 두 번째로 음료를 싣고 왔다. 나는 그녀의 평소 일과를 지켜봤다. 그녀는 자전거를 타고 성벽을 따라 쭉 오다가 환한 초소마다 들러 자전거를 세우고는 따뜻한 음료를 한 잔씩 따라 주고 몇 마디 이야기를 나눴다. 그날 밤은 강풍이 불고 있었다. 파도와 바람 소리가 하도 요란해서 무전기 이어폰 소리조차 잘 안 들릴 정도였다. 바다가 그렇게 크게 포효하는 소리는 처음 들었다. 대위는 그날 밤 벌써 두 번이나 순찰을 돌고 갔는데, 별말 없이 그냥 점검만 하고 갔다. 분명히 그가 그 초짜 정치인의 경고를 심각하게 받아들인 모양이었다. 그때 내가 무슨 생각을 했는지는 정확히 기억나지 않는다. 아마 제대 날짜를 거꾸로 헤아리고 있었던 것 같다. 네 밤이 남았으니까 야간조가 거의 끝나 간다는 뜻이고, 그러면 2주간의 휴가와 2주간의 주간조로 콘크리트바다바람하늘을 보내고 나면 입대한 지 얼추 반년이 지나간다고 말이다. 끝이 보인다고 축하하기엔 이르지만, 적어도 나는 그 시간을 어떻게 헤쳐 나가야 하는지 알게 되었으며, 시간은 흘러갈 것이고 그러다 보면 끝이 나서 벽을 떠나게 되리라는 걸 알게 되었다.

메리는 평소보다 더 오래 슈나와 수다를 떨었다. 동틀 무렵 수평선으로 희미한 선이 보였다. 새벽녘엔 흔히 바람이 잦아들곤 하는데 그날은 바람의 기세가 여전했다. 그녀는 다시 자전거를 타고, 그게 아니라 늘 그랬듯 다리를 벌리고 안장에 앉아 페달을 밟으며 나를 향해 달려왔다. 나는 벽과 바다를 쓱 훑어보고 나서 지금부터 이삼 분 동안 그녀에게 관심을 집중할 참이었다.

"악."

내 초소에 다다른 메리가 말했다.

"잘 있었어, 자기? 확실히 이 일을 오래할수록 건강엔 안 좋은 거 같아. 말도 안 되는 소리지, 그 반대여야 하는데. 커피하고 비스킷이야, 이 순서대로 주진 않을 거지만. 자, 이거 좀 들고 있어 봐."

그녀가 숄더백에 손을 넣어 비스킷 봉지를 꺼내 내밀었다. 나는 '초콜릿과 오렌지 잼이 들어간 비스킷, 내가 좋아하는 거네' 하고 생각했던 걸로 기억난다. 나는 그걸 받아 든 다음 소총을 규칙에 따라 손이 닿는 거리인 벤치에 내려놓았다. 그리고 내가 배낭 고리에 걸어 둔 금속 컵을 고리에서 빼는 사이, 그녀는 보온병을 열었다. 나는 그게 홍차가 아니고 커피라서 기뻤다. 맛은 커피보다 홍차가 더 좋았지만 잠을 쫓는 데는 커피가 더 효과적이었기 때문이다. 나는 그녀가 커피를 따라 주려고 손을 뻗다가 그것을 쏟는 걸 보았다. 그런데 커피를 이상한 곳, 방수복의 목둘레선 쪽에 쏟았다. 나는 이상하다는 생각이 들었다. 그녀가 칠칠치 못하게 커피를 쏟았다는 건 안다. 그러나 어떻게 커피를 위로 쏟을 수가 있지, 어떻게 자기 몸에 뿌리지? 그녀는 자전거를 세울 때 냈던 소리와 비슷한 '악' 소리를 작게 냈다. 그때보다 더 나지막하고 더 무의식적으로 냈지만, 놀란 소리 같았다. 그녀가 보온병을 떨어뜨리더니 자신을 내려다보았다. 그 순간 세 가지 일이 동시에, 그러나 천천히 벌어졌다.

그 액체는 색깔이 이상했다. 메리가 조명등을 등지고 있어서 제대로 보이지 않았는데, 그제야 나는 깨달았다. 그렇다, 이상한 건 색깔이 아니라 질감이었다. 농도가 진했을 뿐 아니라 조금밖에 안 쏟았는데도 너무 빨리 흘러내렸다. 그렇다면 저건 커피일 리 없다. 음식물을 쏟은 건가? 저건 액체이긴 하지만 그렇다고 물도 아니요, 그리고 저건 쏟은 게 아니라 솟구치는 것이요, 그녀 몸에다 쏟은 게 아니라 그녀 몸속에서 흘러나오는 것이다. 저렇게 되는 건 단 하나, 저건 피다.

그런데 왜 피가 나오지? 저건 코피도 아니요, 피를 토하는 것도 아니다. 몸을 적실 만큼 피를 토한다면 그건 정말 심각한 병이 아닐까 싶다. 어쨌든 저건 그녀의 입에서 나오는 게 아니라 입보다 더 아래쪽에서 나오고 있다, 그녀의 몸속에서 솟구쳐 나오고 있다, 저건 바로······.

이렇게 이어진 생각이 지금도 또렷이 기억난다. 마치, 잘 모르겠지만, 박사 논문 같은 걸 놓고 논쟁할 때처럼 온갖 생각이 머리를 스쳤다. 그 생각들이 순식간에 스치고 나서야 나는 상황 파악이 되었다. 메리는 총이나 칼 같은 것에 맞은 거고, 상처가 꽤 깊어서 아마 살아남지 못할 거다. 이건 공격이었다. 상대가 온 것이다.

나는 소총을 집어 들고 벤치 뒤로 몸을 던져 숨고는 벽 쪽을 내다보았다. 비상을 외치거나 경보기를 울린 기억도 없는데 사후 실시된 결과 보고회 때 그날 밤 있었던 모든 교신 기록을 재생했더니, 자랑스럽게도 살짝 톤은 높았지만 허둥대지 않고 보고한 말이 증거로 남아 있었다. 내 목소리는 드라이브스루 패스트푸드점 매대 앞에서 주문할 때 점원이 주문을 제대로 받았는지 확인하려고 평소보다 더 크게 말하는 것처럼 들렸다.

"12초소가 공격당함. 상대의 침공, 레드 코드."

레드 코드 발령은 훈련 상황도 아니고, 경계 태세도 아니고, 그들이 지금 여기에 와 있다는 뜻이다. 녹음을 들어 보니 5초 후에 전면 비상 경보음이 울렸다. 그때 바로 다른 교대조가 벌떡 일어나 무기고로 달려갔다가 벽을 향해 내달렸을 것이다. 내 기억엔 내 왼쪽, 멀지 않은 곳에서 총소리가 났다. 아마 그다음 초소(슈나의 근무지) 쪽에서 났던 거 같다. 그리고 그 시점에서 나는 확실히 제정신이 아니었다. 메리를 죽일 만큼 가까이 있었으되 눈에 띄지 않았던 상대가 보였던 게 기억난다. 벽 위에서 번쩍이는 쇠붙이를 보며 천천히 하나하나 분석하는 과정에서 그게 뭔지 알아냈다. 원래는 없던 금속 물체는 상대의 것이 틀림없다. 뭔지 못 알아보겠다. 꺼먼색을 띠고 있었다. 게의 집게발처럼 생겼다. 갈고리다. 상대들이 갈고리를 이용해서 벽을 올라오고 있다. 그럼 나는 뭘 어떻게 해야 하지? 그렇다, 벽으로 달려가 눈앞에 보이는 놈들을 다 쏴 버려야 한다. 저들이 벽 위로 올라올 때까지 기다렸다간 내가 먼저 총에 맞을 거다. 총소리가, 성벽 아래를 향해 미친 듯이 마구 쏘아 대는 총소리가 들렸다. 누군가가 훈련받은 대로 반자동에 놓고 쏘는 게 아니라 탄창이 다 떨어지도록 자동에 놓고 연속으로 쏘아 대고 있었다. 나는 벽을 향해 한 걸음 한 걸음 옮겨 갔다가 마지막 순간에, 바로 그 마지막 순간에 훈련받았던 게 떠올랐다. 상대가 특정 위치에 있다고 의심이 들면 몇 미터 떨어진 지점으로 가서 그 위치를 살펴봐야 한다. 안 그러면 상대가 벽에 매달려 내가 난간 밖으로 고개 내밀기를 기다렸다가 내 머리통을 날려 버릴 테니까.

나는 벽을 따라 5미터쯤 달려간 다음, 무릎을 꿇고 앉아서 밖이 보일 만큼 재빨리 고개를 내밀었다 숨었다. 밖이 짙은 어둠에 잠겨 잘 보이지 않았지만 벽면에 무언가가 매달려 있었다. 그중 하나가 벽 위로 가깝게 올라왔다. 세 명일 것 같았지만, 만약 땅에 누가 더 있다면 네 명이 될 수도 있을 것 같았다. 몇 초 내로 첫 번째 상대가 벽을 넘을 것 같았다. 나는 뒷걸음으로 빠르게 10미터쯤 물러나 초소로부터 5미터 지나간 지점으로 위치를 옮긴 뒤 밖을 내다보았던 쪽을 정면으로 주시했다. 좀 전에 내가 고개를 내밀었을 때 저들이 나를 보았다면 저들은 내가 같은 자리에서 총을 쏠 거라고 짐작할 것 같아서였다. 나는 숨을 들이마시고 일어서서 탄창 절반이 떨어지도록 첫 번째 상대를 향해 마구 쐈다. 그런 다음 나머지 절반이 떨어지도록 벽면에 매달린 상대들을 향해 마구 쐈다. 첫 번째 상대는 죽었을 거라는 확신이 들었다. 왜냐하면 소리는 나지 않았지만 내 총소리가 울려 퍼지는 가운데 그가 잡고 있던 것을 놓치고 바다로 떨어지는 걸 보았기 때문이다. 다른 두세 명은 제대로 맞혔는지 확신이 서지 않았다. 나는 쭈그려 앉은 자세로 처음 밖을 내다보았던 지점으로 다시 달려갔다. 탄창을 새로 갈아 끼웠다. 그리고 총을 쏘려고 막 일어서려는데 오른쪽 등, 어깨 바로 밑을 세게 퍽 얻어맞은 느낌이 났다. 뒤를 돌아보니 이번에는 슈나가 있는 방향으로 상대 셋이 보였다. 그중 하나는 무릎을 꿇고 나를 조준하고 있었고 나머지 둘은 나를 향해 달려오고 있었다.

　나는 소총을 들어 그들을 쏘려고 했지만 그럴 수가 없었다. 시간이 천천히 흘러간다고 의식이 되니까 제일 먼저 든 생각은 시간이 극도로 아주아주 천천히 흐른다는 것이었다. 뇌가 총을 들라고 팔에다 명령했는데도 팔은 여전히 응답하지 않고 있었다. 이렇게 생각하는 것이 내가 마치 컴퓨터 게임 속에 들어와 있는 것인 양 지극히 정상인 것처럼 느껴졌다. 게임에서는 게이머가 시간의 흐름을 설정할 수 있어서 100분의 1초밖에 안 되는 순간에 조준하고, 생각하고, 가

늠자를 맞출 수 있는 기회가 무수히 많다. 팔은 곧 움직일 거라고 내 스스로에게 말했다. 내가 지시했으니까, 움직이라고 명령했으니까 총을 들어 조준 자세를 취할 거다……. 그러나 아무 일도 일어나지 않았다. 그제야 내가 생각하는 대로 시간이 천천히 흐르는 게 아니구나 하고 깨달았다. 왜냐하면 상대들이 여전히 나를 향해 달려오고 있었고, 무릎 꿇고 나를 조준했던 상대도 일어나 나를 향해 달려오기 시작했기 때문이다. 나는 다친 오른팔을 들어 올릴 수가 없었다. 왼손으로 소총을 들려고 손을 뻗는 중에도 이런 생각이 들었다. '바보 아냐? 한 손으로 쏠 수 있게 만든 총이 어디 있냐? 어떻게 한 손으로 조준해서 쏜다 그래, 불가능해. 그러니까 이건 나를 지킬 수 없으니 내가 오늘, 지금 살아 숨 쉬는 바로 이 순간에 여기서 죽는다는 뜻이다. 그러니 이 밤이 내가 보는 마지막 밤이고, 저 소리는 내가 살아서 듣는 마지막 소리이고, 저 모습은 이생에서 내가 보는 마지막 모습이구나. 40미터 앞에서 서서 자세를 바로잡고 나를 향해 총을 조준하는 상대의 모습, 저자가 나를 조준하고 있으니 이제 나는 죽는구나…….'

상대의 머리가 사라졌다. 달리 표현할 말이 없다. 그림자는 나를 조준한 채 서 있었다. 어깨와 목 위로 아무것도 없이 가만히 서 있었다. 시간이 다시 천천히 흐르면서 기괴한 동상처럼 그는 꽤 오랫동안 가만히 서 있었지만, 그가 가만히 서 있는 동안, 아니 그였던 몸이 가만히 서 있는 동안에도 주위는 온통 소음과 움직임으로 가득 차 있었다. 내가 서 있던 벽 바로 밑에서 엄청난 폭발음이 들려왔다. 그 여파로 비틀거리고 있는데 또 한 번 폭발음이 들려왔다. 초전에서는 무슨 일이 일어난 건지 어느 정도 이해할 수 있었는데, 지금은 그 감을 잃고 무슨 일이 벌어지고 있는지 통 알 수가 없었다. 내가 좀 더 의식이 있고 정신을 좀 수습하고 (나 자신에 대해 변명하자면) 어깨와 등에서 피를 많이 흘리지 않았더라면 유탄 발사기 사용 규정을 무시하고 내 초소 쪽으로 넘어온 상대들을 쏜 사람이 히파였다는 걸 알아차렸을 것이다. 그녀는 두 발을 쏘아 두 놈을 죽였다. 내 앞에서, 머리가 날아간 첫 번째 상대가 있던 자리 쪽에서, 대위가 계단을 뛰어 올라오며 거대한 칼을, 즉 정식 총검이 아니라 그보다 훨씬 더 큰 마체테를 휘둘러 살아남은 한 상대의 등을 내려치는 게 보였다. 나를 죽이려던 자의 머리를 쏘느라 탄창이 다 떨어진 대위에게 남은 무기가 그 칼뿐이었던 거다. 마지막 남은 상대는 그를 향해 돌아서더니 소총을 들어 올렸다. 만약 그가 총을 손에 들고 뛰어갔더라면 대위는 목숨을 잃었을 것이다. 그런데 눈 깜짝할 사이에 그자의 목이 달아났다. 대위가 그를 향해 뛰어올라 마체테로 그의 목을 내려친 것이다. 칼날이 깔끔하게 나가지 못하고 그의 목에 그대로 박혀버렸다. 그는 총을 떨어뜨리고 비틀비틀 옆걸음질을 치며 두 손을 올려 목에 박힌 칼을 빼내려고 했다. 나는 마치 딴 세상에서 온 사람인 양 그 광경을 지켜보기만 했다. 입장이 바뀌었다면 나 역시 목에서 마체테를 빼려고 했을 거다. 그래서 나는 그의 행동을 이해할 수

는 있었지만 그가 칼을 빼내진 못하리라 확신했다. 그는 뒤로 비틀
비틀 뒷걸음질 치며 대위에게서 멀어져 가더니 앞으로 털썩 고꾸라
졌다. 가만히 쓰러져 있지 못하고 몸부림을 치며 굴러다녔다. 대위
는 다른 상대의 소총이 떨어진 곳으로 걸어가더니 그 총을 집어 들
고는 그에게 다가가 그를 내려다보며 단 한 발로 그의 숨통을 끊어
버렸다.

조용해졌다. 아니, 총성이 멎은 것이다. 목소리가, 벽 밑에서 경계
병들의 목소리가 들려왔다. 교전 중 어느 순간 무전기 이어폰이 빠
졌는지 나는 다른 경계병들 사이에 오간 대화를 듣지 못했다. 어떤
대화가 오갔는지 모르겠지만. 그리고 어느 순간 나는 벽에 등을 기
대고 앉아 있었다. 내 옆에 벗어 놓은 안경이 눈에 들어왔다. 나는 다
시 안경을 썼다. 공격은 끝난 것 같았다. 아직도 계속되고 있었다면
대위가 교전 중인 곳으로 달려갔을 것이다. 그는 나에게 다가와 허
리를 숙였다. 그는 숨을 가쁘게 쉬긴 했지만 침착해 보였다. 그가 손
을 뻗어 내 팔을 만지려다 말았다.

"부상당했군."

그가 뒤로 물러나 무전기에 대고 뭐라 뭐라 말한 지 몇 초도 안 된
것 같았는데 군용 구급차가 벽 내부 순환 도로를 통해 달려왔고 위
생병도 둘이나 달려왔다. 마치 스위치를 누른 것처럼 나는 갑자기
통증을 느꼈다. 오른쪽 어깨에서 시작된 통증이 오른쪽 몸 전체로
퍼져 나갔다. 방망이로 두들겨 맞는 것처럼 온몸이 동시에 묵직하고

쓰리고 아리고 욱신거리고 화끈거렸다.

"이 녀석 치료 잘해 줘라, 오늘 얘가 고생 다 했다."

대위가 위생병들에게 말했다. 그 당시에는 몰랐지만 그 말이 그가 나에게 해 준 유일한 칭찬이었다. 그들이 나를 들것에 싣고 가서 구급차에 태운 뒤 내 몸에 갖가지 링거액을 놔주자, 통증이 가라앉기 시작했다.

이제 시간이 거꾸로 흐르기 시작했다. 교전 중 방아쇠를 당겨 총구에서 탄알이 나가는 그 순간에 생각하는 것이, 다음에 벌어질 상황을 보는 것이, 대안과 결과를 고려하는 것이 가능할 만큼 1초 1초가 느릿느릿 흘러갔다. 그러다 한순간, 그 순간에 내가 존재한다고 느껴지는 찰나, 시간이 원래 속도로 흐르는 때가 있었다. 그때가 바로 지금 이 순간 구급차에 실려 가는 때였다. 그 뒤 며칠간 몽롱한 상태에서 링거액을 줄줄이 달고 약 먹고 검사받고 치료받고 진찰받는 사이사이에 국경 수비대에서 고위 간부(단순히 사병이 되기에는 너무 중요하신 분)들이 나와 정중하고 정중한 태도로 그날 밤 사건에 대해 묻고 또 묻고 갔다.

그들이 질문하는 동안, 그들 역시 내 질문이나 일부 질문에 답변해 주었다. 그렇게 해서 나도 무슨 일이 있었는지 알게 되었다. 우리를 공격한 상대는 열두 명이었다. 쿠퍼와 슈나와 내가 지키는 8초소, 10초소, 12초소를 공격한 것이다. 그들은 고무보트를 타고 수백 미터 앞까지 접근한 다음 나머지 거리를 헤엄쳐 왔다. 벽을 오를 때는 흡착기를 이용했고, 암벽을 탈 때는 등산 장비를 이용했다. 파도 소리 요란하고 바람 부는 밤이었다는 사실이 결정타로 작용했다. 아마도 그런 날을 기다려 왔을 것이다. 그들은 훈련이 잘된 정예군 같았다. 사하라 사막 이남의 아프리카 출신들이었다. 예전에는 직업 군인이었을 가능성이 농후했다. 소리가 나지 않게 하려고 들었던 첫 무기는 석궁이었다. 그다음에 바꿔 든 무기가 총이었다. 물에 젖지 않도록 총을 테이프로 칭칭 감아서 갖고 왔다. 큰 소리가 나기 전에 최대한 많은 경계병을 없애는 것이 그들의 작전이었다. 좋은 작전이다. 메리와 내가 맞은 것이 모두 석궁 활이었다. 슈나도 석궁에 맞아 부상당한 상태에서 잇따른 총격전을 치르다 목숨을 잃었다. 쿠퍼는 총에 맞아 중상을 입었다는데 회복할지 미지수였다. 다른 두 명의 상대가 죽었다. 상대들 모두가 죽임을 당했다. 따라서 우리 중 바다로 추방당할 사람은 하나도 없을 것이다.

사흘째 되는 날 아침, 여전히 몽롱한 상태로 누워 있는데 대위가 훈련 시 강단에 섰던 초짜 정치인과 이름을 제대로 못 들은 비(非)초짜 정계 고위 인사를 대동하고 병실을 찾아왔다. 그들은 "훌륭하십니다"하고 이구동성으로 말했다. 한 사람이 종이로 된 공식 상장을 나에게 주었다. 하지만 그건 아무런 의미가 없었다. 유일하게 가치 있는 상은 복무 기간의 단축일 뿐인데 그런 상은 주지 않았다. 그들의 방문 시간은 꽤 짧았는데도 그 시간 내내 나는 머리가 띵했다.

나흘째 되는 날 아침, 잠에서 깨니 머리가 맑았다. 나는 또 진통제

주사 스위치를 눌렀다. 통증이 가라앉고 머리에 안개가 낀 것 같은 멍한 느낌이 가셨다. 히파가 침상 끝에 앉아 무전기를 만지작거리고 있었다. 환자복 차림이었다. 그녀 옆 탁자에는 그녀가 가져온 초콜릿 상자가 놓여 있었다. 그녀는 그 상자를 열고 초콜릿을 먹는 중이었다.

"그거 나 주려고 가져온 거 아냐?"

내가 말했다.

"아, 깼네?"

그녀가 눈을 들더니 얼굴을 살짝 붉히며 말했다.

"아니야, 사실 이건 내 거야, 나도 여기에 입원했잖아. 부상이 심하진 않지만 상태를 지켜봐야 하니까 입원하래. 뇌진탕이래. 오늘 퇴원할 거야."

"너 유탄 발사기 사용 규정 위반했다."

"내가 그랬나?"

그녀가 초콜릿을 하나 더 집어 들었다.

"여기 끝내주게 좋다."

히파가 말했다. 그때까지는 몰랐는데 그 말을 듣고 주위를 둘러보니 그녀의 말이 맞았다. 침대와 의자 등이 우리가 벽에서 사용하는 보급품보다 훨씬 더 고급이었다. 멀리 언덕이 내다보였다. 일단 1인실을 사용하는 것 자체가 고급스럽게 느껴졌다. 욕실과 화장실이 따로 있었다. 도우미도 있었다. 식사는 하루 세 번 나왔다. 나 혼자 볼 수 있는 텔레비전도 있었다. 이곳은 확실히 막사보다 더 쾌적한 곳이었다.

"목숨 걸고 싸울 만하네."

히파가 덧붙여 말했다.

"뇌진탕 정도는 그렇게 말해도 되지만 총 맞은 친구도 있잖아."

"그래, 석궁에도……. 그거랑 총 맞은 거랑 같다고 보는지 잘 모르겠지만."

"메리한테 그렇게 말해 봐."

이 말이 내 입에서 나오자마자 나는 하지 말아야 할, 절대로 하지 말아야 할 말임을 깨달았다. 히파에게도 하면 안 되고, 메리에게도 하면 안 되는 말이었다. 그리고 한참 생각해 보니 나에게도 하면 안 되는 말이었다. 히파의 표정이 변했다. 두려움과 상실감과 슬픔이 뒤섞인 표정이었다. 그 표정을 보노라니 갑자기 나 자신에게도 그런 감정들이 밀려왔다. 메리가 죽었다. 바로 내 눈앞에서 피를 흘리며 죽어 갔다. 슈나도 공포와 고통 속에 죽어 갔다. 어쩌면 쿠퍼도 그날 밤 죽은 친구들 곁으로 달려가고 있을지 모른다. 그리고 나 역시 그렇게 될 뻔했다. 손만 뻗으면 사신의 옷자락이 닿을 만큼 죽음 가까이 갔었다. 그때 일어났던 일에 대해 아무런 느낌이 없었다. 그럴 준비가 안 되어 있었나 보다. 지금 그날 밤 자체에 공포를 느꼈다. 이미 지나간 일인데도 두려웠다. 이제 와서 두려워해 봤자 달라질 건 아무것도 없는데도 두려웠다. 그리고 그 두려움을 안고 벽으로 돌아가 그 모든 것을 다시 겪어야 한다고 생각하니까 병적인 불안감이 엄습해 왔다.

"미안."

내가 말했다. 그녀의 눈에 눈물이 그렁그렁했지만 그녀는 사과가 필요치 않다는 듯, 이해한다는 듯 고개를 가로저었다. 한 무리의 사람들과 항상 같이 지내다 보면 서로 간의 소통이 막히는 일이 있을 수 있다. 주고받는 말과 행동에 특정한 패턴이 생기는 것이다. 경계병들 사이에 있다 보면, 농담하고 장난칠 때도 자기 영역을 지키려 하고 공격적이거나 방어적인 행동을 하기 쉽다. 저마다 자신만의 장벽을 쌓고 살기 때문이다. 무방비 상태로 솔직하게 남을 대하는 경우는 거의 없다. 그렇기 때문에 어떤 종류의 대화는 서로 나누기가 어렵게 된다. 휴스가 제대하면 무엇을 하고 싶은지 이야기했던 것은 특이한 일이었다. 히파와 함께 있는 이 순간, 나는 다음에 일어날 일과 나 사이에 물리적인 장벽이 있음을 느꼈다. 무슨 말을 해야 할지 모르겠다는 말 외에는 무슨 말을 해야 할지 전혀 몰랐다. 그녀의 마음을 아프게 할 의도는 없었다. 물론 내 마음을 아프게 할 의도도 없었다. 내가 목격한 최악의 죽음, 절대로 보고 싶지 않았던 최악의 죽음, 그 죽음의 주인공인 메리에 대해 농담할 마음은 전혀 없었다. 히파는 농담하려고 애쓴 거였고 나도 똑같이 농담으로 되받아치려다 말이 꼬여 버린 거였다. 그녀도 나와 똑같이 생각하고 느끼는 걸로 보였다. 그녀도 우리 둘 다 다음에 무슨 말을 해야 할지 모른다는 걸 아는 것 같았다. 우리는 잠시 그대로 앉은 채 서로를 바라보았다가 바닥을 내려다보았다가 했다. 둘 다 몹시 비참한 기분이 들었다.

"벽은 이제 지긋지긋해."

마침내 히파가 말문을 열었다.

"나도."

"만약 우리가 벽에 있는데 공격이 계속되고, 이번 같은 공격을 받는다면 우린 결국 죽을 거야."

"그럴지도 모르지."

그러자 그녀는 내가 예상치 못했던 말을 했다.

"너, 나하고 같이 번식자 할래?"

14

사람들은 일반적으로 국가에서 아이를 필요로 한다는 걸 알 것이고, 그래서 번식을 장려한다는 걸 알 것이다. 하지만 실제로 직접 번식자가 되기 전까지는 그에 대해 절반도 모른다. 번식자 또는 번식을 시도하는 사람은 벽에 마련된 특별 주거 공간을 제공받는다. 같이 살 수 있는 방이 생긴다. 방과 여분의 식량 제공뿐 아니라 근무지도 마음대로 고를 수 있고 교대조도 마음대로 바꿀 수 있다. 바꿔 말하자면, 예전 근무지와 분대를 떠나 다른 데로 옮겨 갈 수 있다는 것이다. 내가 아는 한, 번식자가 된다는 것은 발언권을 얻을 수 있는 유일한 길이다. 군침이 당기는 거래다.

번식을 하거나 번식을 시도하면 좋은 점이 많다. 그중 몇 가지는 여기서 밝히지 않을 생각이다. 단 히파와 내가 잘 맞는다고만 말하겠다. 나를 원하는 사람이 나를 필요로 하고, 내가 원하는 걸 얻는다는 것은…… 천하를 얻은 것과 진배없었다. 새롭게 전환된 우리 관계에서 단 한 가지 단점은, 다른 조원들이 재미있어 하며 맨날 놀렸다는 점이다. 상대의 공격과 다섯 대원의 전사 이후 안 좋은 상황에다 꽤 뒤숭숭한 분위기와는 별개로 나와 히파의 관계가 유일한 화젯거리로 남아서 사람들은 그걸 낙으로 삼았다. 그래서 우리만 보면 놀리고 농담하며 언제 아이를 낳을 거냐는 둥 재미 좋으냐는 둥 그거를 이렇게 저렇게 서로 역할을 바꿔 가며 하냐는 둥 기교와 체위에 대해 조언해 줄 테니 전 부대가 지켜보는 가운데 하면 어떠냐는 둥 별별 빌어먹을 질문을 끝없이 퍼부어 댔다.

그다음 몇 주 동안 나는 두 인생을 사는 것 같았다. 그중 가장 좋고 가장 진실된 것은 히파와 함께하는 인생이었다. 우리 둘은 훈련에서 제외되었다. 나의 부상에 더하여 우리의 새로운 염원인 번식자로서의 특권이 주어진 것이다. 우리는 일주일 내내 함께 지냈다. 서로가 서로를 알 만큼 알고 있었고, 복귀한 뒤에도 갓 시작한 다른 쌍들보다 훨씬 더 많은 시간을 함께 보냈다. 우리는 인생에서 가장 치열했던 경험도 함께 나눈 바 있었다. 하지만 달리 생각해 보면, 우리는 서로가 서로를 전혀 모른다고 볼 수도 있었다. 말싸움 한번 해 본 적이 없었다. 서로의 나체를 본 적도 없었다. 그녀가 나만큼이나 가족을 그리워하지 않는다는 것을 빼고는 그녀의 가족에 대해 아는 바가 전혀 없었다. 그래서 우리는 서로를 다르게, 더 깊게, 더 잘 알기 위해 그런 일들을 찾아 해 내가기 시작했다. 나는 그렇게 하는 게 좋았다. 실은 무진장 좋았다.

그와 동시에 벽에서의 삶도 변했다. 가장 현실적인 것처럼 느껴졌던 벽에서의 삶이 이제는 더 현실적이고 사적인 삶의 배경이 되어 버린 것 같았다. 많은 것이 변했다. 우선, 우리는 4주간의 훈련과 예비역 근무를 하게 되었다. 분대원 열다섯 명 중 다섯 명이 사망하고 세 명이 부상당한 상황에서 인력 충원과 재훈련이 필요했던 것이다. 신병들이 적응하고 나와 히파의 현역 복귀도 기다려야 했다. 그러던 중 나는 하필 훈장을 받게 되었다. 알고 보니 그 초짜 정치인의 상장은 앞으로 나에게 더 많은 걸 주마고 약속한 어음 같은 것이었다.

중대 전체가 같은 트럭에 올라 임시 막사에서 차로 30분 거리에 있는 한 도시로 달려갔다. 시청 뒤뜰에 이르러 마중 나온 도우미들의 안내에 따라 구부러진 복도를 따라갔더니 갑자기 몇백 명을 앞에 둔 무대가 나타났다. 단상 위로는 장식용 깃발이 걸려 있었고 텔레비전 카메라는 우리를 향해 있었다. 대기하는 동안 스피커에서는 최신 팝 음악이 흘러나왔다. 그때 행사를 주관하는 공무원들이 부산스럽게 왔다 갔다 하더니 분명 중요 인물로 보이는 남자가 우리가 들어온 문을 통해 들어와 단상으로 올라왔다. 사람들이 환호성을 지르며 손뼉을 쳤다. 나는 그가 누군지 전혀 몰랐지만 민간인들은 잘 아는 것 같았다. 그는 보통 사람의 인기를 끌 줄 아는 엘리트 계층임이 틀림없었다. 그가 두 손을 올리자 사람들이 조용해졌다. 곧이어 그는 (그가 국립 해안 방어벽이라 부른) 벽과 경계병에 대해 사람의 마음을 사로잡는 명연설을 했다. 우리가 얼마나 중요한 존재인지, 어떤 영웅인지, 영국이 어떤 영웅의 나라인지, 우리의 영웅적 행동이 얼마나 위대한 영국의 영웅주의 전통인지, 그리고 그것이 얼마나 영웅적인지를 역설했다. 그 연설 중 일부분을 잘못 기억하고 있을지도 모르겠다. 우리는 모두 그게 훌륭한 연설이라는 데 동의했지만, 그 뒤 그가 한 말을 되풀이하는 것이 어렵다는 걸 알게 되었다. 기본적으로 영웅적인 행동과 우리가 얼마나 대단한 영웅인지에 대한 많은 말들이 나왔다. 우리 이름이 호명되어, 우리는 순서대로 나가서 훈장을 받았다. 그 정치인이 군복에 훈장을 달아 주었다. 나는 다섯 명 중 세 번째로 훈장을 받았다. 대위가 나보다 더 높은 훈장을 받았고, 히파와 상대를 여럿 죽인 다른 분대원은 나보다 더 낮은 훈장을 받았다. 나는 청중 앞에서 박수를 받아 본 적이 없었고, 이런 일이 또 있으랴 싶었다. 인정하기 쑥스럽지만(왜 쑥스럽지?) 나는 정말 좋았다.

그러고 나서 식후에 우리는 위층 연회장으로 초대를 받아 올라갔고, 청중 가운데 선택된 사람들도 위층으로 올라갔다. 그 모든 사람들에게 술과 다과가 제공되었다. 우리는 경계병으로서 마실 수 있는 한 실컷 술을 마셨다. 각자 와인도 한 잔씩 받았는데, 대격변 이후로 와인이 귀하고 비싸져서 이번에 와인을 마시는 게 나로서는 두 번째였다. 하지만 맥주와 진과 위스키는 잔뜩 있어서 우리는 거의 30분 만에 고주망태가 되도록 마셔 댔다. 기내에서 술을 너무 빨리 마시면 취기가 더 빨리 올라와 오래가는데, 마치 그런 식으로 수직 이륙하는 비행기를 탄 것처럼 모두들 갑자기 확 취해 버렸다. 아주 멋진 밤이었다. 히파는 막사로 돌아오는 트럭에서 토하기 시작하더니 막사에 도착하자마자 곧장 화장실로 달려갔고 나는 그녀가 토하는 동안 그녀 곁에서 머리카락을 잡아 주었다. 그러다 내가 그녀를 사랑하며 이렇게 행복한 적이 없었다는 걸 깨달았다. 그날이 내 생애 최고의 날이었다고 생각한다.

15

"우리는 스코틀랜드로 간다."

대위가 말했다. 상황실에서 웅성거리면서 자세를 고쳐 앉는 소리가 났다. 스물세 명의 기존 대원과 일곱 명의 신입 대원이 속한 중대 전체가 그 자리에 있었다. 그는 모두가 그 소식을 생각해 보게끔 잠시 기다렸다.

"이유가 궁금할 것이다."

그가 계속 말을 이었다. 내 생각을 말한다면 나는 특별히 궁금하지 않았다. 벽에서 논리를 찾으면 과정이 공정할 거라고 기대하게 되고, 공정할 거라고 기대하면 미쳐 버릴 거다. 어쨌든 이게 내 생각이다. 그래서 나는 이유가 궁금하지 않았다.

"이유는 우리 분대가 국경 수비라는 힘든 임무에서 제 몫을 다했다는 평가를 받았기 때문이다. 여기 남쪽은 공격의 최전선이자 방어의 최전방이다."

상대와 맞서는 최전방이라는 뜻이었지만 그는 그렇게 말하지 않았다. 일찍이 눈치챈 거지만 그는 '상대'라는 단어를 가급적 사용하지 않으려고 했다. 그건 그가 과거의 삶, 과거의 모습에 대해 예민하게 굴 때 나오는 유일한 반응이었다.

"북쪽은 다르다. 그 이유는 간단하다. 벽을 넘으려고 시도하는 자들은 남쪽 방향에서 온다. 따라서 북으로 가는 길은 더 멀고 더 위험하다. 게다가 거기는 더 춥다. 말인즉 그쪽 방향에서는 방어선을 뚫으려는 시도가 그만큼 더 적다는 것이다. 말인즉 실제로 최북단 지역에서는 벽을 방어하는 일이 덜 힘들다는 것이다. 병장, 내가 지금 어떤 격언을 인용할 것 같나?"

사지 병장은 그날 밤 공격으로 얼굴을 베였는데 그 상처가 완전히 아물지 않았다. 오른쪽 광대뼈 쪽을 꿰맨 시퍼런 수술 자국은 눈길을 끌지 않을 수 없었다. 0.5센티미터만 더 위를 베였다면 그는 오른쪽 눈을 잃었을 것이다. 그 흉터 때문에 그의 표정은 영원히 일그러지고 말았다. 그래서 그는 건방지고 화난 의심 많은 해적처럼 보였다.

"덜 위험한 것이 곧 더 위험하다."

병장이 대답했다.

"그렇다. 그러니 명심해라. 북부 지역이 공격하기엔 더 어렵고, 방어하기엔 더 쉽다는 생각이 공격을 부르는 요인이 될 수 있다. 그렇지만."

대위는 어조를 조금 누그러뜨리며 다음 말을 이었다.

"우리는 한숨 돌리라는 차원에서 그곳으로 이동하는 것이며, 그럴 수 있기를 바란다. 여름이 오면 낮은 매우 길고 밤은 매우 짧다. 개편된 중대로서 우리는 서로를 알 수 있는 기회가 생긴 것이다. 최북단에 가서 일정 기간 훈련을 뛰고 나면 다시 남쪽으로 배치받아 올 수 있다. 이 시기를 최대한 활용하라고 조언하는 바이다. 먼저 훈련을 받고 나서 다음 배치 때 북으로 이동한다."

"대위님 왠지 신나 보였어."

나중에 히파가 말했다. 우리는 일주일 휴가를 가기 위해 짐을 꾸리던 중이었다. 중대가 막사 근처에서 대기하고 있었다. 나는 전투에 나갈 수 있을 만큼 회복한 게 아니어서 그동안 행정 업무를 맡게되었다. 즉 대위, 병장과 상병을 위해 서류를 작성하고 행정 업무를 봐야 한다는 뜻이다. 재미는 없었지만 힘든 일은 아니었다.

"나쁜 비밀 뉴스가 뭔지 궁금하단 말씀이야."

"추워?"

내가 물었다.

"멀던가?"

히파가 어깨를 으쓱했다. 그녀가 손을 내밀기에 나는 그 손을 잡았다. 우리는 오래전부터 의논했고 히파가 오랫동안 두려워하던 일을 하기로 했다.

"정말 괜찮은 거 맞아?"

히파가 물었다.

"그런 거 같아."

"아니면 아니라고 해도 돼."

"알지."

"너 원망 안 할 테니까 나중에 다시 얘기해도 되고."

"알지."

"나도 그래도 되나 싶거든."

"이해해."

"그게 좋을 거라는 보장도 없어서."

"그래, 이해해."

"네가 문제란 건 아니니까…… 제발 그렇게 생각하진 말고. 그게 그냥, 아닐 수도 있다, 이거지."

"알지."

"너를 속이고 싶진 않아."

"고마워."

"분명하게 하고 싶어서 그래."

"그래, 히파, 알겠어, 진짜로, 그리고 네 생각에 이 계획이 별로고 내가 안 갔으면 해도 괜찮아. 안 가면 되니까."

"짜증 낼 필요는 없잖아."

"안 그랬는데."

"어떻게 보느냐에 따라 다르지."

"히파, 제발, 우린 너희 어머니 댁 가는 얘기만 하는 거잖아. 너희 어머니가 히틀러도 아니고. 만약 어머니가 히틀러였다면 최소한 네가 말은 해 줬겠지."

히파가 휴 하고 천천히 길게 숨을 내쉬었다.

"난 그냥, 가는 게 불편할까 봐 그래."

그녀가 좀 더 시비조를 가라앉힌 목소리로 말했다.

"안 그럴 거야. 약속해."

우리는 교대 근무를 마치고 늘 다니던 대로 트럭을 타고 기차를 타고 런던으로 갔다. 일프러콤 4초소를 영원히 떠나는 것이다. 중대가 이번처럼 맨정신으로 조용하게 이동하는 건 처음이었다. 신참들은 아직 적응을 못 한 상태였고, 고참들은 더 이상 함께할 수 없는 전우들을 생각하며 갔다. 곁에 없는 친구들 말이다. 쿠퍼의 회복 소식은 아직 없었다. 이상했다. 왜냐하면 만약 누군가 나에게 진실의 주사약을 놓고 벽에 대해 그리운 부분이 있느냐고 물어본다면, 춥고 컴컴한 겨울을 낳고 태어나서 가장 두려웠고 가장 지루했으며 인생에서 가장 강렬한 경험을 했고 거의 죽을 뻔했던 곳이었음에도 불구하고, 나는 없다고 대답할 것이기 때문이었다. 그런데 그곳을 뒤로하고 과거 속에 묻으며 경험의 범주로 집어넣는 순간, 나는 내가 상실감을 느낀다는 걸 깨달았다. 아마 다시는 그곳을 못 볼 거다. 특히 노상 보이던 콘크리트바람바다하늘, 침대에 배어 있던 습기, 곳곳에 자갈이 파여 웅덩이진 성벽 길. 내가 히파를 만난 곳.

런던에 이르러 우리는 말없는 작별 인사를 나누고는 늘 그랬듯 뿔뿔이 흩어졌다. 히파와 나는 그녀의 어머니가 사는 동부 소도시로 가는 기차를 타러 런던을 가로질러 갔다. 객차 내 역학은 한결같았다. 해안 쪽에서 오는 기차에는 우리가 민간인보다 더 많은 수가 타서 우리는 최고 권력자처럼 기차를 점령했고 민간인들은 조심하며 우리를 피해 멀리 자리를 옮겼다. 도시 쪽에서 오는 기차에는 우리가 수가 적고 개별로 타서 우리는 두려움이 아닌 호기심의 대상이 된다. 민간인들은 우리를 훔쳐보고, 관찰하고, 가끔 우리의 시선을 끌곤 한다. 우리와 민간인 사이의 격차를 가장 확실히 느낄 때는 그들 가운데 있을 때다. 그들은 우리와 생각이 다르고, 우선순위로 생각하는 것도 다르고, 자신들이 얼마나 운이 좋은지도 전혀 모른다.

우리를 눈여겨보는 사람들이 경계병 복무를 한 사람인 경우, 우리는 예외 없이 그들을 알아볼 수 있었다. 일단 그들은 특정한 연령대로 우리보다 열 살에서 스무 살 정도 많은 사람이었고, 더 많이 공감하고 더 많이 평가하는 것 같았다. 아마도 우리의 복무 기간이 얼마나 됐고, 앞으로 얼마나 남았는지 궁금할 것이다. 나는 여전히 팔에 붕대를 하고, 훈장을 달고 있었는데, 그들이 이 두 가지를 다 알아차렸음을 알 수 있었다. 그들의 눈빛에는 그것들에 대한 긍지가, 나에 대한 긍지가 그리고 자신들에 대한 약간의 긍지가 담겨 있었다. 더불어 동정심도 조금 담겨 있었다. (그들이 '내가 다시 저러지 않아도 되니 얼마나 다행인가, 저 불쌍한 짐승의 복무 기간은 얼마나 남았을까' 하고 생각하는 게 내 눈에 뻔히 보였다.) 가끔은 그들이 생각하는 걸 알아챌 때도 있었다. '벽에 있을 때 나 스스로한테 말하곤 했었지, 춥고 힘들고 두려운 게 얼마나 끔찍한지 또 그런 생활을 몇 달이나 더 해야 하는 게 얼마나 끔찍한지 절대 잊지 못할 거라고. 그리고 다짐했었지, 이 순간을 영원히 기억할 것이며 벽을 떠나도 이 순간을 기억할 것이고 편안하고 안전하게 사는 것과 여기 말고 다른 데 사는 걸 절대 당연하게 여기지 않을 거라고.' 그들이 그 다짐을 잊었다 해서 그들을 탓할 생각은 없다. 나 역시 그런 생각을 많이 했었다. 내가 그들과 같이 되었을 때 그 무엇보다 나는 인생의 핵심을 찾기를 바랐다. 벽을 떠난 지 너무 오래되어서 특별한 계기가 있어야만 벽이 떠오르는 사람이 되고 싶었다. 벽이 현재와 미래가 아닌 과거가 되기를 바랐다.

동부행 기차는 객실은 낡고 속도는 느렸다. 하지만 나는 삐걱대는 옛날 기차가 마음에 들었다. 쇼핑을 하고 집으로 돌아가는 사람들 손에 들린 쇼핑백 안에 큰 도시에서 산 값비싼 물건이 아닌, 기차 안에서 먹을 간식이 들어 있는, 그런 기차 말이다. 히파와 나는 별말이 없었다. 나는 창밖을 내다보았다. 런던의 풍경이 차례차례 지나가고 교외로 나와 도시 외곽으로 뻗어나가는 빌딩 단지들이 흐릿하게 지나갔다. 그러더니 들판과 시골이 나타났다. 도시에서 자란 내 눈에는 시골은 늘 텅텅 비어 사는 사람도 별로 없는 것처럼 보였다. 인간이 온갖 작물을 다 재배하고 농업과 식량 문제에 대해 그 어느 때보다 관심이 높다는 현대조차도 실제로 밭에서 일하는 사람은 볼 수 없었다. 드론과 로봇이 일하지, 사람이 일하는 건 아니니까.

우리는 철도 본선 마지막 역에 내려 역 카페로 가서 해안행 기차를 기다렸다. 너무 오래 우려낸 차에 말라비틀어진 비스킷을 먹었다. 비스킷은 차에 담갔다 먹지 않으면 그냥 먹기 힘들었다. 난데없이 서글픔이 밀려왔다. 왜 그런지 알 수 없다가 차차 깨달았다. 근무

시간에 세 번씩 따뜻한 음료를 가져다주던 메리가 떠올랐기 때문이다. 그 이야기를 히파에게 하고 싶지 않아서 그냥 가만히 앉은 채 잠시 마음을 달래다 그녀를 건너다보니 차를 들여다보며 앉아 있는 그녀의 모습에서 그녀 또한 나와 비슷한 생각을 하고 있다는 걸 알 수 있었다.

해안행 기차는 앞서 탔던 기차보다 더 덜커덩거리고, 더 작고, 더 낡은 데다 객차도 두 량밖에 안 달린 기차였다. 너른 들판에 온통 단일 작물로 물결치고 있었는데, 유채씨처럼 샛노랗다는 것을 빼고는 무슨 작물인지 알 수 없었다. 해안이 가까워질수록 햇빛이 바뀌기 시작했고 오래지 않아 바다 냄새가 났다. 기차는 자주 정차했고 좌석은 거의 비어 있었다. 기차 속도가 느려지기 시작했을 때 히파가 말했다.

"다 왔어."

그녀가 좌석 위 선반에서 배낭을 내렸다. 히파는 약간 움츠러든 듯 전혀 그녀답지 않아 보였다. 가족을 보기 싫어서 나타나는 증상이었다.

플랫폼 끝에 얼기설기 엮은 터번형 모자를 머리에 두르고 오른쪽 왼쪽 색깔이 다른 밝은색 숄을 걸친 여자가 지팡이를 짚고 우리를 기다리며 서 있었다. 그녀는 피부색이 히파와 같은 캐러멜색이었지만 키는 더 컸고 옷차림과 행동 면에선 오페라 가수라 해도 될 정도였다. 마치 드라마에서 막 걸어 나온 사람 같았다. 그녀 옆으로 한 걸음 뒤에는 도우미임을 단박에 알아볼 수 있는 여자가 서 있었다.

"아가!"

그녀가 우리를 보자마자 외쳤다.

"아가! 어디 한번 보자."

히파는 다가가 서서 얼굴을 보여 주었다. 그녀의 어머니는 손을 올려 그녀의 얼굴을 쓰다듬고는 고개를 살살 좌우로 돌려 보았다. 히파의 머리 위쪽 꿰맨 자리엔 손가락을 갖다 댔다. 그녀는 한 걸음 뒤로 물러서며 히파를 위아래로 훑어보았다. 그러곤 고개를 갸우뚱 옆으로 기울였다.

"여전히 예쁘구나."

그녀가 다가와 내 앞에 섰다. 그녀가 지팡이를 뒤로 내밀자 도우미가 받아 들었다. 그리고 그녀는 두 손을 앞으로 내밀었다. 나도 똑같이 따라 할 수밖에 없었다. 그녀가 내 손을 꼭 잡았다. 우리는 여전히 말을 하지 않았다. 그녀는 딸을 봤던 것처럼 나를 위아래로 훑어본 뒤 내 손을 놓더니 내 몸에 닿지 않게 손가락을 펴서 다친 내 팔에 갖다 댔다. 그런 다음 뒤로 물러나서 히파 쪽으로 시선을 돌렸다.

"그랬구나, 알겠다."

그러더니 우리 둘에게 이렇게 말했다.

"잘 왔다!"

히파의 어머니는 기차역에서 걸어서 10분 거리에 있는 작은 집에서 살았다. 집은 해안가 소도시 외곽, 비슷한 집들이 줄지어 들어선

곳에 자리하고 있었다. 아담하고 아기자기한 흰색 외벽에 나무 대문에 꽃으로 장식된 격자 문살이 걸린 담에 자그마한 정원이 딸린 집이었다. 한때는 바다가 내다보였을 텐데 지금은 벽이 가로막고 있었다. 집 안은 히피 어머니가 제작한 아프리카풍 예술품과 화사한 그림들로 꾸며져 있었다. 그녀는 미술 교사였다가 일찍 은퇴해서 지금은 화가로 활동하고 있었다. 주로 가족과 친구를 그들의 영혼이 닮은 동물로 표현해 그렸는데, 그녀는 나를 파악하고 나면 내 모습도 그림으로 그려 주겠다고 했다.

히피 어머니의 가장 큰 관심사는 집 안 정리 정돈이었다.

"도우미 하는 거 영 시원찮아."

집에 도착하자 그녀가 빠뜨린 저녁거리 좀 사 오라고 도우미를 심부름 보내고 나서 말했다.

"내가 젊었을 때 누가 나한테 도우미 두라고 말했다면, 그 시절엔 그런 제도가 없었지만 도우미가 뭐고 언젠가 도우미를 쓰게 될 거라고 설명해 주었다면, 난 그 사람을 불신했을 거다. 손가락 하나만 까딱하면 달려오는 사람이 간단히 주어진다는 건, 사실상 개인 자산이 된다는 건…… 물론 엄밀히 따지면 국가의 자산이고, 온갖 종류의 감시 장치와 안전 보장 장치가 있으며, 무지몽매한 과거의 제도와 완전히 다르다 하고, 불쌍한 자들한테 복지 혜택과 보금자리를 마련해 주는 제도이긴 하지만. 그래도 이건 아냐, 난 믿지 못하겠다. 이건 퇴화, 우리 인간성의 상실이야. 도덕규범의 추락이라고 할 수 있지.

하지만 내가 뭘 어쩌겠니? 너는 온다지, 엄마가 도로 젊어질 수도 없지, 예의상 하는 말 같은 건 하지 말아요. (이건 내게 하는 말이었는데, 사실 나는 애초에 그런 말을 할 생각이 없었다.) 우리 둘 다 그 사실을 알잖니. 마음은 굴뚝같으나 몸이 안 따라 준다는 거. 그리고 솔직히 말하자면 마음도 늘 굴뚝같은 건 아니야. 나이는 두려움의 대상이고, 두려운 적이지. 네 나이엔 이해 못 하겠지만 너도 때가 되면 그게 사실이란 걸 알게 될 거다. 아마, 이 세상 모든 인간 앞에 유일한 진리는 늙어 간다는 거지. 모든 인간의 가장 심오한 공통점이라 할 수 있어."

나는 갑자기 깨달았다. 히파의 어머니는 세상 모든 일이 자기 위주로 돌아간다고 생각하는 사람이었다. 대격변 이후, 그런 믿음을 가지고 사는 건 쉽지 않은 일이 되었다. 세상 모든 것이 돌이킬 수 없을 만큼 변하여 인류의 삶 전체가 엉망이 된 지금 내 위주로 삶이 돌아간다고 생각하려면 더 많은 노력이 필요하다. 물론 할 수는 있다. 마음과 머리로는 무엇이든 할 수 있으니까. 하지만 그렇게 하려면 노력이 필요하고 오직 자기중심적인 사람만 그렇게 할 수 있다. 그런 사람들은 모든 드라마와 연민과 이야기의 주인공이 되고 싶어 한다. 나는 그녀가 그녀의 세대보다 젊은 세대가 더 나쁜 조건에서 산다는 걸 부정하는 사람이란 걸 알아볼 수 있었다. 나는 히파가 불안해하는 것을 느끼고는 그녀에게 손을 뻗었다. 히파는 마지못해 힘없이 내 손을 잡았다. 내가 왜 그런지 막 물어보려던 참이었다.

"아, 사랑. 연인의 사랑. 사랑하고 사랑받는다는 것은 인생에서 가장 달콤한 것. 먼 훗날 역경에 처해 돌이켜 보면 가장 큰 슬픔이자, 가장 큰 행복이 가장 큰 고통이 된다는 잔인한 반전."

그녀는 이렇게 말하더니 허리를 숙였다. 거실이 작아서 우리가 앉은 소파와 그녀가 앉은 의자는 서로 대각선 방향으로 가깝게 놓여 있었다. 그녀는 나와 히파가 맞잡은 손을 잡아당겼다.

"즐겁게 있다 가렴!"

그렇게 말하더니 그녀는 일어나 거실을 나간 뒤 전화를 걸어 어디서 뭐 하느라 여태 꾸물거리느냐며 도우미를 다그쳤다.

"아이고, 세상에."

내가 히파에게 속삭였다.

"이제 알겠지?"

"완전히 알겠어. 내가 어떻게 좀 해 볼까? 휴스한테 전화해서 비상 걸린 척 다시 전화해 달라고 하는 거야. 갑자기 복귀 명령이 떨어졌다고. 우리는 가서 어떡하지. 나도 모르겠다, 비앤비나 알아보자."

"아니면 우리 그냥 자살하는 거야. 그것도 괜찮을걸."

히파가 말했다. 그러더니 내 손을 꼭 쥐었다 놨다.

"이 또한 지나가리라. 엄마는 이제 괜찮아질 거야. 긴장하면 상태가 더 나빠지거든."

그 말은 사실이었다. 도우미가 돌아와 내가 말만 들었지 본 적도 없는 전통 방식의 정말 맛있는 크림 티와 신선한 스콘(히파의 어머니에 따르면 '내가 시켜서 만든 빵')에 지난가을 히파 어머니가 직접 만든 신선한 크림과 잼을 곁들여 내왔다. 나는 예의를 차리겠다는 생각에 조리법을 묻는 우를 범하고 말았다. 그 바람에 그녀에게 말할 구실을 준 셈이 되어 버렸다.

"단맛과 쓴맛의 배합이 딱 맞아야 해. 사랑처럼 달콤하고 이별처럼 씁쓸하게."

히파의 어머니는 갑자기 욱하는 순간이 있는 것 같았다. 하지만 그 뒤로 그녀는 괜찮았고, 특히 이웃에겐 아주 유쾌한 사람이었다. 또한 언제나 그랬듯이 나는 벽을 떠나 있는 게 좋았고, 히파와 함께 있는 게 특히 더 좋았다. 우리는 산책을 나서서 해안 지구였던 곳으로 내려가 성벽 내 묘한 적갈색 가게들이 늘어선 곳을 거닐었다. 산책로와 한때는 근사했을 바다를 향해 가게 문이 열려 있었다. 우리는 주말에 집 밖으로 나가기 위해 핑계 삼아 산책을 많이 했다.

"어머니는 도우미 비용을 어떻게 마련하시는 거야?"

"물어보지 않았지만 짐작은 가. 아빠가 돈을 보내 주시거든. 아빠는 집을 떠나 엄마를…… 우리를 버린 것에 죄책감을 느끼고 있어서. 양육비를 보내셨는데, 더 이상 안 보내도 되는데 자꾸 보내시는 거야."

"어머니가 그렇게 말씀하셨어?"

히파가 힐끗 쳐다보았다.

"물론 아니지. 아빠가 해 주셨지."

"아빠를 뵌 적은 있어?"

"거의 안 만나. 어쨌든, 엄마는 돈 계산이 빠른 사람이야. 늘 그랬어. 일하던 때에도 돈부터 모았지."

"도우미는 좀 안됐다. 다른 때보다 더 안됐다는 뜻이야."

"맞아, 도우미가 헤엄쳐서 도망친다 해도 난 하나도 안 놀랄 거야."

나는 웃음보를 터뜨렸다. 히파 어머니와 함께 있으니 우리 부모님이 생각났다. 나와 부모님이 다른 것만큼이나 히파도 그녀의 어머니와 너무 달랐다. 하지만 어쩌면 그렇지 않을지도 모른다. 누가 이 세상을 파괴했나? 부모 세대는 자신들이 했노라고 인정하지 않을 것이다. 그렇다 해도 그들의 한창나이 때 세상이 파괴된 것은 확실하다.

그렇지만 히파 말이 맞았다. 점점 견딜 만해졌다. 그녀의 어머니가 조금 누그러지자 그 덕분에 히파가 다소 긴장을 풀고 그녀의 어린 시절 이야기, 말도 없이 집을 나가곤 하다가 어느 날 아예 돌아오지 않은 멋진 아빠 이야기, 카리스마 있고 괴짜에 사랑스럽지만 대하기 까다로운 엄마 이야기를 들려주었다. 어릴 때부터 조그만 시골을 벗어나고 싶다는 마음이 얼마나 간절했던지 머리카락이 쭈뼛쭈뼛 서곤 했단다. 우리는 시내 곳곳을 돌아다녔고 주변 시외까지 돌아다녔다. 역설적이게도 바다 가까이 가면 벽 때문에 바다가 보이지 않았다. 그러나 내륙 쪽으로 한참 걸어가 높은 곳에 올라서면 바다가 보였다. 즉 바다를 보려면 내륙으로 가야 했다. 그때 나는 자신의 나약함에 화가 나는 단계에 있었다. 지루했다. 그것도 낫고 있다는 전주곡이었다. 내 몸 상태가 지루하다는 뜻이었다. 달리 보자면 나는 그 어느 때보다 기분이 좋았다. 나는 우리가 아이를 갖고 벽을 떠나는 먼 미래를 상상해 봤다. 우리는 직장을 얻고 번갈아 가며 아이를 키우며, 어쩌면 번갈아 가며 대학에 갈지도 모르고, 앞만 보고 달려갈 것이다. 번식자는 좋은 숙소를 제공받으니까 나도 부모님 집으로 돌아갈 필요가 없고 히파도 그녀의 어머니 집으로 돌아갈 필요가 없을 것이다.

그 주 넷째 날, 붕대를 풀었다. 어깨가 여전히 아프긴 했지만 부상을 입었을 때처럼 전체가 다 아프지 않고 부상 부위만 얼얼했다. 어쩌다 거울에(이 집에는 거울이 많았다.) 비친 모습을 보고는 저 잘생긴 녀석이 누구지? 했다가 그게 나라는 걸 깨달았다. 푹 쉬고 건강해진 모습이었다.

그 주 마지막 날, 히파의 어머니는 배웅 삼아 우리랑 같이 기차역까지 걸어갔다. 나는 이웃들과 고개 숙여 인사 정도는 나누는 사이가 되었는데, 우리가 지나가자 그들이 손을 흔들거나 고개를 까딱했다. 그녀는 단일 플랫폼에 서서 두 량짜리 기차가 올 때까지 기다렸다. 그녀가 우리 손을 잡고는 한참 동안 우리를 바라보았다.

"용기를 잃지 마."

그녀가 눈물을 글썽이며 말했다.

"용기를 잃지 마, 용감하고 용감한 내 새끼들아. 가엾은 것들. 용기를 잃지 마!"

그녀가 우리 손을 꼭 잡았다가 놓아 주었다.

"너희들 뒷모습을 내 어찌 보겠니. 엄마 먼저 간다."

그녀가 말했다. 그리고 그녀는 기차역을 나서며 오른손에 쥔 손수건으로 눈물을 닦으며 집을 향해 걸어갔다. 히파와 나는 기차에 올랐다.

"음, 너희 어머니가 또 주인공이 되셨네?"

그렇게 말하고 나서 보니, 히파 또한 어머니의 마음이 그녀의 가슴에 전해졌는지 슬픈 얼굴을 하고 있었다. 내가 분위기 파악을 못한 것이다. 우리는 좌석을 찾아 무거운 마음으로 자리에 앉았다. 그리고 또다시 기차 – 기차 – 트럭 순서로 여행길에 올랐다. 바다를 떠나 또 다른 바다로, 우리가 보초를 서야 하는 또 다른 바다로 향해 나아갔다.

그녀는 나를 그릴 시간이 없었지만 내 영혼과 닮은 동물을 포착해 냈다. 보아하니 나는 염소였던 모양이다.

"아주 지혜로운 동물이네. 쑥정이만 먹고도 살 수 있거든."

그녀는 다음에 오면 나를 그려 주겠다고 말했었다. 하지만 다음은 오지 않았다. 물론 그때는 그 사실을 몰랐다.

16

경계병들 사이에 이런 말이 있다. '벽에는 억양이 없다.' 바다를 바라보고 서 있을 때, 상대를 감시하며 서 있을 때든, 어디에 서 있을 때든 상관없이 사방이 온통 콘크리트바다바람하늘밖에 없다는 뜻이다.

콘크리트

　　　바다

　　　　　바람

　　　　　　하늘

기본적으로 늘 똑같다.

이렇게 전해 오는 말이라는 게 원래 그렇듯이 반은 맞고 반은 틀리기 마련이다. 그렇다, 벽은 벽이고, 상대는 상대고, 12시간 근무는 12시간 근무다. 어디에 있든 그 지역 사람들과 아무 접촉도 하지 않는다. 하루하루가 똑같은 흐름으로 저물어 간다. 하지만 빛과 바람과 바다는 미묘하게 달라지고, 그 변화를 알아 가다 보면 어느새 벽에는 억양이 없다고 말하면서도 그 반대의 말도 할 줄 알게 되는 때가 온다. 1만 킬로미터에 달하는 벽을 쭉 보면 그 어느 초소 하나 똑같은 초소가 없다.

최북단 지역은 특히 더 그랬다. 그냥 다르게 느껴졌다. 낮은 더 길고, 해는 낮게 뜨고, 바람 냄새도 달랐다. 의심할 여지없이 그때가 북으로 올라가 주둔하기에 제일 좋은 때였다. 겨울에는 어떨까 하는 생각은 별로 하고 싶지 않은데, 내가 들은 설명이 정확하다면, 우리가 훈련 과정을 다 마치고 준비가 되면, 겨울에는 그곳에 주둔하지 않고 분주한 지역으로 이동한다고 했다. 내 견해는 이렇다. 그러거나 말거나. 히파가 임신만 하면 우리는 그곳을 벗어날 수 있었다. 국가 지정의 특별한 번식자 시설에서 살 자격을 얻게 되기 때문이다.

나는 여러모로 이 변화가 마음에 들었다. 휴스가 부족한 병력을 충원하고자 숙련병으로서 우리 교대조로 옮겨 왔다. 그건 좋은 일이었다. 그는 히파 다음으로 내가 좋아하는 사람이어서 무전기로 그와 담소를 나누는 일이 엄청나게 많아졌다. 그래도 슈나가 그리웠다. 아직 상태가 호전되지 않아 회복 여부를 알 수 없는 쿠퍼도 그리웠다. 특히 메리가 그리웠다. 새로 온 조리사 알란은 음식을 맛있게 잘하고 할 줄 아는 요리가 많다는 측면에서 솜씨 좋은 조리사였지만, 무뚝뚝한 데다 우리가 경계 근무를 싫어하는 만큼 한밤중에 자전거를 타고 달려와 따뜻한 음료 나눠 주는 일을 노골적으로 싫어했다. 우리 분대엔 일곱 명이 새로 충원되어서 분대 내 인적 구성이 많이 달라지는 바람에 나는 이제 연장자, 부상병 겸 훈장 수령자, 참전 용사, 번식 예정자, 고참이 되었다. 기분이 묘했다. 내가 바로 신참에게 교대 근무에 익숙해지는 법을 조언해 주는 사람이었고, 두 가지 유형의 추위에 대해 경고해 주는 사람이었고, 대위의 불시 점검에 주의하라고 일러 주는 사람이었고, 탄창 두 개를 붙여 테이프로 잘 묶어 두었는지를 특별히 신경 써서 살펴 줘야 했다. 어느 날 아침 교대 근무 전에 이를 닦을 때 거울을 보니 나를 보며 웃고 있는 히파의 모습이 보였다.

"왜?"

내가 물었다.

"너 키 컸어."

그녀가 말했다.

"웬 헛소리야."

하지만 그녀의 말이 맞았다. 나도 키가 큰 것 같았다. 내 태도가 달라진 것이다. 나는 처음 벽에 도착했을 때의 내가 아니었다.

북으로 온 지 며칠 안 되어 옛 친구, 금발의 초짜 정치인이 부대를 방문했다. 정보 브리핑과 뻔한 이야기를 늘어놓고 훈장을 던져 주러 온 것이다. 그가 온 날은 온몸을 휘감는 습한 안개가 잔뜩 낀 오후, 보초 서기에 아주 고약한 날이었다. 이런 날씨는 상대가 선호하는 날씨였으나 남부에 비해 북부가 더 조용하다는 건 천만다행이었다. 우리 근무조는 다른 상황실과 별반 다를 게 없는 상황실로 모였다. 단, 지도만 달랐다. 나는 연단 앞줄에 앉아서 그가 연단에 선 모습을 보고 있자니 그에 대한 본능적인 반감이 조금 가라앉았다. 그에게 훈장을 받았기 때문일 것이다. 그렇다면 나는 정말로 너무나 한심한 인간이 아닐 수 없다. 하지만 나는 그 자리에 앉아 있었다. 또한 어쩌면 나는 엘리트 계층으로 어떻게 진입할 수 있는지 그 일면을 들여다보면서 그게 쉽진 않겠지만 가능하다는 생각이 들었기 때문일지도 모르겠다. 우수한 군 경력자, 그 뒤를 이어 우수한 성적으로 대학을 졸업한 자, 번식자, 상승 궤도에 오른 젊은이. 이 정도면 엘리트들이 내 자리 하나 정도는 만들어 줄 거다. 나야말로 그들이 필요로 하는 외부자이자 내부자다. 나는 그에게 더 많은 관심을 가지고 단순한 혐오의 대상이 아니라 탐구의 대상으로 보기 시작했다.

"안녕하십니까, 환영합니다."

그가 마치 최북단 부대를 책임진 사람, 인자한 주인장인 양 연설을 시작했다.

"예전부터 제가 아는 얼굴들도 있고, 처음 보는 얼굴들도 있군요. 환영합니다. 훌륭하십니다! 여러분은 고도의 훈련과 최우수 병력과 만반의 대비를 자랑하는 세계 최고의 방위군 아니겠습니까!"

나는 저 말이 평범한 연설이라는 걸 깨닫고서 귀를 닫아 버렸다. 훈련장 방문이 아니라 일상적인 순시용 연설이었기 때문에 그는 지난번과 같은 연설을 또 할 거다. 우리 조를 대상으로 한 번, 다른 조를 대상으로 한 번. 전국을 돌며 경계병과 대중 앞에서 연설한다는 건 어떤 기분일까? 항공기에 올라 상공을 누비고 그들과 다른 삶을 살면서도 그들의 삶에 대해 연설해야 한다는 것이. 항공기는 은유에 불과하지만 그도 타고 다니긴 할 거다. 그냥 이야기하는 척하면서 명령하고, 도와 달라고 부탁하면서 사람들을 쥐락펴락하겠지…….
물론 도우미도 아주 많이 두고 살겠지. 요리하는 도우미와 청소하는
도우미와 아이가 있다면 육아 도우미, 운전하는 도우미와 (만약의
경우를 대비한) 식량의 자급자족이 가능한 대저택 정원을 관리하는
도우미, 수리하고 유지 관리하는 도우미와 잡일하는 도우미, 전기
시설을 관리하는 도우미와 인테리어를 담당하는 도우미…….

이제 연설 내용이 바뀌어 그는 훈련 시 했던 경고성 발언을 되풀
이했다. 더 많은 상대가 몰려오고 있으며 그들이 더욱 절박한 상태
라는 발언, 공정하게 말하자면 사실로 판명된 발언 말이다. 그는 또
일반인 사이에 동조 세력이 숨어 있고 그들에 의해 상대를 지원해
주는 비밀 네트워크가 있을지 모른다는 발언도 되풀이했다. 해안 지
역을 빠져나가는 새로운 방법과 심지어 칩을 이식하는 새로운 방법
을 찾아낸 것으로 보인다고도 했다. 그는 좀 더 발언을 이어 가다 종
합적인 보고를 중단하고는 나와 대위와 히파를 연단 위로 불러내더
니, 우리가 훈장을 받은 과정과 이렇게 과감하고 유능한 병사가 셋
이나 있다는 건 부대에 엄청난 행운이란 것과 우리가 세계 최고의
훈련병이자 최고의 경계병이란 것 등을 잠시 소개했다.

우리가 연단을 내려가는데 초짜 정치인이 나를 불러 세웠다.

"조셉."

그가 인사차 나를 불렀다. 그 자체가 이상했다. 그 누구도 나를 이
름으로 부르지 않고 카바나 또는 츄이라고 불렀기 때문이다. 히파조

차도 나를 츄이라고 불렀다. (다른 별명으로 부르기도 했다.)

"그냥 제임스라고 불러 주십시오."

"아. 안녕하십니까, 제임스."

"어때요?"

그가 잔뜩 흥분한 목소리로 물었다.

"어떻습니까?"

그는 걱정스러운 표정까지 지었다.

"괜찮습니다. 감사합니다."

"좀 나았어요?"

"네, 감사합니다."

"바뀐 근무지는 마음에 듭니까?"

"그냥저냥, 벽에는 억양이 없다고들 하니까. 즉, 어디를 가든 다 똑같다는 뜻이죠."

"그래요? 그런 말이 있어요? 맞아요, 정말 맞아요. 억양이 없다라…… 그러네요."

그는 두세 번 고개를 주억거렸다.

"자, 옛 친구들을 만나니 좋군요. 연락하고 지냅시다. 혹시 모르니까 이것만 드리죠."

그가 재킷 주머니에서 명함을 꺼내 내밀었다. 명함에는 이름과 이메일 주소가 적혀 있었다. 그가 내 팔을 붙잡으며 작별 인사를 하려고 손을 내밀다가 내가 부상당했다는 게 생각난 모양이었다. 순간 그는 뭘 어떻게 해야 할지 몰라 당황하다가 부상당한 쪽은 내 오른쪽 어깨였고 자기가 잡으려던 쪽은 내 왼팔이었다는 게 기억났는지, 아니면 내게 나았느냐고 물었으니까 만약 붙잡지 못할 만큼 내 팔이 아프다면 그건 괜찮다고 대답한 내 잘못이지 자신의 잘못은 아니란 생각이 들었는지 모르겠지만, 어서 받으라고 손짓했다. 나는 명함을 받아 주머니에 넣고 인사를 했다. 이게 별일은 아니었지만 나는 어떤 징표로 받아들였다. 내가 보는 내 안의 능력, 또는 내가 보고 싶은 내 안의 능력을 그도 보았다는 의미에서 말이다. 그는 야망의 냄새, 즉 내게 풍기는 '나를 여기서 빼내 달라'는 냄새를 맡았다.

기뻤다. 샤워를 해야겠다는 생각도 들었다. 점심을 먹으러 가는데 사지 병장이 내게 말을 걸었다. 나머지 분대원들은 벌써 들어가 자리를 잡고 앉아 정신없이 먹고 있었다.

"저 애송이가 한 말 들었지. 네가 있어서 우리가 행운이라고?"

나는 겸손한 표정을 짓고서 들었다고 대답했다.

"우리가 정말로 운이 좋다고 한다면 애초에 공격을 당하지 말았어야지."

맞는 말이다.

별일 없이 순환 근무가 세 차례 지나갔다. 여름이 막 무르익어 갔다. 난생처음 보는 환상적인 북부의 밤하늘이 펼쳐지는 가운데 밤이 짧아졌다. 하늘이 푸른 보랏빛으로 물들더니 짙푸른 뿌연 보랏빛으로, 검붉은 빛으로, 칠흑 같은 검디검은 빛으로 변해 갔다. 야간조 비번일 때 한두 번 정도 나는 히파와 함께 벽의 과다한 조명 빛을 피해 내륙으로 산책을 나갔다. 그러면 별이 잘 보였다. 밤하늘을 수놓은 수많은 별빛 때문에 밤이 그다지 어둡지 않았고 별들이 길을 찾아가라고 그 항로를 환히 밝혀 주는 것 같았다.

"여기 정말 아름답다."

히파가 말했다.

"여름이라 그래."

"냄새도 달라."

맞는 말이었다. 냄새가 달랐다. 바다에서 다른 냄새가 났다. 바닷속 해초도 다른 모양이었다. 대형 갈조류나 미역은 더 톡 쏘는 냄새가 나고 양배추 같은 식물 냄새가 나는데, 그렇다고 해서 냄새가 나쁜 건 아니었다. 기본적으로 초록의 냄새가 더 진하게 났다. 살아 있는 것들의 냄새가 났다. 벽을 떠난 후 내가 어떻게 살지 상상하는 건 어렵지 않았다. 원하면 언제든 산책하고, 원하면 언제든 빈둥거리고, 애써 위로 올라가 엘리트 계층이 되어 세상을 거머쥔 듯 살 수도 있다. 아이도 하나 아니면 그 이상 낳고. 나는 이 산책과 저 밤하늘이 참 좋았다.

네 번째 최북단 근무 때는 하늘을 잘 볼 수 없었다. 야간조여서 조명 불빛이 경치를 망쳐 버렸기 때문이다. 그래도 이것이 이제껏 한 야간 근무 중 가장 어렵지 않은 야간 근무였다. 밤이 너무 짧았고 일출과 일몰이 긴 시간을 두고 대자연의 공연처럼 장관을 이루었기 때문이다. 남쪽 지역의 위험하고 힘든 근무가 먼 나라 이야기처럼 들렸다. 여기 있는 걸 싫어하는 사람은 대위밖에 없는 것 같았다. 그는 극도로 초조해 보였다. 고요함과 평화와 위험으로부터의 먼 거리감 때문에 괴로워하는 사람 같았다. 그는 그 어느 때보다 더 규칙적으로 순찰을 돌았고 그 어느 때보다 더 말수가 줄어들었다.

"아마 트라우마 같은 거겠지."

어느 날 아침 휴스가 식당으로 가며 말했다. 그 전날 밤에 대위가 야간 순찰을 자그마치 다섯 번이나 돌았던 거다.

"그 빌어먹을 마체테 칼로 사람을 둘이나 죽였잖아. 그것도 거의 반 토막을 내서. 그러면 사람이 예전 같을 수 없겠지. 시간이 좀 걸릴 거야."

"대위님은 그럴 타입이 아닌데."

내가 말했다.

"누구나 그런 타입이 될 수 있어."

히파가 말했다. 우리는 잠시 옥신각신했지만 결론을 내진 못했다. 하지만 대위가 정상이 아니라는 데에는 셋 다 동의했다.

순환 근무가 시작된 지 8일 만에 처음으로 가장 힘든 날씨가 찾아왔다. 습하고 고요한 날이 찾아온 것이다. 습도가 얼마나 높던지 지상으로 내려온 구름 속에 사는 것 같았지만, 경계병의 입장에서 보면, 이런 날씨의 가장 좋은 점은 수백 미터 밖에서 나는 기침 소리나 쇳소리도 잘 들린다는 것이었다. 언성을 높이지 않아도 옆 초소에 있는 사병과 대화를 나눌 수 있을 정도였다. 또 느닷없이 돌풍과 함께 소나기가 쏟아지는 날이 찾아왔다. 거센 바람에 사선으로 들이치는 빗줄기가 나를 압도할 만큼 후드득후드득 떨어지다가 몇 분 만에 뚝 그치는 것이었다. 이런 날씨를 한 번씩 겪고 나면 다시는 방수복을 잊어버리지 않는다. 그런데 그날 밤은 달랐다. 거센 비바람과 함께 짙은 안개까지 끼었다. 겨울이 오면 여기는 어떨까라는 불길한 예감이 불현듯 뇌리를 스쳐 갔다.

"여기는 아름답다."

내가 무전기에 대고 말했다.

"야, 닥쳐라."

히파가 말했다.

"둘이 방 잡아라."

휴스가 말했다.

"위생 상태 유지해."

사지 병장이 말했다. 근무 외 용도로는 무전기를 사용하지 말라는 뜻이었다. 주위 소리가 잘 안 들리는 밤에 그렇게 말하는 건 바람직한 경고였다. 하지만 북쪽으로 오고 나서 우리는 긴장이 좀 풀렸다. 공격 가능성을 진짜로 믿는 사람은 우리 중 아무도 없는 것 같았다. 병장이 한마디 더 했다.

"아직 오지 않았다. 그건 당장이라도 나타날 거란 뜻이다."

다시 말하면, 평소 그답지 않게 여태 잠잠한 대위가 언제든 들이

닥칠 거란 의미였다.

경계를 설 때 시간 확인하는 걸 그만둔 지 한참 됐는데, 지금이 '점심시간'(주된 식사의 한밤중 버전)과 두 번째 티타임의 중간쯤 될 거다. 동이 트려면 한 시간 이상 더 남았다. 이렇게 고약한 날씨는 처음이었다. 앞을 볼 수가 없었다. 구체적으로 말하자면, 한 치 앞도 볼 수가 없었다. 풍랑이 불어오는 방향을 정면으로 볼 수가 없었다. 옆 경계 초소를 곁눈질로 바라보니 조명 빛 사이로 보이는 것은 온통 물난리, 물줄기, 양동이로 들이붓듯이 쏟아지는 빗줄기뿐이었다.

불이 나갔을 때, 칠흑 같은 어둠 말고는 시력을 잃은 것처럼 무슨 일이 일어난 건지 모르겠다고 생각했던 게 기억난다. 느낌이 너무 이상하고 방향 감각을 완전히 잃어버린 통에 몇 초 지나서야 상황 파악이 되었다. 무전기에서 욕설과 탄식하는 소리가 쏟아져 나왔다.

"실버 명령이다."

병장이 말했다. 다른 사람은 모조리 입 다물라는 뜻이었다.

"각자 위치로. 우리 구역 전부 정전이다. 입 닥치고 그대로 서 있어라. 곧 예비 전력이 가동될 거다."

대피 훈련과 합동 훈련 때는 예비 발전기가 보통 15초에서 30초 내로 작동됐다. 하지만 지금은 아무 변화가 없었다. 그건 섬뜩했지만 나는 걱정하지 않았다. 누가 실수했겠지 했다. 30초가 지났는데도 발전기, 조명, 무전기 모두 조용했다. 다시 30초가 지났다. 내가 아는 한, 지난번 야간 훈련 시 우리가 상대 역할을 맡아 공격에 앞서

5분 동안 전기를 끊었을 때 말고는 이렇게 오랫동안 불이 꺼진 것은 처음이었다.

포화로 인해 불이 번쩍번쩍했다. 내 초소에서 멀리 떨어진 감시탑 근처에서 포화가 일었다. 몇몇 각종 자동 화기의 총성이 들렸는데, 그 소리 모두 경계병이 사용하는 총기의 소리는 아니었다. 그러다 세 차례 폭발음이 들렸다. 큰 폭발음이, 그 뒤엔 더 큰 폭발음이, 그 뒤엔 처음 듣는 가장 강력한 폭발음이 들렸던 거다. 그 소리가 어찌나 큰지 불빛과 불꽃이 번쩍하고 난 뒤 1초쯤 지나서야 그 충격파가 밀려왔다. 폭발음은 막사 쪽에서 들려왔다. 불빛만 얼핏 봐서는 아무것도 이해할 수 없었지만 벽에서 전투가 벌어졌다는 것만은 확실했다. 무전기에서 소리가 났다.

"상대, 레드 코드."

그건 이미 내가 알고 있는 사실이었다. 훈련받은 바에 따르면, 일단 자신의 초소가 어떤지 확인한 다음 명령을 기다리거나, 명령을 전달받지 못한 경우에는 총격전이 벌어진 곳으로 달려갈 것인지, 아니면 초소에 그대로 있을 것인지 판단해야 했다. 나는 벽을 마주 보고 서 있었지만 비바람과 어둠 때문에 그 너머로 뭐가 있는지 볼 수가 없었다. 2미터 아래에 상대가 있을지도 모르고, 1천 미터 내에 아무도 없을지도 모른다.

"병장님, 명령을 내려 주십시오."

내가 말했다. 나 말고도 서너 명이 더 같은 말을 했지만 아무런 응답이 없었다. 그래서 나는 "13초소, 카바나, 교전 시작"이라 말하고는 초소를 벗어나 총성이 들리는 곳으로 달려갔다. 이제는 두 종류의 총성이 들렸다. 하나는 우리의 소총 소리였고 다른 하나는 상대의 무기 소리였다. 히파가 무전기로 자신도 교전을 시작하겠다고 말했다. 나는 달려가다 말고 그녀를 기다렸다. 30초 뒤 그녀가 보였다. 어깨에 유탄 발사기를 멘 그녀는 내가 본 눈 중 눈을 가장 크게 뜨고 있었다. 우리는 그저 서로를 바라보기만 했다. 그러고 나서 걸어가기 시작했다. 쉬운 목표물이 되지 않도록 서로 가능한 한 멀리 떨어져서 성벽 양쪽 끝으로 달리기보다는 걸음으로 재빨리 다가갔다.

눈이 어둠에 적응하는 속도는 사람마다 다르다. 나는 꽤 빨랐다. 격전지 근처로 가는 데 5분쯤 걸린 것 같았다. 한 무리의 경계병이 콘크리트 벤치를 엄폐물 삼아 등을 보이고 숨어 있는 게 보였다. 그리고 그 너머로 한 무리의 상대가 똑같이 하고 있다가 안으로 넘어오려고 벽을 빠르게 가로지르고 있었다. 사람들이 표현하는 등줄기가 서늘할 때가 바로 아드레날린이 폭발적으로 분비될 때다. 흉부로, 내장으로, 팔다리로, 심장으로, 머리까지 온몸을 강타하는 느낌이 들었다. 바로 그 순간 나는 식은땀이 났다. 상대들이 벽을 넘어와 도망치고 있었다. 상상할 수 있는 최악의 상황이 우리가 보초를 설 때 벌어진 것이다. 우리 중 누군가가 바다로 추방될 것이다.

탄알이 가까이 날아오면 날아갈 때 나는 소리가 쌩 소리에서 퍽 소리로 바뀐다. 히파와 내가 아군이 방어하는 곳에 이르자 총소리가 픽, 픽 하고 났다. 일부는 벽 오른쪽에, 일부는 벤치 뒤에, 일부는 콘크리트 방어물 뒤에 있었다. 병장과 요스 상병은 벤치 뒤에 있었다. 우리도 그들을 엄호했다. 우리 분대의 신참 세 명은 우리 앞쪽으로 쓰러져 있었다. 같은 조원 네 명은 방어물 뒤로 몸을 숨기고 번갈아 가며 방아쇠를 당기고 있었다. 상대들은 우리와 100미터 정도 떨어진 막사 방향에 있었다. 벽 안쪽에는 이동용 차량 두 대가 서 있었다. 근처 초소에서 우리를 지원하러 온 차량인 줄 알았지만, 히파와 같이 가다 보니 그중 한 대가 재빨리 달아나는 것이었다. 나는 상대의 지원 세력이 존재한다는 걸 깨달았다. 그래서 정전 사태가 발생한 것이다. 그래서 우리 막사에 폭발이 일어난 것이다.

"나머지 중대원은 어디 있습니까?"

내가 병장에게 물었다. 그는 벤치 주위로 소총을 내밀고 몇 발 쏘고 나더니 나를 돌아보았다.

"막사에 내부 파괴 행위가 발생했다. 다들 전사하거나 부상당했다. 그쪽에선 지원이 안 올 거다."

"몇 명이나 빠져나갔습니까?"

"셀 수도 없다."

"작전은 뭡니까?"

"최대한 많이 사살한다. 히파, 다음 차량이 출발하거든 수류탄을 던져라. 우리가 엄호하겠다. 그렇게 하면 넘어온 놈들을 최대한 많이 처치할 수 있게 된다. 벌써 두 대가 탈출했다."

한 차량에 대충 여덟 명이 탄다. 열여섯 명. 방어에 최악의 구멍이 뚫린 것이다.

잠시 교착 상태에 빠졌다. 우리가 저들에게 접근하려면 엄폐물을 벗어나 총 맞을 각오를 해야 하는 상황이었다. 저들이 성벽을 가로지르려면 우리 총에 맞을 수밖에 없는 상황이었다.

"대위님은 어디 계십니까?"

"죽었다. 틀림없다. 그렇지 않다면 여기 왔겠지."

하지만 병장이 틀렸다. 그가 말한 지 이삼 초도 지나지 않아서 내 뒤 왼쪽, 막사와 상대들과 제일 멀리 떨어진 곳에서 긁적긁적 긁어대는 소리가 들려왔다. 대위가 우리와 가장 가까운 벽 안쪽 계단을 뛰어 올라와 우리 옆에 있는 엄폐물 뒤로 뛰어들었다. 그는 머리를 베여 피를 흘리고 있었다.

"대위님, 잘못되신 줄 알았습니다."

"공격이 시작되고 맨 끝에 포위되어 있었다."

그가 말했다. 그건 우리 구역 맨 끝에 있는 히파를 지나갔다는 뜻이었다. 그렇다면 그가 지나가는 모습을 내가 봤을 텐데 하는 생각이 들었지만 나는 그의 말을 그대로 믿었다. 원래 전투 중에는 말이 안 되는 일이 많이 벌어지니까.

"마지막 남은 놈들이 빠져나가는 걸 기다렸다가 히파가 그들이 탄 차량을 폭발시킬 겁니다."

병장이 말했다. 대위는 숨을 헐떡이며 고개를 끄덕였다.

"좋은 작전이다."

그는 잠시 아래를 내려다보았다. 그러더니 뒤로 물러나 병장의 머리에 총을 두 방 쐈다. 그는 벤치와 가장 가까이 서 있던 두 경계병쪽으로 총구를 돌리더니 둘의 옆구리를 쐈다. 요스 상병이 엄호하려고 내 옆으로 뛰어들었다. 100미터 전방으로 상대가 일제히 성벽을 가로질러 질주하는 게 보였다. 이 순간을 기다렸던 거다. 히파와 나는 대위를 피해 벤치 끝 쪽에 몸을 숨겼던 덕분에 목숨을 건졌다. 그가 왼쪽으로 돌아서서 저 멀리 방어물 뒤로 몸을 숨기고 있던 사병을 향해 총을 쏘아 댔기 때문이다. 그중 세 명이 쓰러졌다. 나는 생각할 겨를도 없이, 내가 뭘 하고 있는지 따져 볼 틈도 없이 (정말로 훈련이 몸에 밴 대로) 앞으로 달려 나가 총검을 그의 등에 쑤셔 박았다. 그가 비틀거리다 앞으로 고꾸라졌고, 나는 고꾸라지는 그의 뒤통수를 소총으로 후려쳤다. 엎어진 그는 일어나지 못했다. 히파가 벤치 뒤에서 나와 유탄 발사기로 달아나는 상대의 차량을 조준했다. 첫 발은 차량까지 다다르지 못했지만 둘째 발은 명중했다. 차량이 폭발하면서 불길에 휩싸여 도로를 벗어났다. 불길이 무섭게 타올랐다. 아무도 살아남지 못했을 것이다.

나는 대위 옆에 무릎을 꿇고 앉았다. 요스 상병이 내 곁으로 왔다. 우리는 서로를 바라보았지만 아무 말도 하지 않았다. 대위가 의식을 잃은 채 피를 심하게 흘리고 있었다. 그는 살아날지도 모르고, 그렇지 않을지도 모른다. 나는 일어나서 병장에게로 갔다. 그의 얼굴에는 총구멍이 두 개 나 있었고 뒤통수는 완전히 날아갔다. 벤치에 기대고 앉은 신참은 둘 다 부상을 입고 피를 흘리고 있었다. 나는 성벽에 기대고 앉은 사병들 쪽으로 건너갔다. 그때 엔진 소리가 들리면서 다음 감시탑을 중심으로 동쪽에서 그리고 서쪽에서 각각 트럭이 달려왔다. 그리고 나는 끝났다는 걸 알았다. 이 이야기 일부가 끝났다.

17

우리는 체포되었다. 개인의 잘못 때문이 아니었다. 상대가 벽을 넘어오면 바로 이렇게 된다. 옆 부대 경계병들이 체포령을 집행해야 했는데, 다들 표정이 어두웠지만 규칙이니 어쩔 수 없었다. 수갑 같은 걸 채우진 않았지만 우리 부대에서 생존한 대원들, 즉 우리 일곱을 트럭에 태워 남쪽으로 4시간 정도를 달려가서는 막사에 감금시켰다. 보통 막사와 같았지만 높이 달린 작은 창문 하나 없이 문도 안에서는 열 수 없게 만든 막사였다. 그래서 화장실도 허락을 받아야만 갈 수 있었다. 요스 상병은 칼 소지가 금지라서 조각을 할 수 없게 되자 한시도 가만있질 못했다.

우리는 그곳에서 한 달을 보냈다. 나는 천장에 난 금을 하나하나 알아볼 만큼 막사를 훤히 꿰뚫게 되었다. 장대비가 오면 천장에서 비가 새서 생기는 축축한 얼룩도 알아볼 수 있었다. 비가 새면서 생기는 얼룩은 처음에는 작은 섬을, 그다음에는 큰 섬을, 그다음에는 대륙을 그린 지도 모양으로 변했다. 그러다 비가 그치면 그 역순으로 크기가 점점 작아지다가 물기가 마르면서 싹 사라졌다. 그 변화는 마치 대격변을 게임으로 만들어 놓은 것 같았다. 막사는 수용 인원 30명을 기준으로 만들어진 곳인데 우리 일곱 명밖에 없었다. 나와 히파, 휴스, 요스 상병과 내가 잘 모르는 신참 셋. 우리는 침투 공격 때 일어났던 일에 대해 이야기를 나누고 그걸 해결하려고 노력

하는 데 시간을 보냈다. 도청당하고 있다는 의심이 들었지만 우리는 크게 신경 쓰지 않았다. 형 집행 정지는 기대하지 않았다. 우리는 그저 이 상황을 이해하고 싶었을 뿐이다.

분명한 것은 대위가 상대와 한패였다는 것이다. 그 밖에도 그들을 도와주는 세력이 많이 있었을 것이다. 협력 세력 간의 네트워크에 대한 소문은 사실이었다. 누군가는 전력을 끊고, 누군가는 막사를 다이너마이트로 폭파하고, 누군가는 차량을 대기시켰다. 아마 다른 곳에서는 누군가가 ID 칩을 이식해 주고, 데이터베이스를 해킹하고, 신분증을 위조하고 있을 거다. 어떻게 그런 짓을 할 수 있는지 도저히 상상이 가지 않았지만 진실은 분명했다. 우리 사병들이 보초를 서고 있을 동안, 우리가 보호하던 사람들 중 몇몇이 상대들이 벽을 넘어오도록 일을 꾸민 것이다. 마치 흰 바탕에 희게 그린 그림 앞에 서 있는데 옆 사람이 그건 검은 바탕에 검게 그린 그림이라고 하는 소리를 듣는 것 같았다. 그게 우리가 주고받은 주요 내용이었고, 우리 모두가 느꼈던 배신감이었다. 히파는 줄곧 그만 잊어버리라고, 그 사람들은 그저 할 일을 수행했을 뿐, 그것 말고는 달리 설명할 만한 게 없다고 말했지만 나는 그럴 수가 없었다. 그 일에 대해 생각해 보고, 이해하려고 애썼다. 하지만 그와 동시에 참을 수가 없었다. 대위의 배신, 대위와 손잡고 상대를 도왔던 자들의 배신. 예전에는 배신에 대해 깊이 생각해 본 적이 없었다. 그 단어만 알았지 그 의미는 알지 못했다. 이제는 알겠다. 배신은 어떤 액체를 맛보는 것과 같다.

가장 쓴 걸 입에 넣고 그게 얼마나 고약한지 충분히 이해할 만큼 오래 머금고 나서 잔에 남은 걸 마저 억지로 마시는 것이다.

우리 중대원 30명 중 이 막사에 있는 우리 일곱 명만 살아남았다. 우리는 상대가 몇 명이나 벽을 넘어 도망쳤는지 알아내는 데 꽤 많은 시간을 썼다. 차 두 대 분량의 인원수가 전반적인 의견이었다. 세 번째 차량은 히파가 폭파시켰다. 차 한 대당 여덟 명에서 열 명이 탈 수 있다. 하지만 혼란한 교전 중이라면 탈출 차량은 만원이 아니었을지 모른다. 한 운전자가 겁을 집어먹고 빈 차를 몰고 혼자 도망쳤을지 모른다. 상상하는 것은 흥미로웠다. 일테면 첫 번째 차량은 텅 비었고, 두 번째 차량은 세 명만 태웠다면……. 그러면 우리 중 세 명만 바다로 추방되면 된다. 그게 아니면, 상대가 운이 좋고 우리가 운이 나쁘다면 두 차량 모두 만원일 테니 스무 명이 벽을 넘어왔을지 모르기 때문에 우리는 모두 바다로 추방될 것이다. 현재로선 알 도리가 없다. 그런데 내 짐작으로는 두 차량에 꽤 많이 탄 것 같았다. 많은 수의 상대가 벽을 가로질러 질주하는 걸 내 눈으로 직접 보았다.

그 음모의 규모, 조직의 수준, 작전과 투입된 물자. 그것을 내 머리로는 이해하기 어려웠다. 다른 중대에서 이런 사건이 터졌다면 나는 세세한 것까지 알고 싶어서 파고들었을 것이다. 하지만 이런 말이 있다. '남한테 일어난 일은 이론이지만 나한테 일어난 일은 현실이다.' 그리고 현실은 이론과 아주 다르다. 그런데도 우리가 당한 침투 사건의 특수한 상황, 작전의 규모와 배신의 규모 때문에 나는 멍청한 짓을 했다. 작은 희망을 품었던 것이다. 우리는 그에 대해 이야기를 나누고 또 나눴지만, 내부 내통자들이 포함된 침투가 기억난다는 사람은 아무도 없었다. 이와 같은 일은 처음이었다. 침투, 내부의 협조, 대위의 배신 같은 일은 전에는 없었던 일이다. 특별한 사건은 비상한 대응이 필요하다. 어쩌면 자비가 베풀어질지도 모른다. 어쩌면. 머리로는 그럴 가능성이 아주 희박하다는 걸 알고 있었고, 희망을 품으면 그 희망이 깨졌을 때 큰 대가를 치를 거라는 것도 알고 있었다. 하지만 마음이 희망을 버리지 못했다. 나는 히파와 함께하고 싶었다. 앞으로 수십 년이 지난 후에도, 늙어서도, 그래서 지금 우리 부모님보다 더 늙어서 행복한 노후를 보내면서 모든 걸 다 잃을 뻔했던 끔찍한 지금을 돌아보며 사면을 받고 다시 벽 뒤의 안전한 일상으로 돌아온 걸 다행으로 여기며 살고 싶었다. 나는 그 희망의 유혹을 뿌리칠 수가 없었다.

하루나 이틀에 한 번씩 불려가 심문을 받았다. 우리 모두가 차례로 겪었다. 그 절차는 다양했다. 무장한 경계병들이 와서 우리 이름을 부르기도 했고, 스피커를 통해 문 앞으로 불려 가기도 했고, 누군가 들어와 방 한쪽 끝에 자리를 잡고 심문하기도 했다. 그날 밤 무슨 일이 있었는지, 무엇을 보았고 무엇을 했는지 똑같은 질문을 묻고 또 물었다. 그전에 있었던 일에 대한 심문과 대위에 대한 심문도 반복되었다. 대위에 대해서는 정말 수많은 심문을 하고 또 했다. 그날 밤 그가 무엇을 했는지, 전날 밤 어디에 있었는지, 그 전날 밤에는 어디에 있었는지, 그에게 수상한 점을 발견했는지, 그가 평소 무슨 말을 했고 어떤 행동을 했는지, 순환 근무 당시 그가 특이하게 행동한 것은 없는지, 그에 대해서 어떻게 생각하는지 등등 별별 심문을 다 했다. 그가 복무가 끝나면 어떻게 살겠다고 말한 적 있었는가? 그에게 친구가 있었는가? 그에 대해 더 알고 있는 것은 무엇인가?

4주 후 우리는 다시 트럭에 실려 한 도시로 가서 감방에 갇혔다. 그것도 독방에. 벽 위쪽엔 작은 창살문이 나 있었고 구석엔 변기가 있었으며 그 옆엔 세면대가 있었다. 그곳에서 하루 밤낮을 보냈다. 그때 두 사병이 와서 나를 데리고 한쪽 끝에 긴 탁자가 있는 방으로 갔다. 그 앞에는 선임 경계병 다섯이 앉아 있었다. 나는 나를 데려온 사병들을 따라 그들 맞은편으로 행군하듯 걸어가서 형을 선고받기 전에 하고 싶은 말이 있느냐는 질문을 받았다. 재판 따위 받지도 않으리라는 건 이미 알고 있었다. 이 일은 그런 식으로 처리되지 않는다. 잠깐이지만 어리석게 희망을 품었는데 결국 여기로 와서 엄숙하고 무표정하고 창백한 얼굴들을 대면하고 말았다. 희망을 품은 건 실수였다.

"제가 하는 말에 따라 상황이 달라질 수 있습니까?"

내가 물었다. 그런 질문을 받을 거라고는 예상치 못했는지 그중 제일 계급이 높은, 가운데에 앉은 장교가 좌우를 돌아보며 뭐라고 중얼거리고는 다시 내게로 고개를 돌렸다.

"없다."

그가 대답했다. 나는 어깨를 으쓱했다.

"그럼 없습니다."

내가 말했다. 나는 잠시 상대가 어떻게 했는지, 내부 내통자 간 비밀 네트워크를 안다고 말하고 싶은 유혹을 느꼈다. 그렇게 말하면 어떤 반응이 나올지 보고 싶었다. 그러다 뭔가 생각이 났다.

"다만 한 가지, 몇 명이나 벽을 넘어왔습니까?"

질문하는 건 분명 규정에 어긋나는 일이었지만 가운데에 앉은 남자는 잠시 고민하더니 대답해 주기로 했다.

"확실하지는 않지만 우리는 열여섯 명으로 추정한다. 열다섯 명 아니면 열여섯 명."

그것은 수년 사이 최악의 침투 사건이었다. 대답을 들어서 기분이 좋아졌냐 하면 그렇지 않았다. 어차피 사형 선고를 받을 테니까. 하지만 내가 잘못해서 벌어진 일이 아니라는 생각은 들었다. 엄청난 사건이 벌어졌고 우리가 거기에 휘말려들었을 뿐이다. 나는 앞으로 닥칠 일에 준비가 되었다는 뜻으로 고개를 끄덕였다.

"조셉 카바나, 경계병으로서 임무를 수행하는 데 실패했기에 바다로 추방된다. 신이 자비를 베푸시길 바란다."

장교가 말했다.

"다시 감방으로."

3부

바다

18

바다에서 맞은 셋째 날 밤, 파도에 밀려 위로 둥실 떠올랐을 때 저 멀리 점점이 불빛이 보였다. 처음 언뜻 보았을 때는 내 눈을 믿을 수가 없었다. 벽에 있었을 적에도 종종 머리가 혼란스러웠는데 망망대해에 나오니 그게 더 심해진다. 작은 배를 타고 출렁거리는 통에 육체적 균형 감각이 없어지더니 정신적 균형 감각마저 흐트러진 모양이다. 나는 내 감각을 믿을 수 없고, 상상은 훨씬 더 믿을 수 없다. 그 순간 특정한 대상에 정신을 집중하려 했다. 그러나 쉽지 않다. 무슨 소리가 들리고 뭔가가 보인다. 바람결에 목소리가 실려 오고 노랫소리가 실려 온다. 일반 음악 소리가 아니라 특정한 노랫소리, 합창하는 소리다. 나는 종종 누군가가 내 이름을 부르나 싶었다. 멀리 뜬 구름은 서로 모여 육지를 이루는 것처럼 보이고 산을 이루는 것처럼 보이다가 다시 구름을 이루어 사라져 갔다. 그래서 그 불빛을 보았을 때 제일 먼저 든 생각은 내가 또 상상을 했구나 싶었다. 나는 이 칠흑같은 어둠에 익숙지 않았다. 벽에 있었을 적에 경계 초소를 따라 죽 조명이 있었기 때문이다. 여기는 달이 뜨기 전까지는 암흑천지다. 그래서 어쩌면 내 시냅스가 이상하게 자극되어 어둠에 익숙치 않은 건지도 모른다. 그런데 몇 초 뒤, 다시 파도에 밀려 위로 둥실 떠올랐을 때 그 불빛이 또 보였다. 그러더니 1분쯤 지나고 세 번째로, 전보다 더 또렷하고 확실하게 보였다. 망망대해에 뜬 불빛이.

우리는 이런 이야기를 나눈 적이 있었다. 다른 배의 흔적을 발견한다면 어떻게 할 것인가, 무엇을 따져 봐야 할 것인가. 계획은 그 배를 향해 노를 저어 가서 그들이 선한지 악한지 확인할 만한 증거를 찾자는 것이었다. 낮에는 그럴듯한 작전이지만 밤에는 그렇지 않다. 혹여 공격이라도 받게 된다면 우리에겐 무기도 없으니 최대한 빨리 달아나는 게 우리의 유일한 방어책이다. 우리에겐 노가 한 쌍밖에 없으니 그 속도가 빠를 리도 없다. 불을 밝힌 배는 해안 경비대 함선 아니면 겁이 없어서 누가 보든 말든 걱정하지 않는 상대의 배일 터였다. 그건 곧 그들이 어리석거나 아니면 무장하고 있다는 뜻이다. 둘 다 위험하기는 마찬가지다.

파도의 높이는 2미터였다. 겁먹을 정도는 아니었지만 상당히 불편했다. 파도 때문에 불빛을 확실히 살펴보기가 어려웠다. 파도에 밀려 배가 위로 떠오를 때에는 불빛이 보였다가 배가 다시 아래로 내려가면 불빛이 보이지 않았다. 배 안 다른 사람들은 모두 자고 있었다. 이 배는 구명보트거나 과거에 그랬던 배였다. 뱃고물 중간쯤에 방수 차양을 쳐 놓아서 사람들이 그 밑으로 들어가 자는 거였다. 그 공간은 또한 식량이 보관된 곳이었다. 뱃머리 쪽에는 물탱크와 저수 장치, 그리고 내가 있었다.

나는 누군가를 깨워 어떻게 해야 할지 이야기를 나누고 싶었다. 히파가 정상적인 상황이라면 그녀를 깨웠겠지만 그녀는 이틀째 뱃멀미를 하고 있었다. 단순히 메스꺼운 차원이 아니라 계속되면 위험하다 싶을 만큼 구역질을 해 댔고, 잠만 잤다. 그런 그녀를 깨우는 건 올바른 결정이 아닐 거다. 나는 휴스를 택했다. 그는 믿음직한 사람이고, 어린 시절에 삼촌과 함께 항해해 본 경험도 있다 하니 나처럼 배에 대해 무지하지는 않았다. 내 말은, 그도 거의 무지하지만 나는 아예 무지하다는 거다. 그러니까 그가 나보다 나았다. 그의 바다에 대한 지식이 눈곱만할지라도 우리는 거기에 매달릴 수밖에 없었다. 그만큼 절박했다. 어쩔 수 없었다. 나는 허리를 숙이고 차양 밑으로 들어가 뱃고물 쪽으로 갔다. 이럴 때 자칫 차양을 건드리면 저수 장치에 모아 둔 물이 쏟아질 수 있기 때문에 조심해야 한다는 걸 어렵사리 배우게 되었다. 나는 발로 휴스를 툭 치고, 또 한 번 툭 쳤다. 그러자 그가 눈을 떴다. 나는 쉿 하고 손가락을 입술에 댔다. 그가 일어나 앉더니 잠자리에서 기어 나왔다. 소금기가 말라붙어 갈라진 입술하며 바닷바람에 거칠어진 벌건 얼굴까지, 그는 몰골이 끔찍했다. 나는 내 몰골도 그렇겠지 하고 깨달았다.

"별거 아닌 일로 깨운 거면 가만 안 둔다."

그가 말했다. 파도에 밀려 출렁거리며 나는 그에게 물병을 건네준 뒤 한곳을 가리켰다. 그다음 파도에 밀려 배가 위로 떠올랐을 때 그가 불빛을 보았다. 불빛이 보였다 안 보였다 하는 동안 그는 말없이 바라보기만 했다. 그 역시 자신의 감각에 확신이 생기기까지 시간이 걸렸던 것이다.

"네 생각엔 저게 어떤 사람으로 보여? 그럼 우리한테 유리한 선택지는 몇 개나 될까?"

내가 물었다. 휴스가 고개를 끄덕했다. 우리는 뱃머리에 서서 멀리로 시선을 주었다. 배가 파도에 밀려 오르락내리락할 때마다 불빛은 깜빡깜빡했다. 여러 차례 불빛을 자세히 보고 나니 다섯 개의 불빛이 맨 꼭대기에 하나, 그 밑으로 양 옆에 두 개씩 이어지며 삼각형 모양을 이루고 있는 것 같았다.

"똑같지. 경비대는 이 시간에 여기까지 오지 않거든. 하지만 저들이 경비대가 맞고 만약 우리를 봤다면 그 즉시 우리를 침몰시킬 거다, 무조건. 그러니 저들이 경비대라면 근처에 가면 안 돼. 만약 저들이 상대라면, 왜 저런 장관을 연출하는 거지?"

한밤중 불을 밝히고 바다를 누빌 만큼 자신만만한 상대가 잔뜩 탄 보트라면, 그만큼 두려움이 없다면 저들은 아마 굉장히 무시무시한 녀석들일 것이다.

"그럼 그냥 둬?"

휴스는 잠시 생각에 잠겼다. 여기에 생명이 있다는 첫 신호, 동료가 있고 구원 가능성이 있다는 첫 신호와 마주쳤는데 그걸 외면할 순 없을 것 같았다. 하지만 위험하다고 생각해 보면, 달리 어쩔 도리가 없었다.

"게다가 저게 눈에 보이는 것보다 더 멀리 있는 거 같아. 바다에 떠 있으면 수평선은 약 5킬로미터 거리에 있거든. 파도가 밀려오는 방향도 저쪽이고. 파도를 거슬러 노를 엄청 저어 가야 된다는 말이지."

"더구나 노 저을 사람이 셋밖에 없고."

우리는 서로를 바라보았다. 재판 결과를 기다리는 6주 동안 몸을 거의 쓰지 않았더니 노 젓는 게 쉽지 않았다. 손에 물집이 생겨 터졌고, 몇 분만 노를 저어도 숨이 찼다. 저 배가 있는 데로 노를 저어 가고 싶어도 그게 안 될지 모른다.

"그렇구나. 고마워. 다시 가서 자."

내가 말했다. 휴스는 뒤를 돌아 다시 차양 쪽으로 걸어갔다. 그가 갑자기 멈춰 섰다.

"며칠 안 있으면 절망이 손쓸 수 없을 만큼 목전에 와 있을지도 몰라."

그가 말했다.

"알아."

내가 말했다.

이것이 곧 바다의 삶이었다. 형량이 정해진 후 우리는 다른 트럭에 실려 다른 막사로 보내졌다. 이번에는 수갑을 차고 이동했다. 나는 당국에서 우리가 잃을 게 없으니 도망칠 가능성이 더 높다고 보고 수갑을 채운 거라고 추측했다. 그 트럭 여정은 여태 겪은 것 중 가장 끔찍한 순간이었다. 선고받을 때보다 더 끔찍했고, 심지어 침투 사건이 벌어졌고 상대들이 도망쳤다는 걸 알았을 때보다 더 끔찍했다. 나는 다른 사람들처럼 엄마 배 속에서부터 벽의 규칙을 알고 있었다. 누가 설명해 준 건지 기억엔 없다. 규칙 앞에, 인생의 진실 앞에 시간적 여유 같은 건 없었기 때문이다. 아침이 되면 해가 뜨고 밤이 되면 해가 진다. 뭔가를 위로 던지면 중력이 그걸 밑으로 잡아당긴다. 그와 같은 원리로 상대가 벽을 넘어오면 나는 바다로 추방된다. 그럼에도 불구하고, 나는 그것의 부당함에 구역질이 난다. 정말로 구역질이 난다. 나는, 우리는 잘못한 게 하나도 없었다. 그뿐만이 아니라 나는 방어를 위해 최선을 다했다. 열심히 싸웠고, 친구들이 죽는 걸 지켜보았다. 우리 모두가 그랬다. 그리고 그 대가가 이것이다.

나는 '절망'이라는 단어를 들어 왔고 그 뜻도 안다고 생각했다. 또 그게 날씨와 비슷한 마음의 상태라고 생각했다. 날씨처럼 그것에 따라 수긍하며 살고 그것에 의해 영향 받으며 사는 것이라고 말이다. 이제는 절망이 눈 깜짝할 사이에 일어나 누구한테나 닥칠 수 있는 일이란 걸 알게 되었다. 그리고 평생 나를 따라다닌다. 이게 요즘 내가 하는 생각이다. 살다 보면 누구나 일어날지 모를 최악의 가능성에 대해 생각해 볼 시간을 가져야 한다. 내면에 숨은 최악의 두려움, 상황을 파헤쳐 보는 거다. 잘 보라. 그리고 그 일이 일어날 수 있음을 직시하라. 가장 두려워하는 일이 일어날 것이다. 그럴 때 느껴지는 감정이 바로 절망이다.

감시병들이 '사랑하는 사람들'에게 편지 쓸 시간을 주었다. 이건 특별한 혜택이 아니었다. 이런 경우에 실시하도록 허가된 절차가 있었을 뿐이다. 한 사람에게 벌어질 수 있는 최악의 상황에 대한 허가

된 절차. 내 경우 '사랑하는 사람들'이 부모님을 뜻했기에 나는 편지를 쓰지 않기로 했다. 쓸 말이 없었기 때문이다. 하지만 히파의 설득에 넘어가 나는 마음을 바꾸었다. 비록 그렇진 않지만 죄송하다는 상투적인 글을 몇 자 끄적거렸다. 적어도 그 순간에는 그렇지 않았지만 사랑한다는 글도 몇 자 썼다. 그런데 편지를 쓰고 나니까 잘 썼다는 생각이 들었다.

우리는 새 막사에서 일주일간 머물면서 한 사람씩 병원에 가서 전신 마취를 하고 칩 제거 수술을 받았다. 생체 인식 ID 칩이 없으면 이 나라에서 살 수 없다. 더 이상 되돌아갈 수 없다. 수술 후 우리는 하루 동안 병원에서 회복하고 나서 다시 막사로 돌아왔다. 팔에 칩이 있던 자리가 가려워서 다른 사람들에게 물어보았더니 그들도 똑같이 가렵다고 했다. 아직 몸속에 칩이 있다는 착각을 하는 것이다. 여섯 번째 날 오후, 휴스와 히파와 나는 불려 나가서 트럭에 탔다. 이렇게 헤어질 줄 알았다면 요스 상병과 다른 경계병들에게 작별 인사를 했을 텐데 우린 인사도 못 하고 떠났다. 트럭 옆으로 새어 들어오는 빛의 각도를 보니 남쪽으로 내려가고 있다는 인상을 받았다. 우리는 날이 저물도록 이동했다. 또 다른 막사에 도착했지만 이번에는 도착한 지 한 시간도 채 안 되어 사병들이 막사로 들어왔다. 그들의 표정을 보자 전에 도우미에게 들었던 말, 쿠이쉬아가 생각났다. 종말. 그들은 화가 났다기보다 슬퍼 보였다. 그러면서도 사정을 봐주지 않았다. 콘크리트 터널을 여러 개 내려가다 갑자기 밖으로 나오니 경비함에 매달린 구명보트가 대기하고 있었다. 그걸 본 순간 저게 우리가 탈 배구나 싶었다. 우리는 임시 다리를 건너 배에 올랐다. 우리를 기다리던 경비대장이 이상하다고 해야 할지, 인자하다고 해야 할지, 잘 모르겠는데 아무튼, 우리에게 경례를 하고는 악수를 청했다. 배의 밧줄이 풀리자 배가 출항했다. 그들은 우리를 아래층으로 데려가 가구 하나 없는 작은 선실에 가두고는 문을 잠가 버렸다.

그때까지 나는 절망감 때문에 다른 건 아무것도 느끼지 못했다. 절망감, 슬픔, 무감각, 공허함. 다른 느낌은 별로 없었다. 내가 할 수 있는 일은 아무것도 없는 것 같았다. 따라서 그로 인한 필연적인 감정을 별달리 느낄 필요도 없었다. 그전까지 일어난 모든 일은 불가피한 것이었다. 이제는 처음으로 두려워졌다. 아주아주 많이. 구조선을 바다로 내리면 공격을 받았던 그날 밤 이후로 그랬던 것처럼 우리는 우리 의지와 아무 상관이 없이 길을 잃고 표류할 것이다. 나를 계속 멍하게 만들었던, 할 수 있는 게 아무것도 없다는 느낌이 갑자기 감당할 수 없는 두려움의 근원이 되었다. 할 수 있는 건 아무것도 없다. 그 생각은 위안이 될 수도 있고, 그 반대로 공포가 될 수도 있다. 공황 상태, 탈출하고 싶은 욕구, 불가능한 탈출, 어떻게든 탈출하고 싶은데 절대 불가능한 탈출, 바로 이 순간 여기서 끔찍하게 죽게 될 거라는 공포. 심장이 미친 듯이 빠르게 뛰었다. 선실이 너무 답답했다. 불이 켜지면서 깜박거렸다. 방금 전만 해도 추웠는데 산 채로 튀겨지는 것처럼 더웠다. 히파가 몹시 흥분하는 나를 보더니 내 팔에 손을 얹었다. 나는 마치 감전된 듯 찌릿하다가, 내가 왜 찌릿하지 하고 생각했다가 이제 그만하자고, 이제 그만 진정하자고 마음을 고쳐먹었다.

"괜찮아."

히파가 말했다. 그 말은 사실이 아닌데도 위로가 되었다. 그녀는 상태가 좋아 보이지 않았다. 얼굴이 창백하고 몸을 떨었다. 그것이 뱃멀미의 시작이었다.

"맞아, 아주 끝내준다."

휴스가 말했다.

"그래, 끝내주네."

히파가 말했다. 얼굴이 핼쑥했다. 둘이 반어법으로 농담을 주고받는 걸 보니 경계병 시절이, 벽에 있을 때가 떠올랐다. 그때도 이런 식으로 대화를 주고받곤 했는데.

"우리를 어디까지 데려다주려나?"

휴스의 물음에 대한 답은 곧장 나왔다. 엔진 소리가 점점 천천히 나더니 작동을 멈춘 것이다. 바다로 추방될 때는 육지가 보이지 않는 곳까지 끌려간다. 출발한 곳으로 되돌아가지도 못하게 하고, 발견 즉시 우리를 수장시켜야만 하는 경비함과 마주칠 일도 없게 하기 위해서다. 우리가 배에 오른 지 30분 정도 됐으니까 육지에서 그리 멀리 나온 건 아닐 거다. 기껏해야 15킬로미터 정도 되려나.

밖에서 문이 열렸다. 사병 셋이 문 앞에 서 있고 그들 뒤로 둘이 더 서 있었다. 뒤에 선 둘은 총을 들고 있었다. 그들 역시 우울해 보이기보다는 슬퍼 보였다. 우리는 밖으로 나가 무장하지 않은 사병들을 따라 통로를 걸어갔다. 무장한 사병들이 우리 뒤를 따라왔다. 그들은 철제 계단을 올라가 주갑판으로 우리를 데려갔다. 날은 비교적 조용하고 고요했으며 밤하늘은 맑았다. 그들은 구명보트 앞에 다다랐다. 그 배는 갑판에서 60센티미터 정도 밑에 매달려 있었고, 우리는 갑판 난간을 넘어 내려가 배를 탔다. 병사들 모두가 우리가 있는 난간 쪽으로 모여들었다. 구명보트가 수면으로 내려가자 대장의 명령에 따라 모두가 우리에게 경례를 붙였다. 맹세하건대, 마지막을 고하며 엄숙하게 경례하던 그 순간은 정말 최악이었다.

구명보트는 1미터 넘게 내려가다 흔들흔들하더니 해수면에 가까워지자 갑자기 철퍽 떨어졌다. 우리는 우당탕 넘어지고 쓰러졌다. 일어나 똑바로 서서 보니 경비함은 마치 칠흑 같은 바다에 뜬 대성당처럼 육지를 향해 곡선을 그리며 멀리 사라져 갔다. 우리는 곧바로, 수면에서 10미터 높이의 철제 갑판에 있을 때와 수면에서 겨우 몇 센티미터 높이의 작은 고무보트에 있을 때 느껴지는 바다의 느낌이 달라도 너무 다르다는 걸 알 수 있었다.

일어서 있던 히파가 바닥에 앉았다.

"뭐가 뭔지 잘 모르겠어."

그녀가 말했다. 이번엔 내가 안심시켜 줄 차례 같아서 그녀에게 그대로 앉아 있으라고 한 다음 휴스와 함께 주변을 보며 정리했다.

뱃머리 쪽에 많이 보이는 종이함과 궤짝을 하나하나 열고 살펴보기 시작했다. 경비대는 너그럽게도, 아주 너그럽게도 식량과 물품을 꽤 넣어 놓았다. 몇 주는 버틸 만큼 식량이 풍족해 보였다. 따뜻한 방수복, 손전등, 배터리, 갖가지 공구도 들어 있었다. 물통도 여러 통 들어 있었다. 몇 통인지 당장 세어 볼 수는 없었지만 사람이 생각보다 물을 더 많이 필요로 한다는 것 정도는 알고 있었다. 이 정도면 한동안은 버틸 수 있을 것 같았다. 바다에 빠져 죽거나 총에 맞지만 않는다면.

그런데 경비대가 남겨 준 게 더 있었다. 그때까지 우리는 차양이 쳐진 뱃고물 쪽으로 발도 들이지 않았다. 뱃머리에 식량과 물품이 너무 많아서 정리를 다 해야 뒤쪽으로 갈 수가 있었기 때문이다. 그래서 뒤쪽에서 소리가 나자 우리는 당황했다. 극도로 긴장된 얼굴로 서로 빤히 바라보던 히파, 휴스와 나는 동시에 우리만 있는 게 아니라는 걸 깨달았다. 그때 담요를 두른 형체가 걸어 나와 똑바로 섰다. 그는 추운 날씨에 적합한 옷을 몇 겹 껴입고 후드를 푹 쓰고 있었다. 나는 헛것을 보거나 동맥류 같은 것에 걸렸나 했다. 왜냐하면 그가 누군지 알아보기는 했지만 내가 아는 그가 맞는지 믿을 수가 없었기 때문이다. 후드 밑으로 삐져나온 머리카락은 금발이었다. '네가 누군지 알지만 나는 너를 몰라' 하고 뇌가 인식했다. 그 뒤 그가 말문을 열자 그제야 나는 믿을 수 없었지만 믿을 수밖에 없다는 걸 깨달았다.

"안녕하십니까."

제임스, 그러니까 초짜 정치인이 말했다.

"내가 여기 있을 줄 꿈에도 모르셨죠?"

히파와 휴스와 나는 그저 그를 빤히 바라보기만 했다. 두 사람은 입을 딱 벌리고 있었다. 나도 틀림없이 그러고 있었을 거다. 제임스가 고개를 끄덕하더니 담요를 뒤집어쓴 채 망망대해에서 구명보트에 탄 사람으로서 최대한 만족스러운 표정을 지었다. 그를 보니 마음이 썩 편치 않았지만, 순간 덜 외롭다는 느낌이 들었다. 바다로 추방된 사람이 우리 경계병만이 아니란 생각에 안도감이 생긴 것처럼.

"그렇지, 깜짝 선물이 더 있습니다. 이리 와 보세요."

히파가 일어섰다. 우리도 그녀를 따라 궤짝과 물품 사이로 균형을 잡고 비틀비틀 걸어가 뱃고물 쪽으로 가 보았다. 차양 입구 양 자락이 밑으로 늘어져 있어서 안이 보이지 않았다. 제임스가 입구를 젖히더니 허리를 숙이고 손으로 가리켰다. 우리도 허리를 숙이고 안을 들여다보았다. 한 사람이 옷을 잔뜩 껴입고 담요를 덮은 채 스티로폼 매트리스에 누워 있었다. 정신을 잃었거나 잠이 든 것 같았다. 담요와 옷에 둘둘 싸여 있었지만 우리는 모두 한눈에 알아봤다. 대위였다. 제임스는 우리가 이 상황을 받아들이도록 잠시 기다려주었다.

"그럼, 저자를 죽일까요?"

19

나는 이미 그를 죽일 뻔했다. 공격이 있던 날 밤, 대위는 내가 찌른 총검에 출혈 과다로 죽을 뻔했다. 동맥을 찔렀다. 만약 우리에게, 우리 중대에게 맡겼다면 우리는 그가 죽도록 내버려 뒀을 거다. 그런데 의료진이 제때 와서 그를 데려가는 바람에 그는 안정을 되찾았고, 6주가 지난 지금, 그는 회복 중이었다. 노를 저을 정도는 아니지만 그래도 점점 좋아지고 있었다. 겉보기에는 정말로 거의 죽을 뻔한 사람처럼 보였다. 얼굴 피부는 늘어져 있었고 뺨에 난 흉터는 부상과 중압감 때문에 생긴 주름과 나란히 자리하고 있었다. 그가 눈을 뜨더니 우리를 응시했다. 우리도 그를 응시했지만 아무 말도 하지 않았다. 이튿날 아침이 되어서야 우리는 그와 이야기를 나누었다.

추방당한 사병 셋과 다른 일행 둘, 모두가 구명보트 뒤쪽에 옹기종기 모인 이상한 밤이었다. 한 일행은 자신에게 닥친 일을 막지 못한 엘리트 계층이었다. 다른 일행은 우리를 배신한 사람이었다. 상대 열여섯 명이 벽을 넘어 도망쳐서 병사 열여섯 명이 바다로 추방당했다. 그건 살아남은 우리 중대원 일곱 명과 우리 옆 감시탑 병사들, 즉 대응이 너무 늦었다고 판단되는 지휘 계통에 속한 아홉 명을 가리킨다. 법원의 판결에 따르면, 제임스는 자신까지 처벌받은 이유가 대위가 상대를 돕는 조력자 간 네트워크에 속했다는 걸 파악하지 못했기 때문이라고 말했다. 그는 그걸 터무니없는 판결로 여기며 그

쓸쓸함을 감추려 들지 않았다.

"내가 그걸 어떻게 아냐고? 무슨 수로 내가 그걸 알 수 있었겠어?"

그 질문에 대한 내 대답은 '나도 모르겠고 관심도 없다'였다. 우리가 당한 일에 대해 부당함을 느끼는 것만큼 그도 자신이 당한 일에 부당함을 느낀다는 사실에 나는 기분이 좋았다.

"비밀 조력자 간 네트워크의 끄나풀을 찾아서 그 네트워크를 교란시켰어야 한다는 거야, 뭐야, 내가 무슨 초능력자라도 되는 줄 아나? 내가 저놈의 머릿속만 들여다보고 수년간 꾸며 온 그 계획을 알아냈어야 하는 거냐고?"

"좀 닥치는 게 어떻쇼?"

휴스가 말했다. 제임스는 눈치가 있었다. 히파는 첫날 밤 내내 토했다. 처음에는 뱃전 밖에 대고 토하더니 그다음에는 양동이에, 그다음에는 누운 상태에서도 토하곤 했다. 우리는 나란히 누웠다. 나는 잔 것 같지도 않았지만 자긴 잤나 보다. 눈을 떠 보니 해가 수평선 위로 떠 있는 게 보였으니까. 휴스와 히파가 보트 앞쪽에 서 있었다. 대위도 잠을 깼지만 차양 밑에 누운 채 조용히 있었다. 나는 제임스를 깨우고 나서 휴스와 히파가 있는 쪽으로 갔다. 그때 우리는 사건의 전말을 다 들어 보자고 결론을 내렸다. 휴스가 차양 밑으로 들어가 대위에게 뭐라고 말을 건네자 대위가 일어나 앞쪽으로 왔다.

대위는 보트 앞쪽 뱃전에 등을 기대고 앉았다. 우리는 그의 앞에 섰다.

"10년 됐다. 우리 일곱이 벽을 넘는 계획을 세운 지. 그리고 메시지를 가지고 원정대가 오갔다. 우리는 불빛으로 신호를 주고받았다. 나 혼자 만든 거지. 우리 모두 기다려야 한다는 점을 알고 있었는데 드디어 5년 전 다시 메시지를 받았다. 그러고 우리는 다음 단계로 넘어갔다. 나는 3년을 더 기다렸다. 그때 내가 대위가 된 터라 우리는 계획을 구체화시키기 시작했다. 그 무렵 조직의 규모도 방대해졌지. 너희 나라 사람 중 일부는 벽 방어에 찬성하지 않는다. 벽은 바닷물을 막기 위한 것이지 인간을 막기 위한 게 아니란 것이다. 그들 중 일부는 상대를 도우미로 쓰는 것에도 찬성하지 않는다. 노예제로 보기 때문이다. 네트워크는 방대하다, 너희가 생각하는 것보다 훨씬 더 방대하다. 그 안에 누가 있고 그들이 누구를 돕는지는 나도 모른다. 하지만 우리 쪽 사람들만 몰려가는 게 아니란 건 알고 있다."

대위가 말을 마쳤다. 우리는 알고 싶은 게 많았고 그렇다는 걸 그도 아는 눈치였다. 침묵이 이어졌다. 하지만 침묵한 것은 사람들뿐, 풍랑과 보트는 끊임없이 휙휙 철썩 삐걱거렸다. 북부 해안을 떠도는 작은 보트는 절대 침묵할 수 없다. 결국 말문을 연 사람은 히파였다. 꿱꿱 토하느라 그녀의 목소리는 쉬어 버렸다.

"미안하다는 말은 안 할 건가?"

대위는 뻐근한 몸으로 입을 다물고는 뱃전에 등을 기댄 채 꼼짝도 하지 않았다. 나는 그가 격하게 반응하고 싶지만 꾹 참는다는 느낌을 받았다. 그는 한참 동안 생각에 잠겼다.

"우리가 너희, 너희 나라 사람에 대해서 제일 경멸하는 점이 바로 위선이다. 너희는 어린아이를 구명정 밖으로 떠밀어 버리고도 옳은 일을 했다고 느끼고 싶어 하지. 너희야 그러겠지만 구명정 밖으로 떠밀려난 사람도 그럴 거라 기대하지 마라. 우리가 바다에 빠져 죽어 가는 동안 너희의 선행과 원리 원칙을 존경할 거라 기대하지 말란 말이다. 그래, 아니다, 난 너희처럼 되지 않을 것이다. 거짓말도 안 할 것이고, 위선 떨지도 않을 것이다. 그러니 미안하다는 말 따위 기대하지 마라."

"병장님한테도 안 미안해?"

히파가 물었다.

그는 눈만 껌벅거렸을 뿐 아무 말도 하지 않았다. 그 순간 나는 그를 죽여 버리고 싶었다. 히파를 살펴보니, 또다시 멀미가 나려는 모양이었다. 그리고 제임스를 살펴보니, 입을 꾹 다물고 고개를 절레절레 저으며 서 있었다. 그 모습은 마치 텔레비전 토론회에 나와 상대 패널의 의견에 반대한다는 뜻을 방청객에게 분명히 밝히려 애쓰는 패널처럼 보였다. 그다음으로 휴스를 살펴보니, 말할 수 없는 실망감으로 엄청나게 고통스러워하는 사람의 표정을 하고 있었다. 분노가 가라앉자 그 분노가 상실감으로 변하기 시작했다. 서글펐다. 우리에게 벌어진 일에는, 대위가 한 짓에는, 우리가 이 세상에서 한 일에는, 우리가 서로에게 한 일에는, 그리고 지금 우리에게 벌어지고 있는 일에는 상실감이, 상실감이, 엄청난 상실감이 존재했다.

"저 자식을 죽여 버리자."

제임스가 말했다. 만약 그가 같은 말을 5분 전에 했더라면, 만약 내 손에 총이나 칼이 있었더라면, 나는 아마 그때 그 자리에서 대위를 해치워 버렸을 거다. 그러나 이삼 분이란 시간은 사물을 바라보는 시각에 큰 영향을 미칠 수 있는 시간이었다. 복수의 순간은 지나가 버린 것이다. 어차피 우리 모두는 이 보트에서 생을 마감할 것이다. 굳이 대위를 우리보다 먼저 보낼 만한 가치는 없을 듯싶었다.

"그래, 그렇게 할 수도 있지."

대위가 말했다.

"아니면 내가 너희를 안전한 곳으로 안내할 수도 있고."

안전. 이 단어 하나가 이렇게 엄청난 파장을 몰고 오리라고는 상상도 못 했다. 안전. 안전에 대한 생각을 한다는 건 희망을 갖는다는 뜻이다. 최근 들어 알게 되었지만, 희망은 굉장히 위험한 것이었다. 그럼에도 불구하고 이렇게 여기 바다에 있는 우리는 희망이 없으면 살 수가 없다. 대위의 계획은 남진하는 것이었다. 그가 말하길, 그곳에 가면 섬과 해안가가 있어서 우리가 머물 수 있을 거라고 했다. 그는 우리가 다시는 벽으로 돌아가지 못할 테지만 살 만한 데가 있다고도 했다. 그는 자기가 우리 중 오랜 시간 항해해 본 유일한 사람으로 항해하는 법도 잘 아니 다시 키를 잡을 수도 있다고도 했다. 그는 우리가 섬에 살다 왔기 때문에 온 세상이 벽으로 둘러싸여 있다고 생각하겠지만 그것은 사실이 아니며 많지는 않지만 일부 안전한 곳이 있다고도 했다. 어쨌든 표류하는 것보다 더 안전한 곳이 있다는 말이다. 그는 거듭해서 남진하는 게 중요하다고 했다. 그는 다른 건 몰라도 여기 북부에서는 추위가 위험하다며 악천후나 환절기 때 물에 젖으면 더 위험해질 거라고도 했다.

"물에 젖으면 절대 마르지 않는다. 자칫 보트에 물이 차는 날엔 우리는 죽는다. 전복되도 죽는다. 여기는 벽이 아니다. 몸을 말릴 막사도 없다. 우리는 남쪽으로 가야 한다."

그러더니 그가 일어나 다시 뒤쪽으로 가서 자리에 앉았다. 그사이 우리는 그대로 앞쪽에 앉은 채 그가 한 말에 대해 의논해 보았다. 그는 몸을 움직일 때, 특히 일어나거나 자세를 바꿀 때 심한 통증을 느끼는 것 같았다. 이제 풍랑이 점점 더 거세게 불어왔다. 심지어 밑으로 더 심하게 내동댕이쳐질 때마다 짠 물살이 뱃전을 철썩 후려치는 소리가 났다.

"남쪽으로 가자."

휴스가 말했다.

"저놈을 믿을 이유가 어디 있지? 세상에 믿을 놈이 없어서 저놈을 믿어?"

제임스가 말했다.

"믿을 만한 이유가 없다고 믿지 말아야 할 이유는 없지."

휴스가 말했다. 나는 그가 무슨 말을 하려고 하는지 알 것 같았다. 대위는 우리가 자신을 신뢰하지 않는다는 걸 아니까 우리 앞에서 거짓말해 봤자 이득 될 게 없다는 뜻이었다. 게다가 입 밖으로 낼 수는 없지만 내 안에는 아직도 그를 믿고 따르고 싶어 한다는 본능이 있었다. 그는 명백히 리더였다. 그와 동시에 나는 그 본능이 비겁하며 개의 본능 같다고도 느꼈다. 개는 무조건 주인의 말을 따른다. 절벽에서 뛰어내리래도 뛰어내린다. 한 번이 아니라 두 번이라도 뛰어내린다.

"남쪽으로 가자."

히파가 말했다. 그 말이 잠정적인 결론, 임시 판결처럼 들렸다. 결국 달리 할 게 뭐가 있을까? 주로 집 근처 호수에서, 가족 휴가 때 강어귀에서 삼촌과 두 번 배를 타 봤던 휴스의 경험에 의지할 수는 없잖은가?

"남쪽으로 가자."

나도 말했다. 그래서 우리는 대위의 조언을 수용했다. 해안 경비대가 남겨 준 생존 장비 사이에는 나침반이 있었다. 그리고 지금 우리는 2미터 높이의 파도에 밀려 오르락내리락하며 밤바다에 뜬 그 빛을 봤다 못 봤다 하고 있는 것이다. 휴스는 나와 같이 몇 분 더 그 불빛을 바라보며 서 있다가 내 팔을 톡톡 다독거리더니 다시 뒤쪽 차양을 향해 걸어갔다.

휴스가 허리를 숙여 차양 밑으로 들어가더니 그 배와 불빛을 등지고 반대 방향으로 노를 젓기 시작했다. 우리는 노를 쉬엄쉬엄 저었다. 노 젓는 일은 고된 노동이며 아픈 사람에게는 특히 더 힘든 일이었고, 너무 열심히 젓고 나면 심각할 정도로 배가 고파졌기 때문이다. 노 젓기는 칼로리 소모가 큰 운동이었다. 나는 뒤를 보며 노를 젓고 있어서 파도가 허락해 주면 그 불빛을 볼 수 있었다. 불을 밝힌 배로부터 더 이상 멀어지지 않는 것처럼 보였다. 하지만 서서히 멀어지는 것 같았다. 나는 한 시간 정도 노를 저었다. 처음에는 노를 젓다 쉬다를 자주 반복했지만 그다음에는 노를 젓는 것보다 쉬는 시간이 더 많아졌다. 나는 벽에 있을 때 했던 일을 다시 했다. 손목시계를 띄엄띄엄 보다가 더 이상 참지 못하고 시계를 봤을 때 시간이 많이 흐른 걸 알고는 기분 좋아졌던 일 말이다. 4시간 동안 젓고 난 뒤, 나는 다음 차례인 제임스를 깨우러 갔다. 제임스도 히파, 대위, 휴스와 같이 깊이 잠들어 있었다. 나는 그를 흔들고는 그가 자기 리듬에 따라 깨어날 수 있도록 뒤로 물러났다.

그는 눈뿐만 아니라 얼굴 전체를 비비고 천천히 일어나 이를 딱딱 마주치는 운동을 했다. 그러더니 차양 밖으로 나왔다.

"불빛을 봤어."

내가 그에게 말했다.

"이삼 킬로미터 되는 곳에 있었어. 배야. 휴스도 봤어. 우리 둘이 상의해서 피하기로 했어. 이제는 뭘 어떻게 할 수 없을 정도로 늦었어. 너도 알고 있으라고 말한 거야."

그는 내 말뜻을 생각하며 고개를 끄덕였다. 나는 그를 믿지 않지만 그는 바보가 아니다. 그 역시 나와 휴스처럼 똑같은 결론을 내린 것 같았다.

"잘했어. 나라도 그렇게 했을 거야."

그가 몇 번 더 고개를 끄덕였다. 날이 밝아 오기 시작하자 그의 얼굴빛이 얼마나 피곤한지, 그러면서도 얼마나 단호한지가 보였다. 지친 심신과 텁수룩한 수염 때문에 그는 추방당했을 때보다 10년은 더 늙어 보였다. 나는 뒤로 가서 잠을 청하려고 했다. 그런데 그가 내 팔을 붙잡았다. 내가 왜 그러냐고 묻는 얼굴로 그를 바라보자 그가 손가락을 하나를 들어 올렸다. 그러더니 겹겹이 껴입은 옷 사이를 뒤적거렸다. 그는 바다에다 볼일 볼 때 말고는 그 옷가지를 한 번도 벗은 적이 없었다. 그가 잠시 몸을 꿈틀거리더니 생일 선물이라도 되는 듯 뭔가를 꺼냈다. 그건 길이가 약 15센티미터에 둘레도 그만큼 되어 보이는 물건이었다. 순간 내 눈을 의심했지만 나는 그게 뭔지 너무나 잘 알고 있었다. 그것은 고성능 수류탄이었다.

"세상에, 제임스."

내가 말했다. 그는 싱글싱글 웃고 있었다.

"해안 경비대 대장이 준 거야. 문제가 생길 때를 대비해서, 더 이상 안되겠다 싶을 때를 대비해서 말이야. 물 대신 불로 끝내고 싶을 때를 대비하라고 준 거지."

나는 그를 뚫어지게 쳐다봤다. 그에게 전에 없던 모습, 의심조차 한 적 없던 모습, 즉 광기가 번득이고 있었다. 내가 말했다.

"너 설마……."

그가 내 말을 가로막았다.

"아니야, 아니야. 너도 알고 있으라고."

그가 수류탄을 다시 옷 사이로 집어넣었다. 나는 저 수류탄이 자칫 잘못 터질까 봐 걱정되진 않았다. 그런 사고가 날 가능성이 거의 없는 수류탄이다. 오히려 필요할 때 정확히 폭발시키는 게 힘들 정도다. 그보다 더 걱정인 것은 그의 정신 상태였다. 다음에 히파, 휴스와 따로 있을 때 수류탄 이야기를 하기로 마음먹었다.

나는 내 자리로 가서 누운 뒤 좀 전에 있었던 일을 머릿속으로 재생시켜 봤다. 제임스 말고 그전에 있었던, 멀리 보이던 불빛 말이다. 그 뒤로도 며칠간 다른 일이 있는 중간중간에 그 불빛이 떠올랐다. 그들이 누구였는지, 어떤 배였는지, 경비대나 상대였는지, 아니면 바다로 추방당한 경계병인지, 그것도 아니면 귀한 화물이나 승객을 태우고 목적지와 목적지를 오가는 선박인지 등등이 궁금했다. 그게 머릿속을 떠나지 않았다. 배에 대해, 그 배에 탄 승객에 대해, 즉 우리를 태워 줬을지 모를 배에 대해 생각할 때마다 지금과 다른 미래가 펼쳐졌을 거란 상상을 했다. 친절하게도 해적이 우리를 선원으로 받아 주었을지도 모른다. 정 많은 경비대가 간편히 우리에게 새 칩을 심어 주고 가짜 신분증을 만들어 주었을지도 모른다. 아니면 잔인한 해적일 가능성이 더 높다. 그들은 우리를 보자마자 우리가 가진 걸 몽땅 빼앗고 바로 우리를 죽여 버렸을 것이다. 하지만 그걸 내가 어찌 알랴. 예전에는 궁금한 게 있으면 어떻게 해서든 반드시 알아내고야 말았다. 온 정신을 쏟고, 나의 모든 자원을 투입하여 답을 찾아내곤 했다. 하지만 더 이상 답은 없었다. 이제는 결코 알 수 없고, 결코 답을 찾을 수 없는 일들이 너무 많이 있었다. 그래서 그 멀리 보이던 불빛이 그때도 신경 쓰이더니 지금도 신경 쓰이나 보다.

넷째 날, 첫 행운이 찾아왔다. ('우리가 정말로 운이 좋다고 한다면 애초에 공격을 당하지 말았어야지'라고 했던 병장의 말은 항상 마음 깊이 남아 있다.) 히파의 뱃멀미가 갑자기 시작된 것처럼 갑자기 끝나 버린 것이다. 하느님, 감사합니다. 비니 밑으로 보이는 그녀의 광대뼈는 진이 다 빠져서 더 불거졌고, 코도 더 오똑해졌다. 그걸 한마디로 표현해야 한다면 결의에 찬 모습이었다.

아침나절에 히파가 당번을 섰다. 나는 보트 뒤쪽 공기가 답답할 때가 있어서 앞쪽에 앉아 있었다. 날씨가 건조하고 보트의 흔들림이 심하지 않은 날, 불안과 걱정과 공포 그 자체가 없을 때는 앞쪽에 앉아 있으면 제법 기분이 괜찮았다. 히파는 키 앞에 서서 정면을 바라보고 있었고, 휴스는 노를 한 번 저었다 길게 쉬었다를 반복하면서 천천히 젓고 있었다. 히파가 수평선을 뚫어질 듯 바라보았다.

"와서 이거 좀 잠깐 잡고 있을래?"

그녀가 나한테 말했다. 나는 다가가 키를 잡았다. 히파는 앞으로 나아가 서서는 먼 곳을 응시했다.

"맞아. 확실해. 저 앞에 섬이 있어. 왼쪽으로 15도 정도 되는 곳에. 처음엔 잘못 봤나 보다 했는데 아니야, 확실해. 저건 섬이야."

휴스는 노 젓는 손을 놓고 나는 키 잡은 손을 놓고 히파 곁으로 가서 섰다. 내가 제일 먼저 든 생각은 그녀가 잘못 보았다는 것이었다. 수평선에 작게 얼룩진 듯한 선이 떠 있었지만 구름층처럼 보였다. 신기루다. 바다에 입체 형상이 있는 것처럼 보이는 현상 말이다. 나는 가만히 서서 조금 더 바라보았다. 안경을 닦을 생각으로 안경을 벗었다. 그러면 더 잘 보일 것 같았다. 나는 다시 안경을 꼈다. 저것은 어쩌면……

"육지다."

휴스가 히파를 부둥켜안았다. 둘은 어설프게 춤도 췄다. 나는 여전히 확신이 서지 않았다. 두 사람의 말을 믿고 싶다는 마음이 너무 절실해서 오히려 선뜻 믿을 수가 없었다. 나는 계속 바라보았다. 그 선은 구름 같지 않아서 움직임도 흔들림도 흐릿함도 없었다. 나는 계속 바라보았다. 그리고 마지못해 희망에 굴복하고 인정했다. 그렇다, 저건 육지다. 육지!

휴스와 나는 되돌아가 노를 하나씩 잡았다. 우리는 육지가 있는 방향으로 노를 젓기 시작했다. 당장 저곳까지 거리를 측정할 수 있는 방법은 없었다. 높은 지대는 낮은 지대보다 더 멀리서도 보일 수 있었으니까. 저곳까지의 거리가 30킬로미터일 수도 있고 3~5킬로미터일 수도 있다. 내 짐작으로는 저곳은 낮은 지대이고 그리 멀지 않을 것 같았다. 그렇게 생각하는 근거는 저게 높은 지대라면 기온이나 기압 차이 때문에 맨 꼭대기에 구름이 걸려 있을 텐데 그렇지 않았기 때문이다.

기적같이 나타난 섬으로 가는 동안 측면에서 바람이 불어와 파도에 부딪쳐 보트가 흔들렸다. 노가 바닷속으로 너무 깊이 들어가기도 하고 헛돌기도 했다. 평소보다 노 젓기가 더 힘들었다. 바다로 추방당한 후로 손에 물집이 잡혔다가 터지면서 드러난 맨살이 굉장히 따갑고 아팠다. 우리가 30분 동안 노를 저은 다음에는 히파와 제임스가 교대했다. 대위도 보트 뒤에서 나와 주위를 살폈다.

머릿속에는 저 섬을 지나칠 뻔했다는 생각밖에 안 들었다. 이건 천운이었다. 밤중이었다면 섬의 존재를 조금도 알아채지 못하고 그냥 지나쳤을 거다. 따라서 우리의 새 삶은 운에 크게 좌우되고 있는 셈이다.

두 시간 정도 노를 저어 가니 섬이 이제 몇백 미터 정도로 가까워졌다. 그다음 문제가 무엇인지 우리 모두는 동시에 깨달았다. 나는 히파와 휴스와 제임스를 보았고, 세 사람은 나를 보았다. 대위는 구명보트 맨 앞에 서 있었다.

"안 돼, 안 돼, 아니야."

휴스가 말했다. 그가 왜 그런 소리를 하는지 물어볼 필요도 없었다. 상륙할 곳이 없었다. 해안가가 없는 섬은 대격변 이후 세계 모든 해안가처럼 수면에서 수직으로 높이 솟아 있었다. 한때 섬이었을 이곳에 남아 있는 것은 낮은 지면에서 솟아오른 언덕의 윗부분뿐이었다. 아니, 좀 더 정확히 말하자면 언덕, 언덕 세 개, 뾰족한 봉우리 세

개였다. 세 언덕의 비탈면은 순 암벽이었다. 풍랑이 그 비탈을 철썩철썩 때리고 있었고, 자칫 너무 가까이 접근한다면 우리도 풍랑에 밀려 그대로 경사면에 부딪힐 게 뻔했다. 풍랑이 몰아쳐도 끄떡없는 튼튼한 배를 타고 바람도 잠든 화창한 날에 왔다 해도 비탈뿐 아니라 그 어디에도 발 디딜 곳은 없을 것 같았다. 하물며 우리가 탄 이런 배에 우리가 가진 장비로는 턱도 없을 것이다.

"여기만이 접근 가능한 데는 아닐 거다."

대위가 돌아서서 말했다. 그 말에도 일리가 있었다. 우리는 보트를 후진시켜 섬과 거리를 두고 한 바퀴 돌면서 상륙할 수 있는 곳이 있는지 알아보기로 했다. 히파가 보트를 옆으로 돌리고 나는 손을 놓고 제임스 혼자 노를 젓게 했다. 서두를 필요는 없다. 우리는 최대한 시간을 들여 천천히 돌기로 했다. 이게 우리가 한동안 생존할 수 있는 최고의 기회일지도 모른다. 서두르다 기회를 놓치는 일이 있어서는 안 된다. 그와 동시에 나는 아주 심각하게, 구역질이 날 정도로 두려웠다. 내 직감으로는 살펴볼 필요도 없었다. 이 섬은 너무 가파르고 바위투성이다. 그냥 바다 한가운데에 솟아 있는 절벽이다. 상륙할 수 있는 공간이 있기를 간절히 바라긴 했지만 그럴 만한 곳은 없을 것 같았다. 노 젓는 게 힘들었다. 섬 주위를 돌며 살피는데 파도가 사방에서 밀려와 보트가 이리 밀리고 저리 밀려서 출렁거리는 통에 노 젓기가 그 어느 때보다 훨씬 더 힘들었다. 불가능하다. 우린 결코 상륙하지 못할 것이다.

내 생각은 절반 정도 맞았다. 섬을 둘러보는 사이 이 섬은 깎아지른 암벽의 변주라는 게 확실해졌다. 상륙하는 게 안전하지 않을 뿐만 아니라 보트를 가까이 대는 것도 안전하지 않았다. 그야말로 난파되기 좋은 섬이었다. 그렇지만 나머지 절반은 틀렸다. 그 이유는 무풍지대 쪽은 고요하고 조용한 데다 우리가 바다로 추방된 이후 처음으로 좋은 걸 발견했기 때문이다. 여러 척의 배들이 예상 외로 조용하게 떠 있었던 것이다.

20

그 뒤 며칠 동안 있었던 일 중 제일 이상한 건 우리가 새로운 삶에
너무 빨리 익숙해졌다는 점이었다. 나는 납작 엎드려 조심조심 이
모든 일이 어떻게 된 건지, 무엇을 의미하는지, 이 사람들이 누군지,
어떻게 여기에 왔는지 알아보기로 했다. 우리가 도착하기 전, 이 부
유하는 공동체에는 열여섯 명이 살았다. 이들이 사는 공간은 항해용
보트 여덟 척과 물에 뜨는 뗏목 두 개를 엮어 만든 곳이었다. 뗏목은
항해에 적합하지도 않고 그 어떤 날씨에도 버티지 못할 것 같았지만
그것의 유일한 장점은 물에 뜬다는 것이었다. 공동체는 계획된 게
아니라 사고와 우연의 연속에 의해 형성된 것이다. 지난겨울이 시작
되기 전, 사람들이 처음 세 척의 배를 타고 와서 무풍지대 쪽에 배를
대고 둥지를 튼 다음 생존할 수 있는 단백질(생선)과 물(비)을 얻게
되면서 정착했다. 그 뒤 시간이 흐르면서 다른 상대들이 배를 타고
하나둘 건너왔다. 이들이 어디서 왔는지 어떻게 왔는지는 모른다.
나는 상대들의 출신과 정체에 대해 무관심한 사회에서 나고 자랐다.
그 모든 걸 무시하도록 길들었다. 상대는 그저 상대일 뿐이다. 그러
나 이제 내가 상대가 되었으니 이들은 더 이상 상대가 아닌 것 아닌
가? 내가 상대이고 이들도 상대라면 우리는 상대가 아니라 그냥 새
로 '우리'가 되는 거다. 혼란스럽다.

　이 뗏목 공동체의 사람들은 상륙하지는 못했지만 그들은, 즉 우리

**226** … 더 월

는 평온한 가운데에 안전했다. 그 누구도 이걸 이상적인 삶이라 생각지 않겠지만 그래도 살 만한 삶이었다. 물에 뜬 구조물에는 올가미, 집수 장치, 밧줄 같은 것들이 곳곳에 수백 개씩 널려 있었다. 놀랍게도 식량만 해도 꽤 넉넉하게 쌓여 있었다. 부족한 것은 연료였다. 나무토막만이 소량 있었을 뿐 너무 귀해서 불을 때지도 못했고, 한 배에 실어 온 경유 역시 소량밖에 없었다. 경유는 쓸 곳이 마땅치 않아서 비상시를 대비한 보관용일 뿐이었다.

우리가 섬에 도착한 둘째 날, 나는 뗏목을 돌아다니며 모든 것이 어떻게 돌아가는지 이해해 보려고 하다가 움푹 들어간 곳에서 제일 멀리 떨어진 공동체 공간까지 가게 되었다. 그곳은 모든 배 중에서 가장 컸다. 분명히 볼 수는 없었지만 헝클어진 머리가 희끗희끗한 한 여자가 쪼그리고 앉아 아직 살아 있는 게 확실해 보이는 무언가를 붙잡고 끙끙대고 있었다.

"보기 좋은 건 아닌 것 같군요."

내가 말했다. 여자가 웃음보를 터뜨렸다. 바다에 살아서 그런지 겉모습만 봐서는 사람들 나이를 짐작하기 어려웠는데, 그녀는 나이가 한 40대 중반쯤 되는 것 같았다. 강인해 보였고, 자기 일에 열심이었다. 이제는 그녀가 무엇을 하는지 잘 보였다. 그녀는 그물로 갈매기를 잡은 거였다. 노련한 손길로 단번에 우둑 갈매기의 목을 비틀어 부러뜨렸다. 여러 번 해 본 솜씨라는 건 척 봐도 알 수 있었다. 갈매기가 축 늘어지자 그녀도 안심한 듯 어깨를 축 늘어뜨렸다. 그녀가 앉으라고 손짓하기에 나는 그렇게 했다.

"그간 먹어 본 것 중에 제일 맛없는 게 뭐예요?"

그녀가 깃털을 뽑기 시작하면서 반쯤 미소 띤 얼굴로 물었다. 그녀는 영어에 능통했다. 아주 먼 지역의 억양에 비영어권 언어의 리듬이 섞여 있었다.

"여기 오기 전 말인가요?"

그녀는 이 말에도 웃음보를 터뜨렸다.

"사실 기억이 안 나요."

내가 말했다. 벽에 있을 때는 먹을 걸 생각하는 게 그 순간을 탈출하는 방법이었다. 상상력을 미래로, 벽을 떠난 후의 시간대로 맞춰놓는 것이다. 바다에 있으니 먹을 걸 생각하는 게 일종의 향수가 되고, 여기보다 더 안전한 곳에 있었던 과거로 거슬러 올라가는 시간 여행이 되었다. 벽에 있을 때는 먹을 걸 생각하면 기분이 좋아졌다. 하지만 여기 있으니 먹을 걸 생각하면 기분이 더 안 좋아졌다.

"솔직히 말해서, 뒤돌아보면, 이제는 다 괜찮은 거 같아요. 입도 안 댔던 스튜와 음식들이 있었는데 지금은 먹을 수만 있다면 뭐든 다 줄 겁니다."

"그게 뭐든 간에 갈매기가 더 끔찍해요. 진짜예요. 고약한 냄새에 쓴맛에. 어떻게 상상하든 최고로 끔찍하죠. 사냥감 새에 생선을 합쳐 놓은 맛이라고나 할까. 게다가 얼마나 질긴지. 한번 콱 깨물면 육즙이 나오는데, 피 맛, 짠맛, 오리고기 맛, 어유(魚油) 맛이 나서. 삼킬 수가 없어요. 요리했을 때가 그 정도죠. 우린 불을 땔 수 없으니까 날걸로 먹어야 돼요. 그러니까 훨씬 더 끔찍하죠. 요령은 그걸 말려서 먹는 거예요. 그래도 씹기 어렵지만 맛은 달라지거든요. 토하지 않고 배 속으로 내려 보낼 수 있는 거죠. 육포랑 비슷해요. 생선-오리 육포 같은 거라고 보면 돼요. 우린 그걸 단백질이 부족할 때를 대비해서 저장해요. 어쩔 수 없잖아요."

어쩔 수 없다. 말이 되는 소리다. 바다에서는 모든 게 그렇다. 그녀의 배(그녀의 것처럼 보였다. 이런 배를 가졌다는 게 다른 어떤 형식적인 것보다 더 그녀의 강인함을 잘 드러내는 것 같았지만)는 나무로 만든 큰 뗏목이었다. 새를 잡기 위한 그물이 사방에 걸려 있었고 물고기를 잡기 위한 줄도 뗏목을 빙 둘러 바다에 드리워 있었다. 빗물을 받는 그릇도 여기저기 놓여 있었다. 나를 포함해서 이 뗏목에는 예닐곱 명이 타고 있는데, 그중 둘은 어린아이였다. 아이들은 누가 시켰는지 아니면 스스로 알아서 하는지는 몰라도 심각한 얼굴로 뗏목에 올라온 새나 물고기를 죽이고 있었다. 한쪽 끝에 굵은 쇠붙이를 씌운 몽둥이 같은 막대기를 들고서. 아이들은 내가 모를 거라 생각하는지 곁눈질로 나를 훔쳐보았다. 마치 여차하면 나 역시 머리를 후려쳐야 할지도 모를 비인간적인 존재로 보는 것 같았다. 어쩌면 죽여서 먹어야겠다고 생각할지도 모른다. 아이들이 정말 그런 생각을 할까? 아니면 어른인 내가 그런 끔찍한 상상을 하는 걸까? 아이들에 대해 아는 게 별로 없었다. 그다음 순간 한 사내아이가 또 나를 훔쳐보기에 나는 웃으며 찡긋 윙크를 했다. 아이는 얼른 눈길을 돌렸다.

아이들 뒤로는 그 아이들보다 나이는 많지만 아직 어른이라고 하기엔 어린 소녀 셋이 있었다. 나는 그들이 서로 한두 걸음 이상 떨어져 있는 걸 본 적이 없었다. 항상 서로 소곤거리며 수작을 부리거나 비밀 이야기를 나눴다. 이런 곳에 대체 무슨 비밀이 있는건지 모르겠다. 어쩌면 그렇기에 비밀이 있는 게 더 중요한지도 모르겠다. 그들은 자매가 아니었다. 민족부터 눈에 띄게 달랐다. 하지만 그들은 영어가 아닌 같은 말을 썼다. 그중 키는 제일 작지만 자신감은 제일 넘쳐 보이는 소녀가 대변인이자 대화자 역할을 했다. 소녀들은 천천히 부산스레 낚싯줄을 들어 올려 확인했다. 사춘기답게 어른들이 좀 더 힘든 일을 시키지 못하게 하려고 일부러 바쁜 척했다.

"마라예요."

여자가 계속 깃털을 뽑으면서 말했다.

"저 사람하고 부부예요."

그녀가 우리를 향해 다가오는 남자를 가리켰다. 그녀와 나이가 비슷해 보이는 남자 역시 그녀처럼 말랐지만 인상은 강인해 보였고, 수염은 가위로 단정하게 정돈되어 있었다. 여기 사람들에겐 배와 뗏목 사이에 걸린 밧줄과 그물망을 건너는 특유의 요령이 있었다. 천천히 조심스럽게 건너는 대신, 물 위를 팔짝팔짝 건너뛰는 것처럼 매듭과 좀 더 넓은 널빤지를 정확히 밟고 빠르게 건너다닌다.

뗏목들 사이를 연결하는 디디기 힘든 통로를 자신만만하게 건너다니는 모습은 마치 가파른 언덕을 오르내리는 염소처럼 잽싸고 묘해 보인다. 큰 뗏목으로 건너오자 그는 소녀들과 몇 마디 주고받고 아이들과도 몇 마디 주고받은 다음 마라와 나에게로 와서 우리 앞에 쪼그리고 앉았다.

"켈란이오."

그가 말했다. 그도 아내와 같은 억양과 리듬이 들어간 영어를 썼다. 켈란은 자신을 이곳의 우두머리라고 소개하지 않았다. 굳이 그럴 필요가 없었다. 나는 이미 여기 사람들이 바다에서 어떻게 사는지 잘 알고 있고, 그런 사람들 중 둘이 지금 내 앞에 있다는 것도 확실히 알 수 있었다. 나중에 그들의 사연을 알게 되었다. 켈란과 마라는 대격변이 일어나기 전 뱃사람이었던 각자의 부모 밑에서 자랐고, 저 먼 대서양 어느 바다에서 만났으며, 배 위에서 자랐다는 것을. 그들과 가까이 있을수록 살아남을 확률이 더 크다는 느낌이 들었다.

"카바나입니다."

내가 말했다. 그는 고개를 끄덕이며 나를 보았다. 우호적이지도 않고 적대적이지도 않은, 평가하는 눈빛이었다.

"우리를 받아 줘서 고맙습니다."

내가 말했다. 절반은 진심이었고 나머지 절반은 무슨 말이라도 해야 할 것 같아서 한 말이었다.

"투표로 정한 거요."

그가 어느 쪽에 표를 던졌는지는 모르지만, 마라가 나를 보며 웃고 있었다.

"그랬군요. 아, 그것도 감사드립니다. 그렇게 해 주셔서 감사합니다."

이렇게 말하는 게 적절한 것 같지는 않았지만 죽음을 눈앞에 둔 우리를 받아 주고 살려 준 사람들에게 무슨 말인들 못 하랴.

"거듭 감사합니다."

우리는 우리의 정체를 추방당한 경계병이라고 말하지 않았다. 우리의 평생 목표가 그들과 같은 사람들이 안전하게 사는 걸 막는 일이었다는 걸 그들이 알게 되면, 피난처를 얻을 기회가 영영 사라질지도 모른다.

잠시 동안 켈란이 아무 말도 하지 않자 마라가 웃음을 터뜨렸다.

"이 사람 장난에 말려들지 말아요. 우리 다 찬성했으니까. 우리는 스스로를 돌볼 수 있는 사람이 더 있었으면 했거든요."

켈란도 웃고 있었다. 그가 말했다.

"당신 수영 선수 같소만."

나는 그렇다고 대답했다. 대격변 이후로 수영은 인기가 시들했지만 학교 다닐 때 내가 제일 좋아하던 운동이었다. 이제는 더 이상 아무도 바다에서 수영하지 않는다.

"여기는 물이 깊지 않소."

그가 말했다.

"이유는 잘 알 거요. 저 바다 밑바닥이 이 섬의 일부였으니까. 눈에 보이기는 하지만 갈 수 없는 곳이지."

우리는 잠시 선 채로 섬을 바라보았다. 나는 예전에 이 섬이 어떤 모습이었을지 상상해 보았다. 해변이 있었고, 완만한 둔덕이 있었고, 아마 물가엔 집도 몇 채 있었겠지. 발밑에 있는 저 해저는 맨땅이었을 거다. 이제는 모두 물속에 잠겼다. 물에 잠긴 세상이 되어 버렸다.

"파도가 잔잔할 때는 바다 밑바닥이 보여요. 몇 미터밖에 안 되니까. 그보다 더 얕은 곳도 있고. 저기에 분명히 우리가 먹을 만한 게 있을지 모르오. 해초라든지, 조개라든지. 누가 알겠소? 저 밑으로 내려가 보면 물고기를 잡을 방법도 있을 거요. 뗏목에서 줄을 드리우는 방법 말고도 말이오. 폐가 튼튼한 사람이라면 저 밑까지 잠수해 갈 수 있을 텐데. 당신같이 건장한 청년이라면 한번 보고 올 수 있을지 모르지. 단번에 저 밑까지 내려가라는 건 아니고, 시일을 두고 몸을 좀 단련시켜서 말이오. 그런데 물속에 들어가서 앞을 볼 수 있겠소?"

그가 내 눈, 아니 정확히 말하자면 내 안경을 가리켰다.

"네, 보입니다. 물속에서는 달라요. 볼 수 있습니다. 하지만 수영을 하면 배가 고파지지요. 금방 지쳐서 내가 찾아낸 것보다 더 많이 먹을지도 몰라요."

그는 어깨를 으쓱했다.

"그걸 해결할 방법은 일단 시도해 보는 것뿐이오. 그보다 더 걱정되는 건 추위요. 당신 건강 상태가 걱정된단 말이오. 그래서 지금 당장 했으면 하는데. 시간이 더 지나 겨울이 오면 때를 놓치는 거니까. 그때는 너무 위험해서 안 되고. 지금 짧게 적당히 해 본다면 그만큼 건질 건 있을 거요. 내 생각이 그렇단 거지, 물에 들어가는 건 그쪽이니까. 자기 몸을 고려해서 한번 잘 생각해 보시오."

"해 보겠습니다."

내가 말했다. 솔직히, 피신처를 제공해 준 사람에게 안 된다고 말하기란 쉬운 일이 아니었다. 켈란은 그 점을 아주 잘 알고 있었던 것이다. 그가 사람들을 이끄는 방식은 대위와 많이 달랐지만 효과는 있었다.

"좋아요."

그가 말했다. 그러더니 깃털을 뽑는 마라를 보며 이렇게 말했다.

"이만 가 봐야겠어."

"얼른 꺼지세요, 아저씨."

마라가 말했다. 켈란은 웃음보를 터뜨리며 아이들에게 건너갔다. 아이들은 그를 보고 싸우는 척 주먹을 휘둘렀다. 그리고 나서 그는 소녀들에게 가서 말을 걸었다. 내가 보니 소녀들은 그가 다가오는 걸 보고는 일부러 낚싯줄을 붙잡고 바쁜 척했다.

그리하여 나는 공동체에서 잠수부 역할을 맡게 되었다. 특별히 할 일이 생긴 게 다행이다 싶었다. 히파는 새덫을 실험하는 일을 맡았고, 휴스는 나와 같이 잠수부 일을 맡았다. 제임스와 대위는 보초와 낚시를 같이 맡아보았다. 놀기만 하는 사람은 아무도 없었다. 덫과 그물을 살피고 식량을 준비해야 하는 일은 늘 바빴다. 나는 켈란과 마라가 생존 능력이 뛰어난 사람들이란 생각이 들었다. 잠수는 식량을 마련할 수 있는 중요한 일이자 동시에 삶의 목적이 되었다. 그저 숨만 쉬면서 기다리기보다는……. 뭘 기다려야 할진 모르겠지만, 아무튼 무작정 기다리는 것보다 더 나은 삶을 살 수 있도록 해 준 것이다. 우리가 계속 남진할 작정이라면 하루라도 빨리 떠나는 게 나을 것 같았다. 해는 여전히 늦여름의 따뜻함을 베풀어 주었지만 낮이 점점 더 짧아졌고, 한 해의 끝이 다가오고 있었다. 겨울은 여행하기 힘든 시기일 테니 남진할 요량이라면 머지않아 떠나야 할 것 같았다. 힘을 모아 출발해야 한다. 하지만 그것에 대해 생각해 보니 버티지 못할 것 같았다. 겨울이 물 위에서, 뗏목 위에서 버티기 힘든 계절이기는 하지만 이 공동체는 이미 바다에서 겨울을 난 경험이 있는 데다 어떻게 해야 하는지도 안다. 머릿속에서 '떠나지 마, 떠나지 마……'라고 속삭이는 소리가 들리는 듯했다. 사실, 떠난다는 게 상상조차 안 될 만큼 힘들었다. 어쩌면 그럴 필요가 없을지도 모른다. 우리는 아무것도 기대하지 않았지만, 여기서 사는 게 우리가 받아들여야 할 새로운 삶일지도 모른다. 대격변 이전 세상에도 바다를 떠돌며 사는 공동체가 존재했다. 이제는 우리가 그런 공동체가 되어 앞으로도 계속 이런 식으로 살아야 할지도 모른다. 이런 생각은 더

하기 싫어서 안 하기로 했다. 그리고 매일 해야 할 일에 집중하려고 애썼다.

잠수부 일은 켈란이 우리를 뒤로하고 자리를 떠난 날 바로 시작됐다. 나는 마라가 깃털을 뽑고 있는 자리에서 바닷속을 한참 들여다보았다. 이 자리는 가망이 없어 보였다. 해저가 보이지 않았다. 뗏목을 빙 돌며 수심이 제일 얕아 보이는 곳을 찾아다녔다. 뗏목을 돌아다니는 데 익숙하지도 않았는데 말이다. 배에서는 모든 것이 엮어놓은 방식으로 출렁거린다. 그래서 파도에 밀려 오르락내리락할 때도 하나의 표면에 있다는 사실에 맞는 나름대로의 논리와 일관성이 있다. 배가 아래로 떨어져 왼쪽으로 쏠리면 내 몸도 아래로 떨어지며 왼쪽으로 쏠린다. 뗏목의 춤추듯 흔들리는 움직임은 훨씬 더 복잡하고, 여기에 조금씩 다른 리듬에 맞춰 흔들흔들 움직거리는 것이었다. 나는 물살이 비교적 잔잔할 때도 비틀거리다 휘청거리는 내 모습을 보았다. 걸핏하면 발을 헛디뎌 넘어지는 일은 고통스럽고 당황스러웠는데, 그때마다 가볍고 빠르게 뗏목을 돌아다니며 낚싯줄을 살피는 히파의 모습이 영 마뜩잖았다. 그녀는 뗏목에서 걸어 다니는 요령을 금방 터득했다.

나는 휴스와 함께 줄곧 공동체의 뗏목을 돌아다니면서 첫 잠수를 하려고 장소를 물색했다. 우리는 교대로 살폈다. 한 사람이 최대한 몸을 숙여 수면 바로 위까지 고개를 내밀고 바닷속을 들여다보면, 다른 한 사람이 그 사람을 붙잡아 주었다. 그냥 무작정 뛰어들어

물 밑 상태가 어떤지 눈으로 직접 확인할 수도 있었지만 물이 너무 차서 체력이 금방 고갈될 것 같았다. 한두 번 잠수하고는 더 이상 못할 게 뻔했다. 먼저 확인부터 하는 게 나을 것 같았다. 그날은 파도가 약간 요동치는 바람에 닻들을 보면 수심이 겨우 이삼 미터에 불과할 게 분명한데도 밑바닥이 보이지 않아서 실망스러웠다. 우리는 둘 다 첫 잠수를 시야가 확보되지 않은 칠흑 속에서 하고 싶지는 않았다. 저 깊은 곳에 무엇이 숨어 있을지 모른다는 생각, 이건 원시적인 두려움이었다. 우리는 앞이 잘 보이는 곳에서 잠수하고 싶었다. 문제는 뗏목 주위에는 그렇게 맑은 바다가 없어 보인다는 거였다. 나는 닻을 살펴보고 수심이 제일 얕은 곳을 찾아 잠수하면 밑바닥 상태를 확인할 수 있지 않을까 하는 생각이 들기 시작했다. 그런데 그때 운이 따라 주었다. 잠수가 가능한 곳을 찾아낸 것이다. 뗏목이 섬을 향해 있는 쪽 중에서 가장 깊숙한 자리였다. 수심도 비교적 얕고 밑바닥이 보일 만큼 물도 맑았다. 누런 바다와 푸른 바다가 얼룩덜룩하게 보였다. 수심은 기껏해야 3미터 정도로, 4미터는 넘지 않을 것 같으니 이 정도면 쉽게 잠수할 수 있었다.

차가운 바다에 들어간다는 건 내키지 않았지만, 여기는 물이 깨끗하고, 맑고, 자연 그대로여서 혹하게 되는 측면이 있었다. 나는 먼저 잠수해 보고서 그 느낌을 말하고 싶었다.

"먼저 해."

휴스가 말했다. 우리는 수건으로 쓸 여분의 천을 구하고 스페이스 블랭킷(보온과 단열을 위한 비상 생존용 은박 담요 - 옮긴이)도 빌려 왔다. 물 밖으로 나오면 최대한 빨리 물기를 닦고 따뜻하게 해야 한다. 불을 피울 수 없으니 체온이 떨어지지 않고 유지되게 해야 할 것이다. 좋다. 그래도 최선을 다해 준비해야 한다. 나는 옷을 벗고 바다에 발을 담갔다. 준비하는 데 진을 다 빼면 안 되는 순간이 있다. 지금이 바로 그런 순간이었다. 나는 그대로 물속으로 들어갔다. 한기는 충격 그 자체였다. 순간 멍했다. 오직 따갑고 차디찬 한기만 느껴질 뿐 아무 생각도 나지 않았다. 나는 첨벙거리고 콜록거리며 물 위로 올라갔다. 수면 위로 고개를 숙이고 있던 휴스가 걱정스러운 표정을 지었다. 내가 걱정되는 동시에 다음 차례로 잠수해야 할 자신이 걱정되었기 때문일 거다.

"오 분이 되면."

내가 숨을 가다듬으며 말했다.

"알려 줘."

그가 고개를 끄덕였다. 나는 허파에 남은 숨을 모두 뱉어낸 뒤 깊이, 더 이상 들이마실 수 없을 때까지 깊이깊이 숨을 들이마셔 허파를 꽉 채운 뒤 물속으로 다시 들어갔다.

추워서 온몸이 따가웠지만 한편으로는 짜릿했다. 아래로 날아가는 것 같은 기분이었다. 모든 짐을 벗어 던진 듯한 자유로움을 느꼈다. 몇 초 안 되어 바닥에 닿았다. 물 밖에서 보았을 때는 해저가 풀처럼 생긴 걸로 덮여 있는 줄 알았더니, 가까이서 보니 두 종류의 해초가 자라고 있었다. 하나는 엽상체처럼 길게 갈라진 잎이 달린 해초였고, 다른 하나는 이끼처럼 짧고 빽빽하게 자란 해초였다. 나는 생각보다 좀 세게 잡아당겨 해초를 각각 한 줌씩 뜯었다. 그때 숨이 가빠지기 시작하는 게 느껴져 수면 위로 올라갔다. 나는 그 해초들을 휴스에게 주고, 심호흡을 하고서 다시 물속으로 들어갔다. 다음에는 칼을 가져와야겠다 싶었다. 엽상체처럼 생긴 해초가 60센티미터에서 1미터까지 자라서, 물 밖으로 나가려 할 때 다리에 감길지도 모르겠다는 생각이 들었기 때문이다. 나는 해초를 몇 움큼 더 뜯어 들고 물 밖으로 나왔다. 네 번째이자 마지막 잠수 때는 해초 사이에 조개가 숨어 있는 걸 보고 손으로 잡았다. 이번에도 생각보다 좀 세게 잡아당겨야 했다. 가리비였다. 나는 의기양양하게 물 밖으로 나왔는데 나오고 나니 너무 진이 빠져서 뗏목으로 올라갈 수가 없었다. 휴스의 도움을 받아야 했다. 그는 먼저 내 몸을 천으로 감싸 준 다음 그 위에 스페이스 블랭킷을 덮어 주었다. 잠시 후 몸이 따뜻해지자 부들부들 떨리기 시작했다. 그제야 내가 위험할 정도로 체온을 떨어뜨렸다는 걸 깨달았다. 추워도 몸이 떨리지 않을 정도가 되면 심각한 저체온증이 온다. 그건 두 번째 유형의 추위가 닥쳤을 때 배운 교훈이다. 여기서는 그 정도의 추위라면 틀림없이 목숨을 잃을 것이다.

내가 체력을 회복하고 휴스가 잠수할 준비를 하는 사이 켈란이 왔다. 그는 내가 따 온 해초를 들어 보고 가리비를 두드려 보더니 흐뭇

한 표정을 지었다.

"먹을 수 있나 모르겠어요."

내가 말했다.

"해초는 뭐든 다 먹을 수 있소."

켈란이 말했다.

"좋아요, 아주 좋아. 여기서는 비타민을 얻기 쉽지 않아요. 그러니 이건 진짜 도움이 될 거요. 그리고 가리비가 있다는 건 다른 곳에도 가리비가 있다는 뜻이오. 이건 1그램당 1칼로리가 넘어요."

"한 차례에 몇 번씩 잠수할 수 있을지 모르겠어요. 너무 추워서 요."

"일단 저 밑에, 어디에 뭐가 있는지만 알아내면 당번을 짭시다. 당신네는 하루에 한 번씩만 맡도록 해요. 당신이 책임지고 하면 되겠네. 잘했어, 아주 잘했어, 카바나."

그가 손을 뻗더니 (표현이 좀 이상하지만 그 순간에는 그렇게 하는 게 당연하다는 느낌이 들었는데) 마치 아버지처럼 내 머리카락을 헝클어뜨리듯 쓰다듬었다.

휴스는 잠수를 세 번밖에 못 했고, 마지막에 나왔을 때는 온몸을 부들부들 떨었다. 그건 나만큼 추위를 타지 않았다는 뜻이었다. 우리는 하루 최대 세 번까지만 잠수하기로 정했다. 그 뒤 일주일 동안 휴스와 나는 뗏목 주변과 뗏목 밑 안전한 해저 쪽을 지도로 그렸다. 일단 자신감이 좀 생기자 밑바닥이 보이지 않는 쪽도 탐험하기 시작했다. 밑도 끝도 보이지 않는 곳으로 들어가려니 처음 한두 번은 꽤 무서웠다. 내가 특히 두려워하는 건 잠수하는 동안 옆으로 떠내려가는 것도 모르고 뗏목 밑으로 들어가 방향 감각을 잃고 그 밑에 갇혀 물 밖으로 못 나오면 어쩌나 하는 것이었다. 하지만 수면이 정확하게 보이지는 않지만 수면엔 늘 빛이 비친다는 걸 깨닫고 어느 쪽으로 올라가야 할지 파악하게 되었다. 뗏목이 어느 쪽에 떠 있는지 파악하는 것도 어렵지 않았다. 위험하기는 했지만 복잡한 일은 아니었다. 우리는 해초를 엄청나게 많이 발견했다. 해초는 뜯어도, 뜯어도 또 자란다는 걸 자신할 수 있을 만한 정도였다. 좋은 소식이었다. 특히 해초는 빗물로 소금기를 씻겨 내면 꽤 먹을 만했다. 신선하고 특유의 강렬한 바다 향이 나는 데다 색도 초록빛이 났다. 그게 몸속에 들어가면 영양분과 비타민의 공급원으로서 몸을 튼튼하게 해 줄 것 같았다.

해초 말고도 가리비가 잔뜩 있는 곳도 세 군데나 발견했다. 가리비는 예쁘고 손바닥 크기보다 더 컸지만 껍데기를 열어 보면 빨간 산호초와 동전만 한 살밖에 없어서 실망스러웠다. 가리비의 크기가 클수록 먹을 수 있는 살이 그만큼 더 작게 들어 있는 건 아닐까 하는 생각이 들 때가 있었다. 하지만 맛이 있었다. 톡 쏘는 바다 향도 좋고, 맛도 달고 부드러웠다. 구하기도 어렵고 양도 너무 적은데 너무 맛이 있으니 문제였다. 가리비는 기운을 북돋워 주는 데는 최고였다. 특히 바닷새와 고등어만 잡아먹고 살다가 해초라는 새로운 먹거리가 생겨서 먹고사는 데 큰 도움이 되었다.

켈란은 예전부터 해저를 조사할 기회가 오기를 기다려 왔다. 그렇다고 해서 그 일을 할 사람이 없었던 건 아니었다. 우리가 보기에 이 공동체는 한때 지금보다 더 많은 사람을 거느렸던 것 같았다. 그 문제에 대해서는 아무도 말을 꺼내지 않았다. 어느 정도 시간이 지나면 다른 사람들은 어떻게 되었는지 물어볼 작정이었다. 내 말은, 그것에 대해 아주 자세히 물어보겠다는 뜻이다. 대강은 짐작할 수 있었기 때문이다. 그들은 육지를 찾으러 배를 타고 떠났다가 돌아오지 못했을지 모른다. 어쩌면 그중 누군가는 남쪽에 상륙하는 데 성공했을지도 모른다. 불가능한 일은 아니다. 그중 누군가는 벽을 넘으려다 죽었을 수도 있다. 그것에 대해서 나는 별로 생각하고 싶지 않았다.

제임스도 가끔 잠수를 했지만 수영 실력도 형편없고 몸도 약해서 별다른 걸 건져 오지 못했다. 그보다 히파가 더 실력이 좋았지만 그녀는 금방 추위에 떨었고, 물고기를 워낙 잘 잡아서 낚시 쪽을 맡는 게 더 효율적이었다. 대위의 경우에는 잠수는커녕 수영할 몸 상태도 아니어서 그물을 손질하는 데 하루를 거의 다 보냈다. 그는 뗏목 끝 플라스틱 상자에 앉아 낚싯줄과 그물을 살폈다. 그러다 매듭이 약한 부분을 찾으면 바로 꿰매기 시작했다. 그에겐 어울리지 않는 모습이었지만 어쩐지 예전에는 그가 낚시 도구를 잘 손질하는 어부로 살았을 것 같았다. 아이들은 처음에 대위를 보고 무서워했는데 며칠이 지나자 그의 곁에 가서 앉아 그가 하는 일을 구경하기 시작했다. 아이들은 그의 얼굴에 난 흉터를 신기하게 여겼다. 한번은 그가 늘 그랬듯 플라스틱 의자에 앉아 있는데 아이 둘이 그의 앞으로 가 서더니 손을 뻗어 흉터를 만져 보는 것이었다. 혹시 그가 갑자기 마음이 바뀌어 덤벼들까 봐 아주 조심스럽게. 그 모습을 보자 우리 중 자식을 두고 온 사람은 대위밖에 없을 거란 생각이 문득 들었다. 그렇다고 해서 그가 가엾게 느껴지지는 않았다. 지금 이렇게 된 게 모두 그의 선택 때문이니까. 가끔 10대 소녀들도 가서 그의 옆에 앉았다. 그는 한 소녀가 쓰는 언어를 알고 있었다. 두 사람이 같이 웃는 소리가 종종 들렸다. 그는 두 소녀에게 손질한 낚싯줄을 확인해 보거나 그물에서 꿰매야 할 부분을 찾게 하는 쉬운 일을 맡겼다.

나는 되도록 대위를 피해 다녔다. 바다로 추방된 뒤, 왜 그런 짓을 했는지 이야기를 들은 뒤, 그와 스무 마디도 채 나누지 않은 것 같았다. 그는 구명보트에 탔을 때처럼 뗏목에 있을 때에도 말을 거의 하지 않았다. 그래서 그가 무슨 생각을 하는지 통 알 수가 없었다. 그렇지만 그도 망망대해를 떠다니는 것보다는 여기 뗏목에 있는 게 더 낫다고 생각하는 것 같았다. 어느 날 그가 그물을 손질하는 자리 근처에서 잠수를 하게 되었는데, 수면 위로 올라와 보니 1미터도 안 되는 거리에 그가 앉아 있었다. 나는 물기를 닦고 스페이스 블랭킷을 몸에 두른 다음 부들부들 몸을 떨고 있었다. 휴스는 마라가 있는 큼직한 뗏목으로 말린 생선을 얻으러 갔다. 나는 깡충깡충 뛰고 몸을 이리저리 움직였다. 그는 그물코 사이로 손을 넣으며 줄이 끊기거나 약해진 부분을 찾았다. 그는 나를 쳐다보지도 않았다. 하지만 나는 궁금한 게 있었다.

"이들이 우리가 어떤 사람인지 안다면 어떻게 할지에 대해 생각해 본 적 있습니까?"

내가 그에게 물었다. 내 말에 담긴 속뜻은 이런 것이었다. 그 많은 세월 동안 남들을 속이고 살아왔는데 또다시 그러려고 하니까 죄책감 같은 게 들지 않는가?

"이 사람들은 다 알고 있다. 내가 다 말했다."

그가 말했다. 대위가 한 언행에 놀랐어야 했는데, 그건 내가 아직도 그에 대해 모른다는 걸 증명하는 셈이었다. 그래서 나는 가만히 서 있었다.

"당신, 우리를 다 죽일 뻔했어. 그럴 가능성이 아주 컸다고."

대위는 어깨를 으쓱했다.

"더 이상 속이면 안 된다."

"속인 건 당신이잖아."

"다들 속이며 산다."

나는 그 말에 대해 잠시 생각해 보았다.

"저 사람들이 뭐래?"

"자기들 사이에는 이런 말이 있다더군. 바다로 오기 전 있었던 일은 모두 잊어라."

그날 대위와 했던 대화는 그 후로도 몇 번이고 계속 떠올렸다. 뗏목에 사는 내내 그 대화 내용을 생각해 봤다. 특히 '더 이상 속이면 안 된다'라는 말을 곱씹었다. 자꾸자꾸 그 말이 생각났다. 그러다 깨달았다, 그 말이 그가 할 수 있는, 사과에 가장 가까운 말이라는 걸. 그가 속인 것에 대해 절대 미안하다고 말할 리 없었다. 그렇게 느끼지 않으니까. 하지만 그는 더 이상 속이면 안 된다고 말했다. 벽에서의 거짓된 삶에 넌더리가 난 것이다. 바다로 오기 전 있었던 일은 모두 잊어라. 여기, 바로 지금, 이 순간 그전에 있었던 일은 모두 잊어라. 그들이 왜 그렇게 말하는지 이해할 수 있었다. 이곳의 삶을 받아들인다면 그렇게 말할 것이다. 나는 다른 식으로 받아들였다. 그 이전의 삶이 현실이고, 여기 바다에서의 삶은 꿈이나 환상이다. 여기는 다음 세상, 저승이다.

대위는 켈란의 심기를 거스르지도 않았고 책임자나 지도자로 나서려 하지도 않았다. 그가 종종 말을 건네는 어른은 히파가 유일했다. 왜냐하면 그녀가 낚싯줄과 그물을 설치하고 살피는 일을 거의 도맡고 있었기 때문이다.

"무슨 얘기했어?"

어느 날 밤 내가 그녀에게 물었다. 공동체 사람들의 암묵적인 동의하에 비가 오지 않을 때는 구명보트 뒤쪽을 우리만의 공간으로 쓸 수 있게 되었다. 비가 오면 다른 사람들도 비를 피할 곳이 필요했기 때문이다. 그래서 낮에는 사생활이 없었지만 밤에는 함께할 수 있었다. 그것은 규칙에 따라 낮에는 공동체 사람들과 함께 일하고 밤에는 우리 둘만 있게 된다는 걸 의미했다.

"그물, 밧줄. 낚시, 뭐 그런 이야기. 대위가 그런 거 잘 아니까. 전에 있던 곳에서 낚시를 한 게 아닌가 싶어."

나는 그 말에 대해 생각해 보았다.

"그 사람이 그런 걸 얘기한 적 있어?"

어둠 속에서 히파가 고개를 가로젓는 것이 느껴졌다.

"과거나 벽이나 뭐 다른 얘기는 절대 안 해. 그냥 그물하고 밧줄하고 낚시 얘기만 해."

우리는 누워서 뗏목과 파도가 삐걱대고 철썩이는 소리, 그리고 섬 덕분에 느끼진 못하지만 멀리 들릴 듯 말 듯한 세찬 바람 소리를 들었다. 기분 좋은 순간이 오면 그 순간을 최대한 누려야 한다. 기억은 가슴 아프고 희망은 고통일 뿐이니……. 만약 우리가 항해할 수 있다면, 저곳에 벽이 없다면, 만약에, 만약에……. 그저 현실에서 기쁨을 찾으려고 애쓰는 수밖에 없다. 그래서 구명보트 뒤쪽, 차양 밑, 마치 다시 엄마 배 속으로 들어간 듯 숨 막히게 비좁은 공간에서 파도에 밀려 흔들리면서도 좋은 순간을 찾아냈다. 그러다 잠이 들면 나는 늘 같은 꿈을 꿨다. 불. 벽난로에서 활활 타는 불을 본다. 아니면 가스레인지를 켰을 때 나는 불일 때도 있고, 모닥불일 때도 있다. 불꽃이 탁탁 일렁거리는 걸 보면서 온기와 밝은 빛을 느끼다 보면 이런 생각이 든다. 불을 못 본 지 하도 오래돼서 불이 어떤 것인지 잊어 버렸는데, 내가 불을 정말 그리워했구나, 다시 보니 기쁘구나, 다시는 당연한 것으로 여기지 말아야겠구나, 이 세상에 불처럼 아름다운 것도 없구나, 불이 제 몸을 살라 아늑하고 안전하게 지켜 주니 정말 기쁘구나. 그러다 꿈에서 깨면 불이 여전히 실재하는 것처럼 느껴지는 순간이 있었다. 빛이 보이는 것 같고, 탁탁 타는 불꽃이 보이는 것 같고, 따스하고 아늑한 느낌이 드는 것 같았다. 그 순간이 바다에서 보낸 시간 중 제일 행복한 순간이었다.

21

섬 주변으로 부는 탁월풍(卓越風)은 남서쪽에서 다양한 세기로, 방향을 거의 바꾸지 않고 일정하게 불어온다. 그래서 바람이 불지 않는 쪽에 안전한 뗏목 공동체 생활을 꾸리는 게 가능했던 것이다. 그렇다고 해서 바람이 늘 똑같은 방향에서만 불어온다는 뜻은 아니다. 넓게 보자면 남서풍은 맞지만 잠잘 때 몸을 뒤척이는 것처럼 요리조리 조금씩 각도가 바뀌면서 불어오기 때문에 뗏목들이 이리저리 흔들리는 것이었다. 뗏목들의 흔들림이 잔잔하고 고르게 출렁거릴 때는 적응하기 쉬웠으나, 심하게 삐걱삐걱 요동치다 불쑥 솟구쳐 오르며 제멋대로 출렁거릴 때는 서 있기도 어려웠다. 공동체 사람들은 모두 오래전부터 이런 흔들림에 익숙한 것 같았지만 나는 그럴 때마다 어렵고 복잡한 일이나 단순 작업을 하는 건 고사하고 서 있는 것조차 힘들었다. 뱃멀미 한번 해 본 적이 없었는데, 뗏목 생활을 하면서는 가끔 메스꺼울 때가 있었다. 그건 뗏목이 불규칙하게 움직이기 때문에 생긴 증상이었다. 히파는 눈치로 알았지만 내가 혼자 이겨 내려고 하는 걸 보더니 너그럽게 바라봐 주었다. 그녀는 구명보트를 타고 다닐 때는 뱃멀미를 하더니 뗏목에 있을 때는 괜찮았다.

날짜를 세는 건 그만뒀지만, 우리가 공동체에 합류한 지 이삼 주 정도 지나서 처음으로 날씨가 나빠졌다. 비가 엄청나게 쏟아졌다.

겨울이 얼마나 힘들지 미리 짐작할 수 있을 정도로 심하게 퍼부었지만 사실 그리 썩 나쁜 날씨는 아니었다. 폭풍 전야는 그야말로 아주 고요하고 맑았다. 켈란의 말에 따르면 이건 날씨가 나빠질 조짐이라고 했다. 그 이튿날 아침 수평선에 먹구름이 잔뜩 피어오르더니 평소와 같은 방향이 아니라 남서쪽에서 곧장 우리가 있는 곳으로 우우 몰려왔다. 공동체는 섬이 바람을 막아 주는 위치에 자리 잡고 있었지만 방향으로 따지자면 먹구름이 뗏목들 측면을 향해 밀려오는 셈이었다. 바람이 예전보다 더 옆으로 방향을 틀고 불어왔다. 우리는 낚싯줄과 밧줄, 그물을 끌어올리고 물통이 넘어지거나 짠 바닷물이 들어가지 않도록 주둥이를 단단히 덮어 놓았다. 공동체 사람들은 각자 무슨 일을 해야 하는지 잘 알고 재빠르게 움직였다. 이런 일이 처음은 아니라는 뜻이었다. 소녀들은 뗏목을 돌아다니며 나뒹구는 물건들을 다른 곳으로 치워 놓았다. 나는 켈란이 하늘을 살펴보고 있는 뗏목 한쪽 끝으로 건너갔다. 우리 머리 위 구름이 처음에는 잿빛이었다가 그다음에는 더 짙은 잿빛으로 변하더니 나중에는 아예 시커멓게 변했다. 그가 내 표정을 보며 내 팔에 손을 얹었다.

"괜찮을 거요."

그가 말했다. 나는 그 말을 믿고 싶었지만, 그가 그렇게 말해 줘야겠다고 느껴서 한 말이라 믿어서는 안 될 듯했다. 내 걱정은, 눈에 보이는 분명한 걱정은 바람의 방향이 바뀐 데다 풍랑이 거세게 일어 닻줄이 끊어져 뗏목들이 서로 떨어져 나가고 부서지면 어쩌나 하는 것이었다. 현실적으로 그건 충분히 일어날 수 있는 일이고 그 일이 바로 오늘 일어나지 말라는 법은 없지 않은가? 나는 잠시 서서 지켜보았다. 폭풍이 가까워지면서 파도가 평소와 다르게 물결치기 시작했다. 뗏목들도 솟구치며 널뛰듯이 흔들렸다. 소녀들은 내가 보기에 걱정하는 것 같았지만 아이들은 재미있어 보이는지 깔깔대며 서로에게 물을 튀기며 저희를 붙잡아 앉히려는 어른들을 피해 이리저리 뛰어다녔다. 하지만 악천후가 말 그대로 느닷없이 무시무시하게 들이닥치니까 아이들도 장난을 멈췄다. 폭풍이 일기 시작하면서 비바람이 사선으로 휘몰아치는 게 1킬로미터 정도 밖에서도 보일 것 같았다. 폭풍우는 45도 각도로 따갑게 쏟아졌고 파도는 밑에서 거대한 주먹으로 뗏목을 향해 연타를 날렸다. 뗏목들이 위로 치솟았다가 휘어지며 사이가 벌어졌지만 연결 부분이 끊어지지는 않았다. 나는 여전히 켈란 옆에 서 있었다. 그는 침착했지만 눈을 가늘게 뜨고 비바람 사이로 폭풍이 오는 방향을 뚫어지게 쳐다보았다.

비바람이 준 첫 번째 충격은 우리가 이 폭풍우를 버티지 못할 거라고 생각하게 만든 것이었다. 공동체가 산산조각이 날 것 같았다. 나는 무섭게 요동치는 뗏목들을 최대한 빠르게 건너가 구명보트로 다가갔다. 구명보트에 올라 히파와 휴스가 앉아 있는 차양 밑으로 들어갔다. 이 폭풍우 속에 제임스와 대위는 어디에 있는 건지 궁금했다. 폭풍우에 우리가 가라앉을 거라고는, 이 구명보트가 가라앉을 거라고는 생각지도 않았다. 그건 우리가 함께 있지 못할 거라는 뜻이기도 했다. 뗏목들과 배들이 바다 곳곳으로 흩어져 버릴 테고, 그러면 우리도 흩어져 서로를 찾아다니거나 다른 안전한 곳을 찾아 나서게 될 거다. 바다로 추방된 뒤 애써 외면했던 절망감이, 살아남으려고 애쓰느라 바빠서 잠시 잊었던 절망감이 무섭게 밀려왔다. 나는 뗏목들이 뿔뿔이 흩어질 거라고 확신했다.

내 생각은 틀렸다. 폭풍우는 맨 처음 드러낸 기세, 그 이상으로 강해지지 않았다. 비바람이 몰아치고 또 몰아쳤지만 더 심해지지 않았고, 무섭기는 해도 돌풍이 간간이 반복될 뿐이었다. 우리는 재난 수준의 악천후에 대비했지만 재난 수준까지는 가지 않았다. 돌풍은 불다 말다 했는데, 2분 내 불규칙한 간격으로 불어오다가, 15분에서 20분 정도는 소강상태였다. 그 뒤 처음보다 더 오래, 더 거세게 불었지만 모두 다 견딜 만했다. 내 생각에는 섬이 폭풍의 기세를 크게 약화시켜 우리 목숨을 구해 준 것 같았다. 나는 속이 울렁거렸지만 토하지는 않았고, 히파의 얼굴도 약간 허옇게 질린 걸 보자 기분이 조금 괜찮아졌다. (이런 생각을 하는 나 자신이 자랑스럽지는 않다.)

약화된 돌풍이 세 차례 불어왔는데, 저마다 앞의 것보다 조금씩 더 오래 불어왔을 뿐, 파도도 잔잔해져서 뗏목과 배로 바닷물이 튀지 않았다. 20분 남짓 잠잠하다가 제일 약한 돌풍과 비가 제일 짧게 지나갔다. 폭풍이 지나가고 있었다. 모두 살아 있었다. 뗏목들도 서로 떨어지지 않았다. 공동체는 계속 살아갈 것이다. 안도감에 눈물이 다 나오려 했다. 히파는 여전히 얼굴빛이 안 좋았지만 나는 손을 뻗어 그녀의 팔을 한 번 잡았다 놓고는 차양을 나와 구명보트에서 뗏목으로 건너가 주위를 둘러보았다.

쿽란은 그때까지도 섬과 제일 가까운 뗏목 끝에, 폭풍과 제일 가까운 자리에 서 있었다. 나는 폭풍이 부는 내내 그가 그 자리에 있진 않았을 거라고 생각했다. 그건 슈퍼맨이나 할 수 있는 일이다. 돌풍이 들이닥칠 때마다 어딘가로 피했다가 다시 나오기를 반복했을 거다. 뗏목 곳곳에서 사람들이 밖으로 나와 기지개를 켜고는 흩어진 것들을 정리하고 손질하기 시작했다. 저 멀리 수평선 위, 훨씬 더 밝아진 하늘은 잿빛 칠을 벗기고 밝은 하늘색으로 칠해 놓은 듯 환하게 보였다. 그가 나를 돌아보더니 미소를 지었다.

"말했잖소."

그가 말했다.

"걱정했어요."

내가 말했다.

"그랬을 거요. 하지만 봐요."

그가 여전히 웃는 얼굴로 손을 들어 마치 자신의 것인 양 수평선을 가리키더니 이쪽에서 저쪽으로 팔을 천천히 한 바퀴 빙 돌면서 바다와 하늘을 전부 가리켰다. 마치 자신이 창조한 세상을 보여 주기라도 하는 것처럼. 그런데 탁 트인 바다 방향, 폭풍이 사라진 방향에 이르자 그의 표정이 변했다. 방금 웃고 있던 그를 보았기 때문인지 모든 것이 거기서 시작된 것만 같았다. 나는 처음으로 그가 막연히 걱정하는 게 아니라 낯빛이 창백해지며 공포에 떠는 모습을 보았다. 그의 시선이 향한 쪽을 돌아보니 거대한 배가 폭풍을 뚫고 파도를 헤치며 우리를 향해 곧장 달려오고 있었다. 마지막 돌풍과 비가 들이닥쳤다 물러가는 내내 나는 온몸이 젖은 채 하늘이 맑아지면 저 유령선 같은 배가 사라지고, 그러면 우리 둘이 똑같은 환상을 보았다며 웃을 수 있기를 바라며 가만히 서 있었다. 심장이 너무 빨리 뛰어서 가슴이 다 아플 정도였다. 저건 유령선, 악몽이거나 환상이다. 비와 안개 때문에 헛것이 보이는 거다. 전에도 잘못 본 적이 있다. 하지만 돌풍이 지나간 후에도 배는 사라지지 않았고 우리를 향해, 자로 잰 듯이 똑바로 항해해 왔다. 돛대와 삭구에 불이 환했다. 삼각형 모양을 이룬 다섯 개의 불빛. 몇 주 전 어느 날 밤 망망대해에서 봤던 바로 그 불빛이었다. 저건 그때 내가 본 그 배였다.

## 22

맨 처음에는 괜찮을지도 모른다는 생각이 들었다. 우리와 합류하고 싶어서 오는 걸 수도 있잖아……. 하지만 그건 말이 안 된다. 저 정도 크기의 배라면 사람이 꽤 많을 거다. 아무리 적게 잡아도 15명 내지 20명 정도는 될 텐데, 성인 15명은 너무 많은 숫자였다. 평화를 원할지도 모르지, 안 그런가? 하지만 한눈에 봐도 저 배는 평화와 거리가 멀어 보였다. 저 배를 사람이라고 친다면, 싸울 구실을 찾아 당장이라도 한 대 칠 기세로 우리를 노려보며 달려오는 것 같았다.

켈란은 미동도 하지 않았다. 그저 배를 노려보기만 했다. 이제 다른 공동체 사람들도 우리가 보고 있는 걸 봤다. 모두들 일손을 놓고 멍하니 배만 바라보았다. 어린아이들까지 가만있었다. 하나같이 걱정으로 얼굴이 일그러졌다. 다른 사람들이 이 뗏목에 올지 모른다고 상상한 적은 있었다. 다만, 우리처럼 작은 고무보트를 타고, 망망대해에서 뭐라도 눈에 띄면 감사해하며 살아남기 위해 필사적으로 몸부림치는 사람들일 거라고만 상상했다. 우리는 우리가 공동체 사람들에게 도움이 될 만한 기술과 힘이 있는 존재라는 사실에 훨씬 더 감사했었다. 이런 상황을 상상하지는 않았다. 저 배는 아무리 봐도 전투용 배였다.

대위가 뗏목 한가운데에 세운 오두막에서 나와 상황을 확인했다. 그는 배가 제일 잘 보이는 쪽으로 갔다. 배가 닿으려면 2킬로미터쯤 남았다. 폭풍이 치는 동안에는 시야가 흐릿했다. 그러니까 저 배는 우연히 우리를 본 거다. 우리가 구명보트를 타고 우연히 온 것처럼. 저 배가 해도를 보고 일부러 이 섬을 찾아온 게 아니라면 말이다. 만약 그렇다면 저들은 전문가이고, 해안 경비대일 가능성이 높다. 혹시 우리를 찾아온 것일까? 우리 사건이 다시 논의되어 어떤 권력자가 우리에 대한 처벌이 부당하다고 판단해서 경비대를 파견해 우리를 데려오라고 한 건 아닐까? 이런 엉뚱한 생각이 들자 갑자기 희망이 부풀어 올랐다. 경비대가 우리를 구하러 오는 거다. 나는 저 배는 우리를 구하러 오는 경비대라고 혼자 부르짖었다. 두려움과 희망이 뒤섞여 입이 바싹바싹 말랐다. 나는 히파에게 말하고 싶었지만 참았다. 내 생각이 틀렸을 수도 있고, 만약 틀렸다면 그녀에게 헛된 희망만 안겨 주고 다시 절망에 빠뜨리는 셈이 될까 봐 그랬다. 그래서 그대로 서서 다른 사람들과 함께 말없이 두려움과 희망을 동시에 안고서 배를 빤히 바라보았다. 우리에게는 무기도, 방어할 수단도 없었다. 우리가 할 수 있는 건 아무것도 없었다.

우리 중 유일하게 대위만이 계획이라거나 아니면 어떤 생각이 있는 사람처럼 보였다. 그는 뗏목 끝을 따라 걸어갔다. 출렁거리는 뗏목에서 그는 나보다 더 발이 무겁고 균형도 잘 잡지 못했다. 그는 배가 달려오는 쪽과 제일 가까운 뗏목 끝으로 가더니 양손을 허리에 얹고 섰다. 히파가 나와 켈란 곁으로 오더니 표정으로만 질문을 던졌다. 나는 아무 대답도 하지 못했다. 우리는 기다렸다. 배는 널뛰듯

출렁거리며 파도에 부딪칠 때마다 잿빛-초록빛-흰빛으로 변하는 물보라를 일으키며 점점 더 가까이 다가왔다. 제임스와 휴스도 우리 곁으로 와서 다 함께 서 있었다. 1분 전에 우리를 덮쳤던 돌풍이 저 배를 덮치고 물러갈 때 저 배도 같이 사라지면 좋겠다는 유치한 희망을 또 품었다. 마술처럼, 눈 한 번 깜박이면 사라져 버리리라. 하지만 비바람이 지나간 후에도 배는 여전히 바다에 있었다.

"저 끝으로 가 보자."

히파가 말했다. 그 말대로 우리는 흔들리는 뗏목 사이로, 공동체 사람들 사이를 지나 대위가 있는 곳으로 갔다. 이유는 모르겠지만, 본능적으로 그 곁에 가서 함께 서 있어야겠다는 생각이 들었다. 우리는 경계병이고 경계병이라면 각자 위치에 서서 상황을 예의 주시해야 한다는 게 머릿속에 박혀 있었기 때문인지도 모르겠다. 사람들은 지나가는 우리를 쳐다보았다. 그들은 가만히 서서 빤히 바라보기만 했다. 배를 본 후로 사람들은 아무도 움직이지 않았다. 우리가 대위 옆으로 갔을 즈음 배는 거의 200미터 앞까지 바짝 다가왔다. 거리가 가까워지자 배가 처음 본 것보다 크기가 작다는 것을 깨달았다. 대양을 오가는 대형 선박이 아니라 그물로 물고기를 잡는 저인망 어선이었다. 갑판에는 열다섯 명 정도가 서 있었다. 깃발이나 휘장이나 글자 등 정체를 확인할 수 있는 표시는 하나도 없었다. 나는 간담이 서늘해졌다. 안 그래도 뛰고 있던 심장이 더 빨리 뛰더니 그 어느 때보다 가장 빠르게 뛰기 시작했다. 저들은 경비대가 아니었다. 우리와 같은 사람들이 아니다.

배는 50미터도 채 떨어지지 않은 곳에서 엔진을 끄더니 우리와 가까워질수록 속도를 늦추다 완전히 멈춰 섰다. 그 거리에서 올려다보니 판이 우리 머리보다 한참 더 위에 있는 것처럼 보였고, 사람도 네 명밖에 안 보였다. 그중 셋이 어깨에 소총을 메고 있었다. 풍랑과 엔진 소리가 요란했지만 말소리는 들렸을 법한 거리인데도 그들은 아무 말도 하지 않았다. 뗏목 맨 끝에 서 있던 대위가 두 팔을 활짝 벌렸다. 그 자세가 무슨 의미인지 쉽게 알 수 있었다. 우리에게는 무기가 없다, 우리는 너희 지시에 따르겠다란 뜻이었다. 그는 10초 가까이 그 자세를 유지했다.

전투를 치르며 배운 것은, 머리에 총을 맞으면 맞는 그 순간에는 숨이 붙어 있지만 금세 죽는다는 사실이다. 살아 있는 사람과 다르게 쓰러진다는 거다. 마치 나무가 넘어가듯 무생물처럼 픽 쓰러진다. 생명이 없기 때문이다. 삶에서 죽음으로 넘어가는 건 순식간이다. 대위도 그랬다. 그는 총소리가 나기도 전에 쓰러진 것 같았다. 내가 아무 의식도 못 하고 있는데 그가 뗏목에 픽 쓰러졌다. 그들은 그들의 의사를 분명히 하기 위해 대위를 죽인 거다. 이렇게 하면 어떻게 된다는 걸 보여 주기 위해서. 히파가 신음 같기도 하고 비명 같기도 한 소리를 냈다. 누군가는 욕을 했다. 알고 보니 그건 나였다.

이제 우리 모두가 해적선이라고 깨달은 배는 뗏목 옆쪽으로 이동했다. 뱃머리에는 네 명이, 뱃전에는 열 명 내지 열두 명이 우리를 향해 총구를 겨누고 서 있었다. 그들은 닻을 내리고 고무보트와 사다리를 바다로 내렸다. 그리고 여덟 명이 그 고무보트를 타고 우리 쪽으로 다가왔다. 히파와 나는 쓰러진 대위를 보려고 허리를 숙였다. 그의 몸은 죽은 사람만이 할 수 있는 자세로, 두 팔은 몸 밑에 깔리고 두 다리는 접혀서 엉덩이 밑에 깔리고, 머리는, 그러니까 머리에서 남아 있는 부분은 떨어뜨린 채 쭉 뻗어 있었다.

이제 그를 '사람'이라고 표현해도 되나? 죽었으니 말이다. 하지만 방금 전까지 살아 있었는데, 그냥 '시체'라고 부를 수가 없었다. 그가 나한테 했던 모든 일들이 주마등같이 머릿속을 획 지나갔다. 내가 처음 복무하기 시작했던 순간 그와 함께 치른 전투부터 그의 배신으로 인한 추방까지. 그리고 내가 보지 못하고 알지 못한 그의 또 다른 모습, 그가 살던 곳, 그의 가족, 그와 같은 사람들, 그의 무서운 배신과 같은 편 사람들을 향한 의리, 한결같은 용기, 한결같은 배반까지. 그는 내가 아는 사람 중 가장 용감한 사람이었고, 가장 충직한 군인이었고, 가장 지독한 배신자였다. 내 목숨을 구해 주었고 내가 가장 존경했지만 동시에 이 세상 그 누구보다 내게 더 큰 해악을 끼친 사람이었다. 그가 정말로 나를 죽인 건 아니지만 죽인 거나 다름없었다. 그가 저지른 그 모든 일들이 망망대해에 떠 있는 뗏목 위로 썰물처럼 빠져나가는 것만 같았다. 드디어 해적들이 당도했다. 첫 번째 사람이 뗏목 위로 내려서 우리에게 다가올 때까지도 히파와 나는 대위의 시체 옆에 쪼그리고 앉아 있었다. 그가 반자동 소총을 우리한테 겨누더니 좌우로 흔들었다. 그 동작이 무엇을 의미하는지 알 수 있었다. 뒤로 물러나라는 뜻이었다. 히파와 나는 자리에서 일어나 두세 걸음 뒤로 물러났다. 해적이 고개를 돌리자 다른 두 명이 다가왔다. 셋은 총을 어깨에 느슨하게 메고는 허리를 숙이더니 대위의 시체를 들어 뗏목 밖으로 획 던졌다. 시체는 5초 정도 떠 있다가 천천히 바다 속으로 가라앉았다.

첫 번째 해적이 다시 우리한테 총을 겨누더니 뒤쪽을 몇 번 찌르는 시늉을 했다. 우리가 뒤를 돌아보니 해적 다섯 명의 명령에 따라 공동체 사람들 모두가 뗏목 한가운데로 모이고 있었다. 해적들은 뗏목을 돌아다니며 오두막을 들여다보고는 상자와 물통 등을 열어 보았다. 우리가 무엇을 얼마나 가지고 있는지 살피는 것 같았다. 그들이 가장 오래 살펴본 게 물이었다. 땔감용 나무도 찬찬히 살피고 텅 빈 연료 탱크도 한참 꼼꼼하게 살피며 탱크 옆면을 똑똑 두드려 보더니 그 울리는 소리에 귀를 세웠다. 당연했다. 물과 연료, 이 두 가지는 바다에서 제일 귀한 것이다. 물건을 다 확인한 해적들이 내가 모르는 언어로 첫 번째 해적을 불렀다. 그가 그들에게 가자 어딘가를 가리키며 서로 속닥거렸다. 그들에게는 물을 구하게 된 것이 대단한 소득이라는 걸 알 수 있었다. 셋은 말린 생선과 갈매기 육포를 맛보고는 동료들에게 나눠 주며 속닥거렸다.

해적들이 뗏목을 재빨리 살펴보고 나자 네 명이 더 왔고 그들은 더 샅샅이 뒤졌다. 둘은 뗏목 한가운데에 있는 우리들을 감시했다.

그들은 우리를 정조준하고 있었다. 그들의 몸짓을 보니 필요한 것들을 더 찾아낼 듯했다. 그러면 당하는 사람들은 종종 어리석게 굴지도 모른다. 다른 해적들도 오두막마다 들여다보고 상자를 일일이 열어 보며 구석이란 구석, 틈이란 틈은 다 뒤지고 다녔다. 꽤 많은 시간이 흘렀는데 그사이 우리는 아무것도 못 하고 바닥에 앉아만 있었다. 제임스가 나한테 뭐라고 속삭였는데 제일 가까이 있던 해적이 소총 끝으로 그의 어깨를 후려갈겼다. 그 의미는 아주 분명했다. 그다음부터 우리는 조용히 앉아만 있었다. 몸이 불편하다고 해서 두려움이 줄어드는 건 아니었다. 나는 해적들이 무슨 짓을 할 것인지 예상치 않으려고 애써 참았다. 왜냐하면 너무도 뻔했기 때문이다. 저들은 원하는 걸 다 가져갈 것이다. 그 대신 내가 궁금한 건 저들이 무엇을 남길 것인가 하는 거였다. 살아남으려면 우리는 이제 어떻게 해야 할까?

그 문제에 대해 깊이 생각하면 할수록 답은 더 확실해졌다. 해적들은 아무것도 남기지 않을 거다. 남기고 갈 이유가 없지 않은가? 저들은 눈앞에서 사람을 죽이는 것으로 자기들 뜻을 분명히 나타냈다. 저들이 우리가 죽지 않을 만큼의 물과 식량을 남겨 줄 가능성은 전혀 없었다. 내가 이런 생각을 하고 있는데 해적 둘이 구명보트에 있던 보급품 상자 두 개를 들고 내 옆을 지나갔다. 구명보트에는 보급품 상자 몇 개를 숨겨 둔 비밀 칸이 있었다. 우리는 공동체 사람들에게 그 비밀 칸에 대해서는 말하지 않기로 암묵적으로 동의했었다. 어쨌든 아직은 말이다. 그것이 우리에게는 일종의 보험이었지만 공동체 사람들에게 미안한 마음이 들기는 했다. 그것에 대해 얼마 전부터 죄책감이 들기 시작했는데 지금 보니 비밀로 하기를 잘한 것 같았다. 우리한테 남은 식량은 비밀 칸 보급품이 전부일 것 같아서였다. 그 정도면 열네 명이 이삼 일은 버틸 수 있을 거다. 아껴 먹으면 좀 더 오래 버티리라. 한 일주일 정도. 어쨌든 충분한 양은 아니다. 아무리 계산해 봐도 부족했다.

　나는 해적들이 조직적으로 가지고 갈 수 있는 건 모조리 다 가져가는 걸 지켜보았다. 노부부가 가지고 있던 보석 박힌 병이나 은제 액자, 의례용 단검같이 귀한 개인 소지품을 빼앗아 갈 때마다 사람들이 숨죽여 울거나 꿈틀했을 것이다. 하지만 사람들이 웅얼거리거나 소리를 지르면 감시하던 해적들이 총을 들어 올렸다. 그러면 사람들은 도로 조용해졌다. 해적들은 귀중품 먼저 챙긴 다음 식량을 빼앗아 갔다. 전부 다 가져갔다. 말린 생선과 말린 새를 두 개의 채반에 담아 네 명이 배 옆으로 가져가서는 운반 기구를 이용해 배 안으로 올려 보냈다. 그 식량을 모두 빼앗긴다고 생각하자 절망감이 엄습해 왔다. 하지만 절망감에 빠지는 건 어리석다. 어차피 전부 다 빼앗기게 생겼는데 먹을 걸 빼앗겼다고 해서 절망할 필요가 뭐가 있을까. 해적들은 식량을 다 싣고 나자 이번에는 물을 빼앗아 갔다. 물이 많아서 그런지 해적들은 뱃머리에 서서 구경하던 선원들을 불러 물을 나르게 시켰다. 한참 걸렸다. 물을 받아 놓는 통은 제법 무거웠다. 해적들은 욕설을 내뱉고 땀을 삐질삐질 흘리며 물통을 들고 뗏목을 가로질러 배로 옮겨 실었다. 주위가 어둑어둑해질 무렵에야 약탈이 모두 끝났다.

가져갈 만한 것들을 다 가져간 해적들이 되돌아왔다. 이번에는 뗏목 한가운데에 앉아 있는 사람들에게로 열 명이 총을 들고 다가오더니 그 사이로 비집고 들어와 10대 소녀 셋을 붙잡았다. 너무 갑자기 벌어진 일인 데다 믿을 수도, 이해할 수도 없어서 멍하니 넋 놓고 있었다. 제일 키 크고 제일 나이 많은 소녀 옆에 서 있던 휴스가 해적들 앞을 가로막다가 뒤에 서 있던 해적에게 맞아 쓰러졌다. 그가 휴스의 등을 개머리판으로 내려친 것이다. 내 생각에 그는 쓰러지기 전에 이미 정신을 잃은 것 같았다. 해적들이 소녀들을 끌어내자 켈란과 마라가 쫓아가 소녀들을 붙잡고 '안 돼, 안 돼'라고 소리쳤다. 제일 가까이 있던 해적이 한 걸음 물러나 총을 왼쪽으로 휘둘러 켈란의 머리를 후려치더니 다시 오른쪽으로 휘둘러 마라의 머리를 후려쳤다. 두 사람 모두 털썩 무릎을 꿇었다. 기껏해야 1초쯤 지났을까. 총을 휘두른 해적이 총을 들어 올려 나머지 우리를 겨눴다. 다음은 누가 맞을래? 하고 묻는 것 같았다. 더 이상 나서는 사람은 아무도 없었다.

해적들은 소녀들을 뗏목 끝으로 끌고 갔다. 50여 미터 떨어진 곳에 배로 돌아갈 때 탈 고무보트가 대기하고 있었다. 소녀들이 지금 무슨 일이 벌어지고 있는지, 아니면 앞으로 어떤 일을 겪을지 아는지 모르는지 나로서는 알 수가 없었다. 뗏목에 있던 해적들이 소녀들을 끌고 고무보트에 올랐다. 사람들이 너무 많이 타서 고무보트는 금방이라도 뒤집어질 것처럼 보였다. 해적선에서 요란한 소리가 들렸다. 부르짖는 소리 같기도 하고 이상한 목소리 같기도 했다. 신이 나서 한바탕 축제를 벌이는 소리 같았다. 술 취한 목소리도 들리고 술에 취해 가는 목소리도 들렸다.

"안 돼, 안 돼, 안 돼."

히파가 말했다. 나는 그녀를 돌아보다 문득 이런 생각이 들었다. 히파가 여자라는 걸 들켰다면 그녀도 끌려갔을 거다. 하지만 내가 그녀를 처음 봤을 때처럼 히파는 지금도 옷을 겹겹이 껴입었고 캡모자를 푹 눌러쓰고 있어서 얼굴이 잘 보이지 않았다. 해적들은 그녀가 여자라는 걸 알아차리지 못했다. 구역질이 나면서 창피하지만 안도감이 밀려왔다. 내가 무슨 말을 했는지는 기억나지 않는데 갑자기 제임스가 앞으로 나서면서 옷 사이로 손을 넣었고, 해적들의 습격을 받은 뒤 처음으로 나는 그가 수류탄을 가지고 있다는 게 기억났다.

"내가 놈들을 막을 수 있어."

제임스가 말했다. 나도 해적들을 물리칠 수 있는 건 수류탄을 터뜨리는 방법밖에 없다고 생각했다. 하지만 그러면 해적들뿐만 아니라 끌려간 소녀들을 포함해서 가까이 있는 모든 사람들이 죽을 텐데. 그게 바로 그가 하려는 일이라는 걸 깨달았다. 히파도 나처럼 그의 생각을 알아차린 것 같았다. 우리는 서로를 바라보았다. 그사이 켈란과 마라가 늘 그랬던 것처럼 마치 물에서 태어난 사람처럼 팔짝팔짝 껑충껑충 뗏목을 건너뛰어 해적들에게로 다가갔다. 나는 또렷이 기억난다. 그 마지막 순간, 그들은 우아하고 심지어 얌전하게 춤을 추는 것처럼 빠르게 뗏목을 가로질러갔다. 그들이 물 위의 집에서 얼마나 자유롭게 다녔는지 아직도 생각이 난다. 두 사람은 '안돼', '거기 서', '제발'이라고 부르짖었다. 미친 듯이 애원하듯 소리쳤다. 첫 번째 해적이 한 소녀의 팔을 붙잡고 끌고 가다 말고 고무보트 옆에 섰다. 그러더니 우리를 돌아보았다. 아주 잠깐이지만 나는 그가 마음을 바꾼 줄 알았다. 그는 소녀를 마치 짐짝 던지듯 다른 해적에게 넘겨 버렸다. 그러더니 어깨에 멘 총을 내려 자신과 고무보트와 해적선을 향해 달려오는 켈란과 마라를 겨눴다.

켈란과 마라는 멈추지 않고 계속 소리를 지르며 맨 끝에 연결된 뗏목까지, 해적들과 제일 가까운 뗏목까지 달려갔다. 두 사람이 뗏목 맨 끝에 발을 디디는 순간, 첫 번째 해적이 먼저 켈란을, 그다음엔 마라를 쐈다. 둘 다 가슴을 맞혔다. 대위를 쏠 때와 달랐다. 두 사람은 즉사하지 않았다. 쓰러진 채 꿈틀대고 버둥대며 피를 토했다. 해적 몇몇이 낄낄거렸고 그중 하나가 켈란과 마라가 쓰러져 몸부림치는 걸 흉내 내기까지 했다. 그 꼴을 본 첫 번째 해적이 소리 내어 웃더니 총 끝을 어깨에 대고는 두 사람의 머리를 정통으로 맞혔다. 먼저 마라를, 그다음엔 켈란을. 첫 번째 해적이 그대로 등을 돌리더니 뗏목 한가운데에 앉아 있는 우리를 쏘아보았다. 그의 얼굴 표정은 이렇게 말하고 있었다. '또 죽고 싶은 사람 있어?' 아무도 움직이지 않았다. 해적들은 고무보트에 올라타 배로 가더니 소녀들을 사다리로 떠밀 듯이, 끌어올리듯이 하며 배에 태웠다. 환호성이 더 크게 들렸다.

"내가 막아야만 해."

제임스가 말했다. 돌아보니 그는 우리가 자신의 마음을 바꾸거나 다른 방법을 찾아내도록 설득할 만한 조치를 취해 주기를 바라는 것 같았다. 하지만 나는 무슨 말을 해야 할지 생각나지 않았다. 휴스 라면 무슨 말을 해야 할지, 아니면 무엇을 해야 할지 알지도 몰라. 대위라면 알았을지 몰라. 켈란이나 마라라면 알았을 거야. 하지만 휴스는 정신을 잃었고, 다른 사람들은 다 죽었고, 나는 뭘 해야 할지 몰랐다. 제임스가 옷 사이로 손을 넣고 이리저리 뒤지더니 수류탄 을 꺼냈다. 수류탄이 어떻게 폭발할지, 그로 인해 뗏목이 얼마나 부 서질지 몰랐기 때문에 나는 사람들에게 뒤로 물러나라고 알려 주면 서 몸을 숨길 만한 곳이라면 어디든 찾아 숨으라고 지시했다. 나는 휴스에게로 갔다. 몸은 싸늘했지만 호흡은 정상이었다. 머리에서 피가 나왔지만 피가 굳어 딱지가 생기면 아마 괜찮아질 거다. 그런 데 그가 너무 무거워서 끌고 갈 수가 없었다. 가까운 곳에 몸을 가릴 천막이 보였기에 나는 아직 의식이 돌아오지 않은 그를 옆으로 눕 히고 물러났다. 스페이스 블랭킷을 전부 빼앗아 가지 않았다면 그 걸 덮어 주면 되는데 그러지 못해서 안타까웠다.

제임스는 천천히 해적선 쪽으로 걸어갔다. 뗏목과 해적선은 서로 좀 떨어져 있었다. 해적들은 고무보트를 타고 배로 돌아갔지만 사다리가 밖으로 늘어져 있었다. 그 해적선에는 우리를 감시하는 놈도 우리 쪽을 보는 놈도 없었다. 우리가 위협적인 존재로 보이지 않았던 모양이다. 제임스가 두 다리를 내려 입수하면서 수류탄을 든 왼손을 위로 올렸다. 물 위로 머리만 내민 채 몸을 옆으로 뜨게 해서 해적선까지 헤엄쳐 가서 오른손으로 사다리를 잡고 그 자리에 잠시 가만히 있었다. 힘을 다시 모으는 중이거나 할 수 있다고 다짐하는 중이거나 아니면 그 둘 다 하는 중인 것 같았다. 곧이어 그가 사다리를 올라가기 시작했다.

사람들 중 움직일 수 있는 사람은 모두 피신처가 될 만한 곳에 몸을 숨겼다. 나와 히파는 나머지 열한 명과 떨어져 있었다. 아직 스물한 명의 건강한 사람들이 있었다. 사람들은 모두 무슨 일이 벌어질지 정확히는 몰라도 히파와 내가 하라는 대로 했다.

"우리가 엄호해야 해."

내가 그녀에게 말했다. 히파가 고개를 끄덕였고 우리 둘은 뗏목을 가로질러 구명보트로 갔다. 느닷없이 돌풍이 불어와 뗏목들이 흔들리자 우리는 서로를 부둥켜안고 쓰러진 꼴이 되었다. 그 바람에 서로를 붙잡고 구명보트로 들어갈 수 있었다. 우리는 고개를 숙이고 바닥에 앉았다. 해적들이 나타난 뒤 처음으로 아직도 폭풍의 영향권을 벗어나지 못한 파도의 출렁임이 느껴졌다.

"얼마나 걸릴까?"

히파가 물었다.

"오래 안 걸릴 거야. 제임스는 그놈들한테 달려갈 거고. 폭파하기까지 5초 걸릴까? 그 녀석은 아마 배에 올라가 핀을 뽑은 다음 막 덤벼들겠지. 놈들은 보는 즉시 그 녀석을 죽이려 들 거야. 하지만 배에서는 총을 놓고 다닐 수도 있으니까……."

"여자애들은 뱃고물 쪽에 있을지도 몰라. 우리가 구할 수 있어. 폭발한 다음 기다렸다가 가 보자."

"그래."

그럴 가능성이 없다는 걸 알지만 나는 일단 그렇게 대답했다. 만약 소녀들이 살아 있고 우리가 그들을 구하러 해적선에 간다 해도 아마 살아남은 해적들이 우리를 죽이려 덤빌 것이다. 하지만 만약 제임스가 마음먹은 일을 해낸다면 우리도 우리의 몫을 해야 한다. 물도 먹을 것도 없는 우리가 살아남을 가능성은 아주 낮다. 그러니까 뭘 하든 더 악화될 것도 없다. 나는 열을 세기 시작하다가 이게 무슨 소용이 있을까 싶었다. 일어날 일은 언제든 일어날 테니까. 정적이(풍랑과 뗏목 삐걱대는 소리만 빼고) 내가 예상한 것보다 훨씬 더 오래 이어졌다. 어쩌면 제임스가 포기하고 그냥 나오고 있는 중인지도 모른다. 그런 생각이 들자 겁쟁이처럼 살짝 안도감이 일었다. 바로 그때 폭발이 일어났다. 공기가 진동하듯 쾅쾅 울렸다. 나는 숨을 죽였다. 히파도 그러는 것 같았다. 이삼 초 뒤, 처음보다 더 큰 폭발이 일어났다. 이번엔 정말 엄청난 폭발이었다. 그냥 소리만 나는 게 아니라 그 진동이 느껴졌다. 수류탄의 위력은 이 정도는 아니다. 그보다 폭발력이 훨씬 더 컸다. 뗏목 전체가 심하게 흔들리는 게 느껴졌다. 그 여파가 우리가 탄 구명보트까지 뒤흔들었다. 내가 고개를 들자 히파가 얼른 나를 붙잡았다. 그녀의 판단이 옳다는 걸 나는 곧 깨달았다. 만약 그때 내가 고개를 들었다면 그대로 목숨을 잃었을 것이다. 폭발이 더 일어날 수도 있다. 나는 계속 고개를 숙인 채 기다렸다. 소리가 들렸지만 무슨 소리인지 확실히 알 수는 없었다. 사람 소리도 물속에서 나는 소리도 아니고, 바람 소리도 아니고 바닷소리도 아니었다. 뭔가 찢어지는 듯 찍찍 소리가 났다. 기다리고 또 기다리다 한참 만에 "됐어?"하고 물었다. 그녀가 고개를 끄덕였다. 우리는 둘 다 구명보트 위로 고개를 내밀었다.

뗏목들은 부서지고 불이 붙어 있었다. 뗏목들을 묶어서 연결한 타르를 입힌 밧줄에서 매캐한 연기가 피어올랐다. 해적선에도 불이 붙었는데, 위 절반이 날아가고 남은 부분이 타고 있었다. 수류탄 불똥이 연료나 탄알에 옮겨 붙었거나 그 둘 다에 옮겨 붙은 것 같았다. 첫 번째 폭발은 제임스가 터뜨린 수류탄 소리이고 두 번째 폭발은 첫 폭발로 인해 무언가가 터지는 소리였다. 해적선에는 생존자가 없을 것 같았다. 뗏목도 사정은 마찬가지일 것 같은 데다 뗏목에 붙은 불이 구명보트 쪽으로 번지고 있었다. 구명보트와 제일 가까운 뗏목은 다른 뗏목에서 떨어져 나온 상태였다. 우리는 크게 세 군데로 쪼개진 다른 뗏목들과 5미터 내지 10미터 정도 떨어져 있었다.

구명보트에 묶인 '우리' 뗏목에 불이 붙었다. 불길이 점점 번져 오고 있었다. 다른 뗏목들에는 생존자가 보이지 않았다. 주위가 어두워지고 불길과 연기가 자욱해서 설령 살아남은 사람이 있다고 해도 보이지 않을 것 같았다.

휴스 생각이 났다. 아직 의식이 돌아오지 않았을 텐데, 그 상태 모로 누워 있을 텐데. 아직 불길이 덮치지 않았다면 말이다. 하지만 내가 할 수 있는 건 아무것도 없었다. 나와 교대 근무를 하던 전우를 도울 방법이 없었다. 뗏목들은 이미 뿔뿔이 흩어졌다. 헤엄쳐서 다른 뗏목에 간다 해도, 갔다가 다시 돌아오지 못할 것이다. 방법이 없었다.

"밧줄을 잘라야 돼."

내가 히피에게 말했다.

"안 그러면 타 죽어."

그녀가 주위를 둘러보았다. 내가 보니 그녀 역시 나와 같은 결론을 내린 것 같았다. 그녀가 고개를 끄덕이더니 구명보트 뒤에 묶인 밧줄을 풀기 시작했다. 그동안 나도 앞으로 가서 밧줄을 풀기 시작했다. 독한 연기가 악취를 풍기고 눈과 코를 따갑게 했다. 우리는 최대한 서둘렀지만 물에 젖어 차갑고 끈적끈적한 밧줄 매듭을 푸는 건 거의 불가능한 일이었다. 켈란이 일부러 이렇게 묶었다는 생각이 들었다. 몰래 밧줄을 풀고 도망치지 못하도록. 밧줄을 풀려고 끙끙대는 사이 우리는 불붙은 다른 뗏목들과 더 멀어져서 불길만 보고 겨우 그 위치를 알 수 있었다. 그제야 다른 뗏목들은 닻이 내려가 있어 떠내려가지 않았는데 구명보트만 그렇지 않다는 생각이 들었다. 우리는 이대로 거침없이 계속 흘러갈 것이다. 나는 불붙은 뗏목과 연결된 밧줄을 풀려고 무진장 애를 썼지만 힘이 빠진 손이 얼얼하고 추워서 온몸이 덜덜 떨리기까지 했다. 히파도 나보다 사정이 더 나은 것 같지 않았다. 구명보트와 연결된 뗏목의 불길이 더 가까이 번져 와 이제 곧 옮겨붙을 것 같았다.

뗏목을 태우는 불길에서 피어오르는 맵고 독한 연기에 눈에 따갑고 숨이 막힐 지경이 되었을 즈음, 묶은 밧줄이 세 가닥 정도 남았는데 그 정도는 끊어 버릴 수 있었다. 나는 남은 밧줄 끄트머리를 던져 버리고 히파에게 가서 내가 한 것과 똑같이 그녀를 도와주었다. 우리는 거의 미친 듯 서둘렀다. 열기가 느껴지기 시작했고 연기 때문에 숨도 못 쉴 정도였기 때문이다. 우리는 밧줄을 끊고 기침하며 숨을 헐떡이면서 끊어 낸 밧줄 끄트머리를 옆으로 던져 버렸다. 나는 불길에 싸여 가라앉는 뗏목을 밀쳐냈다. 구명보트가 뗏목과 멀어지면서 해류를 따라 빙글빙글 돌았다. 불길과 연기 사이로 이제는 주위가 보여서 나는 다른 뗏목들을 찾아보았다. 제멋대로 떠내려가면서 보트가 빙글빙글 돌았다면 다른 뗏목들이 우리 뒤쪽에 있을지도 모른다는 생각이 들었다. 나는 사방을 다 살펴본 다음 돌아서서 다시 똑같이 사방을 살폈다. 다른 뗏목들이 보이지 않자 조바심이 나고 불안해졌다. 너무 멀리 떠내려 온 것이다. 밤은 깊었는데 망망대해에 떠 있는 건 우리밖에 없었다.

# 23

그날 밤 우리는 아무것도 안 하고 서로 꼭 껴안은 채 배가 흘러가는 대로 내버려 두었다. 우리 둘 다 연기를 마셔서 기침을 심하게 했다. 너무 지치고 목이 말라 두렵기까지 했다. 대위와 켈란과 마라가 죽고, 제임스와 소녀들은 산산조각이 났고, 뗏목들은 부서져 불에 탔고, 폭파된 해적선도 불에 탔다. 이 모든 것들이 머릿속에서 빙빙 돌았다. 하나가 떠오르면 뒤이어 또 다른 것이 떠올랐다. 휴스 생각도 계속 났다. 의식을 잃은 그를 홀로 남겨 두었다는 생각이 머릿속을 떠나지 않았다. 나는 잠깐 잠이 들었다가 일어나 전날 일을 떠올리다 다시 또 잠이 들었다.

눈을 떠 보니 막 동이 트고 있었다. 히파는 아직 잠들어 있었다. 밤새 이런 생각에 시달렸다. 만약 희망을 가질 수 있다면, 구원받을 수 있다면 그건 해가 떠올랐을 때라고, 그러면 공동체가 있던 섬을 찾을 수 있을 거라고. 우리가 얼마나 멀리, 얼마나 빨리 떠내려 왔는지는 알 수가 없다. 어쩌면 제자리걸음만 했을지도 모른다. 시간당 5킬로미터 정도의, 거의 걷는 것과 비슷한 속도로 떠내려 왔을 수도 있는데, 그렇다면 낮에 32킬로미터는 갈 수 있다. 하지만 장담할 수 없다. 만약 그 섬이 보이면 노를 저어 가서 뭐가 남아 있는지 확인할 것이다. 전부 다 살아 있을 리는 없지만 절반 정도는 살아 있을지 모르고, 뗏목도 절반 정도는 쓸 수 있을지 모른다. 그러면 어떻게

든 다시 시작할 수 있다. 여기 이 구명보트에 식량과 물이 좀 있기는 하다. 공동체에는, 뗏목들이 어느 정도나 남아 있는지는 모르겠지만 가진 게 아무것도 없을 거다. 우리처럼 해적들한테 들키지 않고 몰래 숨겨 둔 게 없다면 말이다. 그래도 운이 좋아서 먹을 것과 물을 마련할 수 있었던 곳이니까 다시 시작할 수 있을 거다. 가능성은 있다. 처음 며칠간은 구명보트에 있는 것들로 버티면서 비가 오기를 기다려 보는 거다.

해가 중천에 떴다는 신호인지 뭔지, 구명보트 옆으로 한 줄기 빛이 비껴들며 차양 끝을 환하게 비춰 주었다. 나는 어차피 알게 될 일을 뒤로 미루며 한동안 그대로 누워 있었다.

히피가 반쯤 잠이 깬 상태로 돌아누웠다. 그것은 이제 곧 일어날 거라는 동작이었다. 이유는 모르겠지만, 우리가 받아들여야 할 현실을 잠깐만 나 혼자 대면하고 싶었다. 내가 먼저 알아야 할 것 같았다. 그래서 조심스럽게 일어나 차양 밖으로 기어 나왔다. 하늘은 맑고 바람은 잔잔했다. 수평선을 천천히 둘러보았다. 한 번, 또 한 번, 그리고 확실하게 보기 위해 한 번 더 보았다. 수평선 한 지점에 구름이 떠 있었다. 그 섬 위로 구름이 걸린 건지도 모르겠다. 나는 일어나서 1, 2분 정도 그곳을 더 지켜보다가 다른 곳으로 시선을 돌렸다가 다시 그곳을 돌아보았다. 구름은 확실히 모양을 바꾸고 흩어지고 있었다. 섬 위로 구름이 걸린 게 아니었다. 사방을 빙 둘러봐도 섬은 보이지 않았다. 우리는 섬과 뗏목에서 너무 멀리 떠내려 왔다.

주위를 아무리 둘러봐도 보이는 건 바다뿐이었다.

잠시 뒤 히파가 나왔다. 벽에서부터 바다까지 맨날 붙어 지내서 그런지 이 무렵 우리의 대화는 8분의 7 정도가 침묵으로 이루어졌다. 그녀도 나처럼 수평선을 쭉 살펴보더니 내게로 시선을 돌렸다. 나는 고개를 끄덕였다. '네 생각이 맞아, 나도 쭉 살펴보았는데 아무것도 안 보여' 하는 뜻이었다.

"집수통 설치하고 낚싯줄 내릴 테니까 너는 보급품 좀 살펴봐. 아니면 다른 걸 하든지."

히파가 말했다. 그녀의 얼굴을 보니 나와 같은 마음인 걸 알았다. 슬픔과 상실감. 두려움보다 슬픔과 상실감이 더 컸다. 두려움은 나중에 얼마든지 느낄 시간이 날 거다. 더 이상 우리와 함께할 수 없는 사람들을 생각하는 마음이 히파의 눈동자에 그대로 들여다보였다. 그녀도 내 눈동자에서 같은 걸 보았을 거다.

"보급품 좀 볼게."

나는 내가 말한 대로 했다. 비밀 칸은 배 뒤쪽 가짜 널빤지 밑에 있었다. 그 자리에 비밀 칸이 있다는 걸 아는데도 얼른 눈에 띄지 않아서 내가 착각한 건가 하는 생각에 잠시 당황했다. 착각은 아니었다. 가짜 널빤지가 주변의 진짜 널빤지와 이음새 없이 딱 들어맞도록 감쪽같이 만들어져서 쉽게 눈에 안 띄었을 뿐이다. 하느님, 감사합니다. 이렇게 하지 않았다면 해적들이 비밀 칸을 찾아냈을 테고, 그랬다면 우리 둘은 머지않아 죽을 운명이었을 거다. 나는 비밀 칸을 열어 그 안에 든 것들을 분류했다. 결과는 만족스러웠다. 대충 계산해 봐도 4주 정도는 버틸 만한 식량이 들어 있었다. 극도로 신중하게 행동하고 몸을 많이 움직이지 않는다면 더 오래 두고 먹을 수 있을지도 모른다. 물은 일주일 분량밖에 없었는데, 사람은 우리 둘뿐이고 비가 웬만큼 온다고 가정해 보면, 4주 정도는 버틸 수 있을 것 같았다. 굶으면 3주일은 버틸 수 있지만, 물을 못 마시면 3일 만에 죽는다. 우리는 한동안 버틸 수 있을 거다.

히파가 낚싯줄을 다 드리우고 두 줄을 들어 올리자 고등어 두 마리가 꿈틀거리며 끌려 올라왔다. 나는 그걸 좋은 징조로 해석하려고 애썼다. 그녀가 그 고등어들을 죽인 다음 다시 낚싯줄을 드리웠다. 그러고는 두 손을 옷에 닦고 나서 비밀 칸에 식량을 도로 넣고 있는 내 옆에 와서 앉았다.

"계획은 있어?"

히파가 물었다. 나는 고개를 가로저었다.

"내 생각에는 남서쪽으로 흘러가고 있는 거 같아. 벽에서 더 멀어지는 거지. 그런데 이것도 그냥 짐작일 뿐이야. 여기가 어딘지는 나도 잘 모르겠어."

"대위의 계획은 남쪽으로 가는 거였잖아. 거기 가면 우리를 도와줄 사람들이 있다고 했잖아."

"그 사람은 거기가 어딘지 알지만…… 우리는 모르잖아. 상황이 완전히 달라진 거야."

히파가 어깨를 으쓱했다. 나도 어깨를 으쓱했다. 누가 먼저 말을 꺼내고, 누가 동의했는지 기억나지는 않지만 우리는 남진하기로 결정했다. 상대가 온 곳으로 가기로 한 것이다. 이건 지극히 합리적인 결정이다. 왜냐하면 이제는 우리도 상대니까.

그 뒤 일주일 동안 우리는 그냥 떠내려가거나 살살 노를 저으면서 경로를 수정했다. 나침반이 없으니 항해는 심하게 힘들어졌다. 각자 감정의 기복도 심해져서 한 시간이 멀다 하고 시시각각 오르락내리락했다. 정착할 수 있는 육지도 찾고 식량도 찾고, 남은 생을 행복하게, 심지어 목가적으로 살 수 있는 곳을 찾을 수 있다는 상상을 하다가도 이대로 바다로 뛰어들어 저 멀리 헤엄쳐 가다가 힘이 다해 죽어 버리는 게 낫겠다는 생각마저 들었다. 히파도 다정했다가 짜증냈다가 했고, 한마디도 안 할 때도 있었으며, 심지어 우리 둘만 지내던 숙소에 살던 시절처럼 농담하며 웃을 때도 있었다. 우리는 체온을 유지하기 위해 서로 꼭 껴안기도 했고 섹스도 한두 번 했다. 죽음과 섹스는 가까운 벗이다. 우리는 그동안 있었던 일들에 대해서는 거의 이야기하지 않았고 어쩌다 하게 되더라도 내 잘못이 아니라는 말부터 했다. 우리 힘으로 바꿀 수 있는 일은 아니었다. 우리가 어떤 식으로 나서든 상황이 크게 달라지지는 않았을 것이다. 우리까지 죽고 말았을 것이다.

생선을 몇 마리 더 잡았다. 빗물을 좀 모았다. 이 정도로는 일주일에서 열흘 정도만 생명을 연장할 뿐이었다. 이런 생각을 하지 않으려 한다고 히파에게 말하기는 했지만 사실 나는 줄곧 식량과 물, 그리고 생존 시간을 계산했다. 얼마나 남았는지, 얼마나 더 떠내려가거나 노를 저어 갈 수 있는지, 우리가 살아남을 가능성은 얼마나 되는지 등등. 운이 나쁘니까 대충 남쪽이라고 생각되는 방향으로 간다고 열심히 갔는데 한 달이 지나도 육지를 발견하지 못할 것 같았다. 나는 운이 나쁠지 어떨지에 대해 헛된 망상을 갖지 않았다. 상병 말대로, 우리가 운이 좋다면 애초에 이런 상황에 처하지도 않았을 테니까.

여드레째 되는 날 오후, 수평선에 뭔가가 보였다. 나는 또 생각의 흐름에 빠져들었다. 먼저 '저건 그냥 구름이야'라고 생각했다가 아닐지도 모른다는 의심 내지 희망을 품었고, 그러다 또 그 희망이 점점 커져 희망은 결국 이루어졌다고 미친 듯이 부르짖게 되는 과정을 거친 것이다. 그건 자연적으로 생긴 것이라고 보기에는 아니다 싶을 정도로 정확한 사각형 모양, 정확한 꼭짓점 형태를 이루고 있었다. 우리에게 조심한다는 건 이미 물 건너간 일이기 때문에 그쪽으로 방향을 바꿔 30분씩 교대로 노를 저어 가기 시작했다. 아직 날이 밝을 때 가려고 필사적으로 노를 저었다. 일단 어두워지면 다시는 그곳을 찾을 수 없다는 걸 잘 알았기 때문이다. 지금 가지 않으면 영원히 갈 수 없다. 공동체 생활을 하면서 두 손이 노 젓는 감각을 좀 잃었지만 잠수를 한 덕분에 몸이 제법 건강해졌고, 목표가 눈에 보여서 그런지 더 힘이 났다. 우리는 세 시간 정도 노를 저었다. 가까이 갈수록 목표물이 가스나 석유 시추 설비라는 생각이 들었다. 멀리서 볼 때는 사람이 있는지 없는지 보이지 않았다. 가까이 가도 확인되지 않았다. 상판에는 사람도 움직임도 없었다.

"저 위로 올라갈 수 없으면 어쩌지?"

내가 노를 젓고 있는데 히파가 물었다. 앞쪽에 서 있던 히파는 나를 보지 않고 상판만 보고 있었다. 마치 내 마음을 읽은 것 같았다. 상판이 어떻게 생겼는지 본 뒤로 구명보트에서 그곳으로 올라갈 방법이 없을 것 같다는 걱정이 생겼기 때문이다. 공동체가 있던 섬에 상륙할 길이 없었던 것처럼 저 목표물도 그럴 것 같았다. 실망감이 숨통을 조이는 것만 같았다.

"시추 시설 같은 데니까 올라가고 내려오는 방법이 분명히 있을 거야."

내가 말했다. 내 말이 적어도 내 귀에는 내가 실제로 느끼는 것보다 더 자신 있게 들렸다. 나는 목표물 가까이로 노를 젓고 또 저었지만 해류가 반대 방향으로 흘러서 겨우 이삼백 미터밖에 안 되는 거리를 가는 것이 예상보다 훨씬 더 힘들었다. 지금 있는 각도에서는 이 시설이 어떻게 작동되는지 알 수가 없었다. 이건 가스 시추 시설 아니면 석유 시추 시설이다. 둘 중 어느 쪽인지는 모르겠고 어떤 차이가 있는지도 아마 영원히 모를 거다. 주갑판에 해당할 것 같은 평평한 상판은 해수면에서 70미터 정도 높이에 있었다. 그 위로는 탑이 솟아 있었다. 시추 시설 전체는 네 개의 기둥이 떠받치고 있는데,

가까이 가 보니 각각의 기둥에는 거대한 중심 기둥이 있고 그 옆에는 더 작은 보조 기둥이 붙어 선 형태를 취하고 있었다.

벽 침투 사건 뒤로 나는 최악의 상황을 가정하는 습관이 생겼다. 그게 꽤 쓸모 있는 사고방식이라는 걸 경험으로 깨달았다. 우리는 우리와 제일 가까운 기둥을 따라 보트를 저어 갔다. 왜냐하면 해류가 보트를 그 기둥 쪽으로 밀어 주고 있어서 한자리에 대기가 덜 힘들었기 때문이다. 사다리는 보이지 않았지만 나는 걱정하지 않았다. 주요 기둥이 네 개 있고 각 기둥마다 안쪽에 보조 기둥이 하나씩 있으니 여덟 개 중 한 기둥에 사다리가 있을 법했다. 여덟 번의 기회가 있는 셈이다. 일단 기회가 한 번 사라졌으니 이제 일곱 번이 남았다. 히파가 노를 살살 저어 기둥에 구명보트를 대는 사이 나는 힘을 비축했다. 노를 젓느라 두 팔에 힘이 빠져 바들바들 떨렸다. 다시 이동하려면 해류를 거슬러 뒤로 노를 저어야 하기 때문에 팔 힘을 모아 두어야 했다. 나는 15분 동안 쉬면서 마음의 준비를 했다. 30분이 지나면 해가 질 테니 이번이 마지막 기회였다. 지금 사다리를 찾아 내지 못하면 곧 해가 질 테고 우리도 힘이 쭉 빠져서 밤새 떠내려가지 않으려고 버티는 게 불가능할 게 뻔했기 때문이다. 우리는 기둥을 밀어 보트를 기둥에서 멀어지게 한 다음 내가 노를 젓는 사이 히파가 사다리를 찾기로 했다. 안쪽에 있는 보조 기둥을 살펴보는 일은 오래 걸리지 않았다. 그다음에는 기둥 바깥쪽으로 움직이며 살펴보았다. 상판에서 너무 멀리 떠내려가지 않도록 힘겹게 노를 젓다가 그다음에는 그보다 더 힘들게 뒤로 노를 저어 상판을 돌아갔다.

운이 따르지 않았다. 사다리도 없고, 손잡이도 없고, 밧줄 같은 것도 없었다. 아무것도 없었다. 희망이 없다. 히파도 나도 아무 말 하지 않았다. 나는 우리가 출발했던 지점으로 다시 노를 저어 갔다. 숨이 차고 팔이 불에 덴 것처럼 화끈거리더니 목에서 피비린내가 올라왔다. 그쯤에서 포기하고 해류에 보트를 맡긴 채 멀리 떠내려가 버리는 것이, 희망 따위 포기하는 것이 이치에 맞을 수도 있었다. 하지만 바다는 너무 넓고 사람이라고는 그림자조차 없다는 사실이 너무 외롭고 무서워서 한때 사람이 존재했던 곳을, 설령 우리에게 아무것도 해 줄 수 없다 해도 사람의 흔적이 역력한 그곳을 도저히 떠날 수가 없었다. 주위가 차츰 어둑어둑해졌다. 밧줄이 충분히 있으니 보조 기둥 중 하나에 감아서 내일 아침까지 보트를 묶어 두면 되겠다는 생각이 들었다. 일단 그렇게 한 다음, 앞으로 어떻게 할지 생각해 봐도 되겠다 싶었다.

"잠깐만."

히파가 말했다. 그녀는 상판을 가로질러 저 안쪽에 있는 한 보조 기둥을 가리켰다.

"10분 전에는 저게 저기에 없었던 거 같은데."

나도 그것을 바라보았다. 눈을 깜박거리다 두 손으로 비비고는 다시 보았다. 사다리가 똑똑히 보였다. 잠깐 나는 내 눈을 의심했다. 올렸다 내렸다 할 수 있는 사다리였다. 누군가 우리를 위해 그걸 내

려 주었다는 생각이 들었다. 그것은 두 가지를 의미했다. 아주 중요
한 두 가지. 너무 중요하고도 놀라워서 도저히 믿을 수 없는 두 가지
사실을 의미했다. 하나는 우리 둘만 존재하는 게 아니란 사실과 다
른 하나는 누군가 우리를 반긴다는 사실이었다.

갑자기 피로가 확 가시는 것 같았다. 나는 옆에 있던 기둥을 확 밀
어내며 노를 저어 상판 밑을 가로질러 갔다. 그런 다음 사다리에 배
를 묶고서 누가 먼저 올라갈 것인지 정하기 위해 서로를 쳐다보았
다. 히파가 고개를 끄덕이더니 비니를 벗고 고개를 흔들어 머리카
락을 늘어뜨렸다. 사다리 중간쯤에 작은 선반 같은 계단참이 있었
다. 나는 히파가 그곳에 올라간 다음 뒤따라 올라갔다. 높은 곳을 좋
아하지 않는 나로서는 35미터 높이의 사다리는 지옥행이나 다름없
었다. 그녀가 있는 곳에 다다랐을 때 내 팔이 젤리처럼 흐물거리는
것 같았다.

"뭘 기대해야 할지 모르겠어."

히파가 말했다.

"난 알아. 그냥 가 보자, 그게 최선이야."

히파가 다시 사다리를 타고 올라가기 시작했다. 사다리는 상판까
지 쭉 뻗어 있었다. 그녀가 사다리 위 둥근 출구 사이로 빠져나가자
나도 그녀 뒤를 따라 다시 올라갔다. 그 위에 뭐가 있을지 앞으로 또
어떤 일이 벌어질지 등등 온갖 상념이 들끓어야 했는데 생각나는
건 오직 '이렇게 높은 사다리를 올라가는 건 끔찍하게 싫다'였다. 절

대 밑을 보지 말라고 나 스스로를 타일렀다. 계속 그렇게 하다 보니 마치 주문을 외우는 것 같았다. (절대) 밑을 보지 마, 보지 마, 보지 마. 드디어 맨 위에 다다라 출구 사이로 올라가 금속 상판에 벌러덩 드러눕고는 온몸을 부들부들 떨며 가쁜 숨을 몰아쉬었다. 사다리가 한 단만 더 있었어도 상판으로 올라오지 못했을 것 같았다. 어쨌든 그런 일은 없었다. 우리는 해냈다.

## 24

우리가 도착한 곳은 사다리 꼭대기에서 이어지는 출입구 통로, 아니면 벽을 우묵하게 파낸 공간 같았다. 히파는 3미터 정도 떨어진 곳에 책상다리를 하고 앉아 나를 기다리고 있었다. 상판의 3분의 1은 외부에 그대로 노출되어 있었다. 가장자리에서는 바다가 내려다보였다. 내가 누운 자리에서는 구름과 어둑어둑한 하늘만 보였다. 나머지 3분의 2는 3층짜리 탑이 차지하고 있었는데, 내가 누운 우묵한 공간이 유일한 입구였다. 벽면은 금속판으로 덮여 있었다. 우묵한 공간에서 탑으로 들어가는 유일한 출구인 문도 금속판으로 되어 있었다. 호흡이 정상으로 돌아오자 내가 말했다.

"환영식 같은 거 없어?"

히파가 고개를 가로저었다.

"나뿐이야. 그런데 더 갈 수가 없어. 문이 잠겨 있거든."

나는 문으로 다가가 손잡이를 잡고 돌려 보았다. 문은 꿈쩍도 하지 않았다. 당겨도 보았지만 콘크리트처럼 꿈쩍도 하지 않았다. 그냥 잠긴 게 아니라 빗장도 질러 놓은 것 같았다. 처음 만들 때 아예 빈틈이 없도록 단단하게 고정시킨 문 같았다. 흔히 여닫게 만든 문도 아니고, 밖으로 드러난 열쇠 구멍도 아예 없었다. 안에서 열어 주지 않는 한, 들어갈 길이 없었다. 그래도 완전히 실망할 일은 아니었다. 꿈쩍도 않는 문 옆 바닥에 플라스틱 물병과 작은 종이봉지가 놓여 있었기 때문이다. 나는 봉지를 들여다보고 놀라서 다시 한 번 들여다보았다. 그 속에 벽에서 받았던 것 같은 에너지바가 여섯 개나 들어 있었던 것이다. 나는 히파를 보았고, 그녀는 나를 향해 어깨를 으쓱했다.

"누군가가 환영식을 해 주네. 이 정도면 환영 아냐? 우리를 감시까지 하고 말이야."

"너도 그렇게 생각하는구나. 우릴 환영하는 게 누군지는 모르겠지만."

"이제 어떡하지?"

"여기 잠깐 앉아 있자."

그래서 우리는 그렇게 했다. 그날 저녁, 달리 선택할 대안이 없었다. 우리는 상판 바닥에 앉아 마냥 쉬었다. 해는 수평선 바로 위까지 내려와 하늘은 황혼에 물들어 갔다. 회색빛 금속 상판과 탑도 어울리지 않게 저녁 햇살에 아름답게 물들어 갔다. 적어도 오늘 밤만큼은 물에 젖을 걱정 없이 안전하게 쉴 수 있다고 생각하니 그건 좋았다. 나는 몸이 떨리지 않자 히파와 함께 에너지바를 천천히 꼭꼭 씹어 먹었다. 맨 처음 먹은 것은 말린 빨간 과일이었다. 벽에서 처음 먹었던 것과 똑같은 것이었다. 문득 옛일들이 머리를 스치고 지나갔다. 히파와 슈나 사이에서 경계 근무를 서던 기억에, 12시간이 얼른 가기를 바랐던 기억에 가슴이 아팠다. 그게 불과 10분 전의 일 같다가도 전생의 일처럼 아득하게 느껴지기도 했다.

에너지바를 다 먹고 났더니 밖은 완전히 깜깜했다. 우리는 잠긴 문 옆에 있는 우묵하게 파인 공간으로 들어가 바람을 피하기로 했다. 춥지는 않았다. 우리는 자리에 누웠다. 히파가 내 품을 파고들었고 우리는 그렇게 밤을 보냈다.

"이상해."

히파가 말했다.

"그러네."

나는 너무 피곤해서 대답을 하는 둥 마는 둥 했다.

"하지만 기분 좋게 이상해. 내일이면 알 수 있겠지."

뭘 알 수 있을지에 대해서는 말하지 않았다. 왜냐하면 뭘 알 수 있을지 나도 미리 알 수 없었기 때문이다. 그래도 뭔가 알아낼 수 있을 거라는 확신은 들었다. 히파가 머리를 댈 수 있게 내 어깨를 내준 채로 나는 잠이 들었다.

눈을 떠 보니 반대로 내가 히파의 어깨에 머리를 댄 채 누워 있었고, 날은 밝아 있었다. 누가 업어 가도 모를 만큼 깊게 자는 사이에 밤이 물러갔다. 우리는 추운 밖에서 적어도 8시간을 머무른 셈이었다. 히파는 여전히 잠들어 있었다. 온몸이 얼마나 뻐근한지 몸을 구부리면 뼈가 부러질 것 같은 느낌이 들었다. 목이 따끔거렸고, 두 팔은 천근만근 무거웠고, 오른쪽 다리엔 경련이 일었고 왼쪽 다리엔 감각이 없었다. 그런데도 기분이 좋았다. 저 아래 바다에 떠 있는 게 아니라 이 위에 있었기 때문이다. 직감적으로 안전하다는 느낌이 들었다. 적어도 예전보다 더 안전한 건 확실하고, 어쩌면 훨씬, 훨씬 더 안전할지도 모른다. 천천히, 그녀를 깨우지 않으려고 최대한 천천히 기지개를 켜면서 고개를 돌리다가 더 기분이 좋아질 만한 걸 발견했다. 새 물병이 놓여 있었고, 그보다 더 반가운 건 어젯밤까지만 해도 굳게 닫혀 있던 문이 살짝 열려 있다는 사실이었다.

나는 일어나 사다리 쪽으로 가서 구멍 사이로 밑을 내려다보았다. 구명보트 끝부분이 보였다. 여전히 잘 묶여 있다는 뜻이었다. 다행이다. 잠시 수평선을 둘러보았다. 구름도 거의 없고 바람도 잔잔한 맑은 날이어서 아주 멀리까지 다 보였다. 푸른 하늘과 짙푸른 바다 사이에 배나 항공기의 흔적은 보이지 않았다. 좋다. 나는 히파를 흔들어 깨웠다. 처음에는 살살 흔들다가 그다음에는 좀 더 세게 흔들었다.

히파가 눈을 깜박거리다가 활짝 뜨고는 조금 지나서야 정신을 차렸다. 그녀는 이를 딱딱 마주치는 운동을 했다. 내가 보기에 그녀는 그간 무슨 일이 벌어졌는지, 지금 우리가 어디 있는지를 다시 정리해 보는 것 같았다.

"으아. 와. 뭐야?"

그녀가 물었다. 나는 문을 가리켰다. 방금 잠이 깨서 멍하던 히파는 순식간에 정신이 들었는지 벌떡 일어나 앉았다. 그러더니 숨을 내쉬며 잠시 흥분을 가라앉혔다. 우리는 서로를 바라보았다. 그러다 열린 문을 통해 탑으로 들어갔다.

1층은 어떤 공간인지 첫눈에 알아보기는 좀 힘들었다. 빛이라고
는 벽 높이 달린 좁고 긴 틈 같은 창문들을 통해 비껴드는 게 전부였
고, 밝은 곳에 있다가 들어와서 그런지 뭐가 뭔지 잘 보이지 않았다.
그래도 느낌상 이곳이 완전히 뒤죽박죽이라는 생각이 들었다. 바닥
에는 파이프, 케이블, 금속 상자, 나무 상자가 뒹굴고 있었는데, 그
중 상당수가 부분부분 부서져 있었다. 우리가 서 있는 문과 가까운
쪽은 지나가기 힘들 정도로 쓰레기가 잔뜩 쌓여 있었다. 나는 앞이
잘 안 보이는 상태에서는 쓰레기를 넘어가고 싶지 않았다. 그대로
잠시 서서 눈앞에 있는 게 뭔지 이해하려고 애를 썼다. 우리는 난장
판 사이를 헤치고 나아갔다. 파이프, 케이블, 금속 상자를 그대로 밟
고 지나갔다. 이 탑의 1층은 중앙 통제실 역할을 했던 곳이 확실해
보였다. 저기 앞쪽에 컴퓨터 모니터가 일고여덟 개가 놓여 있었는
데, 화면은 모두 꺼져서 까맣고 소리도 나지 않았다. 우리가 서 있는
곳 말고도 바닥 한쪽엔 컴퓨터 장비가 잔뜩 쌓여 있었다. 누가 버리
고 가서 엉망이 된 게 확실해 보였다.

　한쪽 구석에 쇠사다리가 있었다. 우리가 상판 위로 오를 때 밟고
올라왔던 사다리와 똑같은 것이었다. 천천히 조심스럽게 그 사다리
를 타고 올라갔다. 히파가 앞장을 섰다. 위층, 그러니까 3층짜리 탑
의 2층은 1층보다 창문이 더 커서 주위가 좀 더 잘 보였다. 그리고
거기서 우리는 바로 이곳의 주인을 만났다. 창백하고 비쩍 마른 남
자가 검은 끈 바지만 입은 채 저 앞 구석에 쪼그리고 앉아 있었다.

그는 수척했다. 겉으로 드러난 갈비뼈가 들썩거렸다. 흥분해서 그런 건지, 아니면 두려워서 그런 건지 숨을 헐떡이고 있었다. 얼굴은 온통 검은 수염투성이라서 눈만 겨우 보였는데 겁먹은 듯 눈을 휘둥그렇게 뜨고 있었다. 30대라 해도 되고, 60대라 해도 될 것 같았다. 그가 앉은 자리 옆으로는 창이 나 있었다. 그의 옆에는 1미터 길이의 망원경이 바닥에 쓰러져 있었다. 저 망원경으로 우리를 발견하고 우리가 여기까지 오는 걸 지켜본 게 확실했다. 그의 앞에는 판지 상자가 놓여 있었다. 상자는 발걸이처럼 생긴 작고 낮은 탁자에 올려져 있었다. 바닥이 뚫린 상자는 옆으로 누워 있어서 무대와 객석을 구분하는 구조물처럼 보였다. 바닥에는 작은 종잇조각들이 접힌 채 세워져 있었다.

"안녕하세요?"

히파가 말을 걸었다. 그녀는 남자 쪽으로 걸어가 그의 앉은키에 맞춰 쪼그리고 앉았다. 나도 히파를 따라가 똑같이 쪼그리고 앉았다.

"저는 히파고, 이쪽은 카바나입니다. 사다리를 내려 주셔서 정말 감사드려요. 당신 덕분에 살았어요."

남자는 아무 말도 하지 않고 상자 사이로 종잇조각들을 들여다보며 이리저리 옮겨 놓았다. 내가 제일 먼저 든 생각은, '이 남자는 미쳤다'였다. 그는 자기가 누군지, 어디 있는지, 뭘 하는지 전혀 모르는 게 분명하다. 하지만 그가 하는 게임은 뭔가 규칙도 있고 목적도 있는 것 같았다. 종잇조각들은 저마다 색이 달랐지만 정교하게 접혀 있었고, 그는 탁자에 놓인 큰 종잇조각과 작고 평평한 종잇조각을 집어 탁자 밑에 놓았다. 다른 종잇조각들을 집어 상자에 넣고는 이리저리 옮겨 놓았다. 나는 잠시 그를 지켜보았지만 그가 하는 행동에는 뚜렷한 패턴이 없었다. 히파와 나는 재빨리 서로를 쳐다보았다.

"실내를 좀 둘러봐도 될까요?"

히파가 물었다. 남자는 말없이 고개만 옆으로 까딱했다. 그도 모르게 나온 고갯짓일 수도 있었지만 우리는 그걸 '예'로 받아들였다. 쪼그리고 앉았던 자리에서 몸을 쭉 펴고 일어나 공동체에 왔던 해적처럼 탑에 뭐가 있는지 살피며 다녔다. 1층은 층 전체가 하나의 넓은 방이었다. 그런데 2층은 둘로 나뉘어 있었다. 우리의 새 친구는 조금 더 깔끔한 공간에 있었는데, 그곳에는 판지 상자와 망원경 외에도 의자 몇 개와 종이가 빼곡한 탁자 하나가 있었다.

다른 공간은 1층과 마찬가지로 종이 상자, 나무 상자, 큼직한 깡통이 제멋대로 여기저기 굴러 다녔다. 히파와 나는 나머지 공간에 뭐가 있는지 확인하면서 가는 내내 수시로 그를 돌아보았는데, 그는 전혀 신경 쓰지 않는 것 같았다. 다시 종잇조각들을 판지 상자에 넣고 이리저리 옮기고 있는 걸 보면 말이다. 몇몇 나무 상자는 식량 운반용 상자였다. 구명보트에 이것과 같은 상자가 있었기에 알아볼 수 있었다. 나는 상자 옆을 지나가며 그 옆면을 모두 두드려 보았다. 상자 중 절반은 비어 있고, 4분의 1 정도는 어느 정도 차 있고, 나머지 4분의 1 정도는 가득 차 있었다. 희망과 기쁨이 밀려왔다. 가득 찬 나무 상자 중 뚜껑이 살짝 열린 상자가 있었다. 나는 뚜껑을 열고 안을 들여다보았다. 음식물이 진짜 가득 차 있었다. 통조림이 얼마나 오래되었는지는 중요하지 않았다. 어차피 그건 평생 보관해도 되는 거니까. 대형 깡통에 든 것은 물 아니면 기름인 것 같았다. 다른 게 들어 있을 것 같지는 않았다. 어쨌든 그 안에 든 게 물이든 기름이든 이건 상상할 수 있는 최고의 소식이었다. 히파와 나는 서로를 바라보며 입 모양으로만 소통을 하고는 대형 깡통에 뭐가 들었는지는 좀 더 지난 다음에 확인해 보기로 했다. 남자의 눈에 못된 약탈자로 보이고 싶지 않아서였다. 우리는 막 여기에 들어섰다. 주인이 무슨 생각을 하는지 누가 알랴.

우리는 사다리를 타고 다시 위층, 그러니까 탑의 맨 꼭대기 층으로 올라갔다. 더 큰 창이 나 있는 걸 보니 탑은 위로 올라갈수록 햇빛이 더 많이 들어오게 되어 있었다. 지금은 해가 중천에 떠서 햇빛이 눈부시게 밝았다. 3층은 구조가 달랐다. 주거 공간 같았다. 중앙 복도를 따라 다섯 개의 방이 있었고, 복도 양 끝에는 커다란 창이 나 있어서 하늘이 곧장 내다보였다. 열기가 후끈했다. 햇빛이 아니라 중앙난방 장치 때문에 그런 거였다. 바다로 추방당한 뒤 처음으로 열기를 느꼈다. 다시는 온기를 못 느낄 줄 알았다. 히파와 나는 서로를 돌아보았다. 히파의 눈이 휘둥그레졌다.

우리는 첫 번째 방으로 들어갔다. 이 탑의 유일한 거주자가 쓰는 방 같았다. 바닥에 매트리스가 깔려 있고 의자가 놓여 있었는데 그 위에는 침구를 개어 올려놓았다. 그 침구 위에는 표지가 찢어진 두 꺼운 종이책이 놓여 있었다. 나는 책을 들고 제목을 찾아보았다. 셰 익스피어 작품집이었다. 책을 다시 내려놓는데 의자가 흔들리는 바 람에 그 뒤에 놓인 것이 내 눈에 들어왔다. 지금까지 본 중 제일 반 가운 것이었다. 등불이었다. 나는 심장이 쿵쿵 뛰었다. 하지만 그건 못 쓰는 물건인지도 모른다. 이 탑 곳곳에 뒹구는 다른 쓰레기처럼 쓸모없는 것 아닐까? 설마 이게……. 나는 냄새를 맡아 보았다. 내 가 아는 냄새가 나는 것 같았지만 그게 무슨 냄새인지 한참이 지나 도 생각나지 않았다. 다시 냄새를 맡아 보았다. 그제야 뭔지 알 수 있었다. 기름 냄새였다. 그때 히파가 숨을 헉 들이마시는 소리가 들 렸다. 아니면 내가 숨을 헉 들이마시는 소리였는지도 모른다.

"세상에, 말도 안 돼."

히파가 말했다.

"얼마나 있든 간에 이건 한정된 자원이야. 영원할 수 없어."

내가 말했다.

"알아, 하지만 기름이잖아."

히파가 말했다. 그 말은 사실이었다. 그건 석유였다. 나는 소리를 지르고 싶었다. 기름이다, 기름이 있다, 기름이 있다! 빛도 있고 열 기도 있다. 그 순간 뭔가가 떠올랐다. 다시는 빛과 열기를 못 다룰 줄 알았다. 다시는 빛과 열기를 못 느낄 줄 알았다. 다시는 내가 원할 때 빛을 밝히지도 못하고 따뜻하게 지내지도 못할 줄만 알았다. 바다로 추방당하기 전까지는 하루에도 몇십 번, 아니 몇백 번씩 하던 아주 평범한 일이었는데, 그 일을 영원히 못 하게 될 줄 알았는데, 이제 다시 할 수 있게 된 것이다. 얼굴에 이상한 느낌이 들어서 손을 대 보니 눈물이 흐르고 있었다. 히파도 마찬가지였다. 얼굴이 일그러진 것도 아니고 슬퍼 보인 것도 아니었는데, 그녀의 두 뺨을 타고 눈물이 주르르 흘러내리고 있었다. 나는 손을 뻗어 그녀의 눈물을 닦아 주었다. 그녀도 내게 똑같이 했다.

"나 다시는……."

내가 말했다.

"나도 마찬가지야."

히파는 더 이상 말을 잇지 못하고 '세상에, 이럴 수가'라고 말하는 듯 고개만 흔들었다. 우리는 다른 방들도 살펴보았다. 한 방엔 주방 시설이 갖춰져 있었다. 가스레인지와 냉장고 등 모두 전기가 없으면 쓸 수가 없는 가전이었지만, 우리는 여기 사는 남자가 여기서 통조림을 따서 먹고 설거지했다는 걸 알 수 있었다. 불을 밝힐 수 있으면 불도 땔 수 있을 테니 조리할 수 있을 텐데 그가 그렇게 하지 않을 것일 뿐이다. 다른 두 방은 바닥에 매트리스가 깔려 있었지만 빈 방 같았다. 사람들이 살았던 게 분명했다. 방은 최소 네 명은 잘 수 있을 만큼 넓었다. 그러니까 이곳에 모두 열두 명이 살았던 거다. 그들은 배를 타고 떠났거나, 사고로 죽었거나 알 수 없는 운명을 맞았

거나 한 것이다. 막연한 호기심과 막연한 동정심이 느껴졌지만 그
와 동시에 나와 무슨 상관이랴 싶었다. 히파와 나는 여기 있고 그 사
람들은 여기 없다. 우리는 햇빛 때문에 아침에 일찍 깨지 않도록 서
향 방을 쓰기로 했다. 여전히 믿기지 않았지만 우리는 들떠서 매트
리스를 옮겨 놓고 탁자와 의자도 날라다 마치 소꿉놀이를 하듯 침
실을 꾸몄다.

25

히파와 나는 동시에 배가 고프다는 걸 깨달았다. 주방으로 가서 통
조림 두 개로 허기를 달랬다. 하나는 비프스튜, 다른 하나는 치킨 카
레였다. 벽에 있던 시절 늘 먹던 거였다. 통에 든 것들을 데우지도
않고 먹었지만 예전에 먹었던 것보다 훨씬 더 맛있었다. 우리는 음
식을 절반씩 나눠 먹었다. 히파가 카레를 자기 몫보다 조금 더 먹었
지만 나는 너그럽게 봐주기로 했다.

"저 남자가 어떤 대가를 요구할 거 같아?"

내가 히파에게 물었다.

"누군지 몰라도 여기 있던 사람들이 다 떠나거나 죽거나 해서, 저
남자 혼자 남은 거 같은데 왜 남았을까……. 왜 여기가 더 안전하다
고 생각했을까? 여기 시설을 관리하려고 그랬을까? 그게 자기 책임
이라고 생각했나? 아니면 그냥 세상을 버리고 도망치고 싶었던 걸
까?"

그녀는 빈 깡통 바닥을 숟가락으로 두드렸다.

"내 생각에는 네 마지막 짐작이 맞는 거 같아. 저 남자는 은둔자
야. 그리고 우리를 불쌍히 여긴 거지."

"오, 은둔자를 위하여."

내가 깡통을 들어 올리며 말했다.

"우리의 은둔자를 위하여."

"우리의 은둔자를 위하여."

히파가 깡통을 들어 내 깡통에 짠 부딪혔다.

우리는 2층으로 내려갔다.

"우리 배로 가서 물건 좀 가지고 올게요."

히파가 은둔자에게 말했다. 그는 여전히 상자 앞에 앉아 종잇조각들을 이리저리 옮겨 놓고 있었다.

"식량과 보급품이 좀 있거든요. 그것들도 여기 탑에 두는 게 더 안전할 거 같아요. 양이 꽤 많아서 시간이 좀 걸릴 거예요. 양해해 주시기 바라요."

그는 들은 척도 하지 않았다. 히파와 나는 서로를 쳐다보았다. 그가 반응이 없다는 게, 아니 실은 그의 모든 게 괴상하고 섬뜩했지만, 우리는 이 상황을 바꿀 재간이 없었다. 그가 우리를 들어오게 했다. 문을 열어 준 것이다. 우리가 바란 건 그게 전부였다. 우리는 탑 1층으로 내려가 바깥 상판으로 나가는 금속 문을 열었다. 사다리를 내려다보고 그보다 더 밑에 있는 바다를 내려다보니 현기증이 나면서 속이 울렁거렸다. 우리가 통과한 모든 일들, 그 엄청난 일들을 보고 겪고서 겨우 이만한 높이를 두려워하다니, 내 자신이 참 한심하게 느껴졌다. 그러나 부인할 수 없었다. 나는 고소공포증이 있었다. 해수면까지 오르내리는 높이는 60미터가 넘는다. 정확히 말하면 70미터다. 빌딩 23층을 수직 쇠사다리 하나를 의지해 오르내리는 셈이었다. 하지만 걱정하다 보면 공포가 더 심해져서 사다리에서 올라가지도, 내려가지도 못하고 벌벌 떨지도 모른다. 더구나 대안도 없다. 플랜 B 같은 건 없다. 나를 업고 오르내릴 사람도 없다. 무섭다고 사다리 중간에서 얼어붙으면, 다시 마음먹고 움직여야 한다. 그렇지 않으면 매달려 있다가 바다로 빠지고 말 것이다. 호흡이 가빠지기 시작했다.

나는 상판에 앉아 안경을 벗어 주머니에 넣고는 애써 숨을 가다듬으려고 했다. 처음에는 숨 고르기가 쉽지 않더니 조금 지나니까 정상으로 돌아왔다. 가끔은 어쩔 수 없는 상황이 오히려 힘이 될 때가 있다. 나는 일어나서 더 이상 머뭇거리지 않고 곧장 사다리를 타고 밑으로 내려갔다. 앞을 똑바로 보고 열 단위로 단 숫자를 세면서 너무 빠르지도, 너무 느리지도 않게 내려가려고 애썼다. 히파는 꼭대기에서 기다렸다. 아마 내가 겁을 먹고 다시 기어 올라갈 경우 통행이 막히게 될까 봐 곧장 뒤따라 내려오지 않은 것 같았다. 나는 열 단위로 센 다음, 다시 열 단위로, 또다시 열 단위로 세다 얼마나 셌는지 잊어버렸다. 어느새 중간 계단참에 다다랐다. 바다가 훨씬 더 가까워졌다. 이제는 할 수 있겠다는 생각이 들었다. 히파가 나보다 훨씬 더 빨리 사다리를 내려오더니 나를 껴안아 주었다.

"여기서부터는 괜찮을 거야."

히파가 말했다. 정말 그랬다, 처음에는……. 내가 지금껏 했던 다른 많은 일처럼 사다리를 내려가는 것도 굉장히 힘든 일이었다. 우리는 구명보트의 비밀 칸에 있는 걸 다 꺼내기로 했다. 식량과 물이 안 보이게 하려고 몰래 담요를 덮어 뒀지만 누가 우리 배를 가져가랴 하고 장담할 수는 없었다. 만약 누가 이 시추 시설에 왔는데, 언젠가는 그런 일이 일어날 수 있는데, 위로 올라오지 못하면, 그 또한 그렇게 될 가능성이 많은데 (사실 당연히 그렇게 될 텐데, 왜냐하면 우리 경험으로 볼 때 시추 시설로 올라갈 수 있는 방법은 사다리를 이용하는 것뿐이고, 그걸 이용하려면 시추 시설에 있는 사람이 사다리 사용을 허락해야만 한다.) 그럴 경우에, 그들은 다른 걸 가져갈 수 없으니 당연히 배를 통째로 몰고 가 버릴 것이다.

결정 내리는 건 쉬웠지만 배에 있는 물품을 모조리 시추 시설로 옮겨 가는 건 쉽지 않았다. 통조림은 모두 상자에 들어 있었는데 상자째 들고 사다리를 탄다는 건 불가능할 것 같았다. 통조림을 모두 꺼내서 주머니와 한 개밖에 없는 어깨에 멜 수 있는 작은 배낭에 넣고 양손을 자유롭게 쓰는 상태로 사다리를 탈 수밖에 없었다. 우리는 식량을 옮기기 위해 각자 세 번씩, 물을 옮기기 위해 각자 다섯 번씩 사다리를 왕복했다. 이 일은 단계를 나눠서 추진하기로 했다. 먼저 물품을 지고 계단참에 모두 날라다 놓는 것이다. 그다음에 계단참에 놓은 물품을 지고 사다리를 타고 올라가 상판에 올려놓고 나서 팔의 욱신거림이 가라앉을 때까지 기다렸다가 다시 사다리를 타고 내려와 계단참에서 잠시 쉬었다가 물품을 지고 다시 올라가 상판에 올려놓기로 말이다. 시간이 갈수록 쉬는 시간은 점점 길어지고 능률은 점점 떨어졌다. 각자 여덟 번씩 사다리를 왕복하고 나자 상판에 상자와 통조림과 병이 잔뜩 쌓였고 나는 온몸이 욱신거리고 부들부들 떨렸다.

상판으로 가는 계단참에 누워 있는데 히파가 올라와 마지막 물품을 내 옆으로 내던지고는 힘든 노동에 숨을 헐떡이면서 털썩 쓰러졌다. 지금까지 우리는 각자 수직 사다리를 300미터씩 기어오른 셈이었고 해는 하늘에 낮게 떠 있었다. 우리 둘 다 말없이 거의 30분 가까이 누워 있었다. 그 후에도 몸이 별반 더 나아진 것 같지는 않았다.

"더 못 하겠다. 오늘은 안 되겠어."

내가 말했다.

"나도 못 하겠어."

히파가 천장을 보고 누운 채 말했다.

"여기서 올라가는 것도 못 할 거 같아."

"나도 그래."

"쟤들 드는 것도 말하나 마나지."

우리는 좀 더 오래 누워 있었다. 이상하게 평화로웠다. 우리가 누운 곳에는 끝에 낮은 금속 선반 같은 것이 붙어 있고, 우리가 누웠을 때 상판 출구 밑이라서 바람은 들지 않고 따뜻한 햇볕만 들었다. 나는 일어날 마음도, 위로 올라갈 마음도 들지 않았다.

"배를 기둥에 묶어 놓으려면 한 번 더 내려갔다 와야 돼. 그럼 다 끝나."

히파가 말했다.

"알았어. 하지만 오늘 말고."

"응, 오늘 말고."

히파가 바지 주머니에서 에너지바 두 개를 꺼내 하나를 나에게 내밀었다. 나는 포장지를 까서 바를 먹기 시작했다. 주재료가 견과류였는데, 여러 가지 맛이 나고 먹을 만했지만 갈증이 났다. 나는 물병을 꺼내 물을 벌컥벌컥 마신 다음 히파에게 물병을 건넸다. 그녀는 벌써 에너지바를 다 먹어 치웠다.

"이 물건들은 오늘 밤엔 그냥 여기 놔두고 내일 마저 끝내자. 사다리는 끌어 올릴 수 있으니. 우린 안전할 거야."

그녀가 말했다.

"안전."

그 말에 온몸이 갈기갈기 찢기는 듯 눈에 눈물이 고이는 것 같았다. 내가 정말 피곤하다는 증거였다. 안전. 우리는 꽤 오랫동안 사다리 계단참에 누워 움직이지도 않고 말도 거의 하지 않았다. 해가 온기를 잃고 수평선 밑으로 내려가기 시작할 즈음, 히파가 일어나 앉더니 우리도 움직일 때가 되었다고 말했다.

"깜깜한 밤중에 사다리를 타고 싶지 않아. 우리가 여기 있는 걸 은둔자가 잊어버릴지도 몰라."

그녀가 말했다. 나는 조금 전 노동 때문에 피곤해서 살짝 멍한 데다 몸도 뻣뻣하고 힘도 없었다. 그래서 실언을 하고 말았다. "좋아. 네가 앞장 서" 하고 말이다. 히파가 고개를 끄덕이더니 기지개를 켜고는 허리를 숙여 내 뺨에 입을 맞추더니 사다리를 타고 올라가기 시작했다. 나도 천천히 일어나 목 운동을 하고 아무것도 없는 수평선을 둘러보고는 하품을 하고서 위를 올려다보았다. 하지만 히파는 없었다. 놀라운 속도로 사다리를 타고 올라가 벌써 끝까지 올라간 것이다.

"히파?"

내가 소리쳤다. 그녀는 사다리 맨 꼭대기 우묵한 곳에 있어서 내소리를 못 들었거나 아니면 아예 탑으로 들어갔을지도 모른다.

나는 두 손으로 사다리를 잡고 올라가기 시작했다. 처음에는 괜찮은 것 같았는데 오래 지나지 않아, 사다리 10단을 한 단위로 해서 두세 단위를 올라가자마자 큰일 났구나 싶었다. 무서운 건 아니었다. 무섭지 않았다. 그저 내 몸이 말을 듣지 않았을 뿐이다. 힘이 하나도 없었다. 두 발은 사다리에 얼어붙은 것 같았다. 손도 팔도 힘이 없었다. 옛날 벽에서 추위를 유형별로 분류했던 것처럼 지금 두 번째 유형의 피로가 몰려온 거다. 이건 이삼 분 쉰다고 해서 없어질 피로가 아니었다. 오히려 더 피로해질 뿐이고, 힘도 더 빠질 거고, 올라갈수록 사다리는 더 길고 더 가파르게 느껴질 거다. 위를 올려다보니 상판이 하늘만큼 높아 보였다. 히파도 보이지 않았다. 나는 밑을 내려다보는 모험을 감행했다. 그건 더 까마득했다. 이렇게 높은데에서 떨어지면 정말 큰일이다. 중간 계단참에서 쉬겠다고 미끄러지듯 내려가려 하면 분명히 밑으로 뚝 떨어질 거다. 나는 사다리에

**299**

갇혀 버렸다.

　벽에서 12시간 보초를 설 때 가장 외로웠다. 하지만 그럴 때도 다른 경계병이 눈에 보였고, 무전기를 통해 그들의 이야기를 들을 수도 있었다. 바다로 추방된 뒤부터 나는 한 번도 혼자였던 적이 없었다. 지난 몇 달간 일분일초도 혼자 보낸 적이 없었다. 하지만 이제 나는 그 어느 때보다 더 외롭고 버림받았다는 느낌이 들었다. 우주에 나와 이 사다리밖에 없는 것 같았다. 호흡이 가빠지면서 온몸이 빠르게 마비되었다. 그 모든 일을 다 이겨 냈건만 여기서 이렇게 죽을 수도 있겠구나 싶었다. 미끄러져 떨어지면 끝이다.

　사다리 한 단을 간신히 올라갔다. 죽을 수도 있겠다는 생각이 나를 위로 밀어 올렸다. 그 모든 일을 이겨 낸 지금 여기서 죽는다고 생각하니 분하고 억울하고 또 무서웠다. 그래서 다시 또 한 단을 올라갔다. 그리고 또 한 단. 지금 여기서 이렇게 죽을 순 없다. 10단씩 묶어서 세는 것도 그만뒀다. 여기서 이렇게 죽는다면 그건 너무 억울하고 말도 안 된다는 생각만 했다. 이건 아니다, 안 돼, 여기서 죽을 순 없다, 한 단. 이건 너무 억울해, 이렇게 재수가 없다니, 말도 안 돼, 또 한 단. 희망도 없고, 미래도 없고, 기회도 없고, 운도 없고, 다 틀렸고, 불공평해. 남은 게 없는 지금, 이런 마음으로 나 자신을 위로 밀어 올렸다.

　드디어 상판에 다다랐다. 사다리 꼭대기에 있는 구멍으로 나를 밀어 올려 바닥에 벌렁 드러누웠다. 힘이 다 빠지고 숨이 너무 차서

다 올라왔다는 안도감조차 느낄 수 없었다. 이렇게 힘든 일은 처음 겪었다. 토할 것 같은 느낌이 들고 금방 토할 것 같더니 정말로 토해 버렸다. 정신이 몽롱해서 얼마나 오래 누워 있었는지도 모르겠다. 뭔가 움직임이 느껴져서 눈을 떠 보니 히파가 문 옆에 서 있었다.

"내가 어떻게 버텼나 모르겠네. 나 토했어."

히파가 말했다. 나는 고개만 끄덕였다. 말이 나오지가 않았다. 히파가 물병을 나에게 건네고는 내 옆에 앉았다. 몇 모금 꿀꺽꿀꺽 마시자 갑자기 이마에서 땀이 확 솟구쳤다. 너무 힘들어서 물만 마시는 건데도 숨이 찼다. 우리는 좀 더 한참 앉아 있었다. 해가 지기 시작하면서 날이 어두워지기 시작했다. 24시간 전 상판에 도착했을 때와 거의 같은 시간이었다.

"오늘 밤에는 매트리스에서 자자."

내가 말했다. 히파의 얼굴이 밝아졌다.

"그래. 움직일 수 있으면 이제 안으로 들어가자."

나는 그럴 수 있다는 몸짓을 했다. 그녀가 일어서더니 내게 손을 내밀었다. 나는 됐다는 뜻으로 손을 내젓고는 혼자 일어서려고 했는데 마음대로 되지 않았다. 나는 손을 내밀어 그녀의 손을 잡고 그녀의 도움으로 간신히 일어설 수 있었다. 두 다리가 후들거렸지만 걸을 수는 있었다. 지금은 상반신이 아무짝에도 쓸모가 없는 것처럼 느껴졌다.

"못 할 줄 알았어."

내가 말했다. 사다리를 못 탈 줄 알았다는 말인지, 일어서지 못할 줄 알았다는 말인지 나도 분간이 되지 않았지만 히파가 이해한다는 듯이 고개를 끄덕였다. 내가 안으로 들어갈 수 있도록 그녀가 문을 열고 붙잡아 주었다. 우리는 뒤죽박죽 어지러운 탑 1층으로 들어섰다. 쓰레기들 사이를 헤치고 나아갔다. 불 꺼진 모니터들이 있는 벽을 보면서 나는 고개를 설레설레 내저었다. 감시에 이용되는 저 통제 장치를 켜는 일은 아마 다시는 없을 거다.

다시 사다리를 타고 은둔자가 있는 층으로 올라갔다. 그런데 이번에 올라가는 건 바다에서 올라오던 높디높은 사다리와 느낌이 많이 달랐다. 히파가 먼저 올라가고 내가 뒤따라 올라갔다. 이 방 역시 아침에 보았을 때와 달라진 건 아무것도 없었다. 은둔자도 아침에 보았던 모습 그대로 종잇조각들과 판지 상자를 놓고 방 한쪽 끝에 앉아 있었다. 다른 점이 있다면 은둔자가 우리를 봐도 움찔하거나 몰래 훔쳐보는 게 아니라 우리를 똑바로 보고는 다시 게임에 매달렸다는 것이다. 나는 방을 가로질러 가서 잠시 그의 옆에 서 있었다. 하지만 그는 나를 올려다보지 않고 종잇조각들만 계속 이리저리 섞어 놓았다.

"다시 한 번 감사드립니다. 선생님 아니었으면 우리는 계속 떠돌아다녔을 거예요."

히파가 말했다.

"왜죠? 왜 우리를 들어오게 한 겁니까?"

은둔자가 나를 올려다보았다. 그가 진심으로 나를 본다는 느낌이 들었다. 자기 앞에 있는 내 존재를 의식하고 있다는 느낌이 처음으로 들었다. 내가 기진맥진했다는 걸 알아차린 걸까. 오늘 하루 내가 어떤 일을 겪었는지, 사다리를 타고 오르다 떨어질 뻔한 걸 내 얼굴을 보고 눈치챈 걸까. 남자가 판지 상자에 있던 종잇조각들을 모두 조심스럽게 집어 들었다. 그는 그것들을 자기 옆에 내려놓았다. 그중 하나를 집어 들어 들여다보고는 나와 히파를 보더니 그 종잇조각을 다시 상자 한가운데에 집어넣었다. 그는 다시 우리를 보았다. 나머지 종잇조각을 모두 상자에 넣고 잠깐 그대로 뒀다가 맨 처음 상자에 집어넣었던 조각 중 하나만 남겨 두고 다시 다 꺼냈다. 그때 별안간 이게 뭔지, 이 남자가 가지고 있는 상자가 뭘 의미하는지 알 것 같았다. 이 사람은 상자를 자신만을 위한 극장 아니면 텔레비전으로 만들어서 종잇조각을 가지고 이야기를 꾸미는 거였다. 지금 쇼를 재연하고 있는 거다. 그렇다면 그 의미는 뭐지?

그가 똑같은 일련의 행동을 되풀이했다. 상자 한가운데에 종이를 두고 나머지 상자 바닥을 모두 채웠다가 다시 비웠다. 판지 상자를 통해 탁자 가운데에 있는 종잇조각을, 그의 마음속에 있는 스크린을 독차지하는 무대 한가운데에 있는 종잇조각을 보았다. 그러더니 천천히 조심스럽게 나와 히파를 올려다보았다.

"이 사람 외로운 거야."

내가 말했다. 나는 남자를 향해 다시 이렇게 말했다.

"여기에 다른 사람들도 살았는데 다 떠나 버리고 혼자만 남은 거고. 그런 처지가 지겨워진 거지."

잠깐이지만 남자의 눈빛이 번뜩이는 것 같았다. 내 마음이 처음으로 은둔자의 마음에 가닿은 느낌이 들었다.

"정말 힘들었겠어요."

히파가 말했다. 은둔자가 히파를 보았다. '그렇다'는 대답인 것 같았다. 그의 얼굴 표정에는 변함이 없었다. 대신 종잇조각 몇 개를 더 상자에 집어넣고 이리저리 움직이며 지켜보았다. 그가 의사를 전달하려 한다는 걸 알고 나자 그의 행동이 의미 있게 보였다. 그가 하려는 말을 이해할 수 있을 것 같았다. 종잇조각들은 다른 사람들이고, 다른 사람들이 배를 타고 상판으로 온 거다. 남자는 종잇조각들을 가운데에 있는 조각 주위로 하나씩 원을 그리듯 빙 둘러 움직여서 다른 쪽으로 옮겼다. 은둔자 자신을 의미하는 가운데에 놓인 종잇조각은 처음 있던 자리에 그대로 있었다. 다른 사람들이 배를 타고 상판으로 왔지만 은둔자는 사다리를 내려 주지 않았다. 그는 똑같은 행동을 예닐곱 번 되풀이했다. 그런데 이 남자는 일단 한쪽으로 옮긴 종잇조각은 다시 쓰지 않았다. 이건 그 행동이 모두 개별적인 상황을 의미한다는 뜻이라고 나는 받아들였다. 한번은 세 종잇조각을 탁자 위로 가지고 오더니 가운데에 있는 종잇조각 주위를 빙 둘러 움직였다가 내려놓았다가 다시 탁자 위로 가지고 와서 빙 둘러 움직였다.

배 세 척이 상판 가까이 와서 며칠 머무르며 올라올 방법을 찾았다는 뜻이다. 끔찍할 정도로 무서웠을 거다. 만약 그들이 이 시설로 올라와서 은둔자를 발견했는데, 은둔자가 그들이 올라오는 걸 원치 않았다는 사실을 알고 나면 분명 그를 죽였을 거다. 그들은 여기에 이 남자가 있고 자신들을 관찰했다는 걸 알았을까? 문 밖에서 노크하는 자들이 돌아가기를 바라며 문 뒤에 숨죽이고 숨어 있는데, 그들은 초인종을 세게, 더 세게 누르고 문을 두드리고 또 두드리다 아예 초인종을 누르면서 문을 두드리고, 게다가 내가 문 뒤에 숨어 있다는 걸 그들이 알고 점점 더 화를 낸다면, 그때 내가 할 수 있는 일은 몸을 웅크린 채 두려움에 떨며 그들이 가기를 기다리는 것밖에 없지만, 그들은 절대 가지 않을 거라고, 그들이 나보다 더 오래 버틸 수 있을 거라고 생각하면서 이제 남은 건 죽음뿐이라고 생각하다가…… 그러다 그들이 떠나자 한숨을 토해 내며 다 괜찮다고 이제 안전하다고 안심하게 되는. 적어도 지금 이 순간은 안전하다고 느끼는 그런 상황이겠지.

그가 종잇조각들을 빙빙 돌리는 걸 멈추고 세 종잇조각을 멀리 치웠다. 은둔자 자신을 의미하는 종잇조각은 여전히 상자 한가운데에 놓여 있었다. 그때 그가 새로운 종잇조각을 상자 가장자리로 가져다 놓더니 몇 초 동안 그 자리에 가만히 뒀다. 그러고는 살짝 움직였다가 다시 그 자리에 뒀다. 그리고 또다시 움직였다가 다시 그 자리에 뒀다. 남자는 같은 행동을 반복했다. 나는 이해했다. 배 한 척이 시추 시설로 천천히, 아주 천천히 접근했다는 뜻이다. 배가 상판에 오기까지 적어도 몇 분이 걸렸다. 배는 아주 천천히 움직였다. 그것은 돛이나 노를 이용해 움직인다는 뜻이다. 그때 나는 깨달았다. 이건 우리가 접근하는 걸 그가 보고 우리를 받아들이기로 한 과정을 설명하는 것이었다. 이번 종잇조각은 상판으로 노를 저어 오는 우리를 뜻하는 것이었다.

우리 배를 뜻하는 종잇조각이 상자 가운데로, 은둔자 바로 옆까지 왔다. 그는 종잇조각을 그 자리에 두고 팔짱을 꼈다. 그는 우리가 오는 걸 보고, 우리가 도착한 걸 보고 어떻게 해야 할지 생각에 잠겼던 것이다. 그는 그 종잇조각들을 보더니 집어 상자 옆에 내려놓고는 우리를 쳐다보았다. 이렇게 해서 당신들이 이 자리에 있게 되었다고 말하는 것처럼.

"왜 우리죠?"

히파가 부드러운 어조로 물었다. 남자는 듣지 않는 것처럼 보였지만 이삼 초 정도가 지난 뒤 손가락 두 개를 펴 보였다. 우리 둘밖에 없었기 때문에 그렇다는 대답인 것 같았다.

"고맙습니다."

히파가 말했다. 남자는 머리를 빙글 돌렸다. 나는 그것을 '괜찮다'는 뜻으로 받아들였다.

"고맙습니다."

나도 말했다. 내 마음을 모두 표현하기에는 턱없이 부족한 말이었지만 이것 말고 또 무슨 말을 할 수 있겠는가?

"우리는 위층으로 올라갈게요. 괜찮죠?"

내가 말했다. 남자는 아무 반응을 보이지 않았지만 그 무반응은 '괜찮다'는 답 같았다. 괜찮지만 아무 말 하지 않는 것과 괜찮지 않지만 아무 말 하지 않는 것 사이에는 큰 차이가 있다. 우리는 소리를 내지 않고 대화하는 새로운 형태의 소통 방식에 익숙해질 것이다.

이번에는 내가 먼저 사다리를 타고 올라갔다. 불빛이 환했다. 내가 먼저 '우리' 방으로 가서 뭐 달라진 게 없는지 살펴보았다. 내 뒤를 따라온 히피가 매트리스에 앉았다. 뭘 좀 먹어야 한다는 건 알지만 너무 피곤해서 입맛도 없었다. 나는 내가 원하는 게 뭔지 안다. 빛이었다. 등이 더 있는지 찾아보았다. 은둔자의 방을 제외하고 다른 방들에는 등이 없는 것 같았다. 은둔자의 방에 있는 걸 가지고 올 수는 없었다. 이제 해가 완전히 저물었다. 창문에서 떨어진 방 가운데에 내려온 사다리는 이 시설에서 제일 어두운 곳이 되었다. 나는 조심스럽게 사다리를 내려갔다. 은둔자는 그대로 구석에 있었다. 그는 지금 창밖으로 해가 지는 방향을 내다보고 있었다. 그가 내다보는 창밖을 보니 일찍 떠오른 별들이 보였다.

"등을 찾고 있습니다. 허락받으려고요. 너무 오랜만이라."

내가 말했다. 몇 초간 그는 아무 반응이 없었다. 나는 이 남자도 인간의 말소리를 들은 게 하도 오랜만이어서 무슨 소리를 이해하는 데 시간이 걸리는 건지도 모르겠다 싶었다. 그가 방 저편 구석을 가리켰다. 판지 상자 무대를 사용하지 않고 그의 의사를 행동으로 보여 준 것이다. 이건 엄청난 반응이었다. 복잡하고 불안정하게 쌓여 있는 물건 사이를 지나서 가 보니 나무 상자 위에 등이 놓여 있었다. 위층 은둔자의 방에 있는 것과 똑같은 것이었다. 그 옆에는 놀랍게도 성냥이 한 상자 놓여 있었다. 성냥은 기름만큼이나 귀한 거라는 생각이 들었다. 나는 은둔자를 돌아보았다. 뒤쪽에서 비치는 별빛과 앞에 있는 창문으로 쏟아져 들어오는 달빛 속에서 그는 '가져가라'는 뜻으로 두 손을 내밀었다.

나는 다시 방으로 들어갔다. 히파는 그때까지 매트리스에 앉아 있었다. 나는 내가 찾아낸 것, 약탈한 것, 자랑스러운 전리품, 선물을 보여 주었다. 그녀가 엎드리자 나는 그녀 옆에 앉았다. 두 손을 덜덜 떨면서 (성냥이 얼마나 귀한 물건인지 알기 때문에 불안했다.) 등의 창을 열어 기름이 나오도록 작은 손잡이를 돌린 다음 성냥을 켰다. 너무나 오랜만에 보는 성냥 불꽃은 말도 못 할 정도로 경이로웠다. 성냥불을 심지에 붙이자 등불이 환하게 밝아졌다. 노르스름하면서 푸른, 황금색 불빛은 지금껏 내가 본 그 어떤 것보다 더 아름다웠다. 나는 허리를 숙여 등을 매트리스 끝에 있는 의자에 내려놓았다. 깜박거렸지만 꺼지지 않는 불빛은 세상에서 제일 감동적이고 황홀한 모습을 연출했다. 나는 히파 옆에 앉았다. 우리는 한참 동안 불길을 바라보았다.

"보급품은 내일 여기로 옮겨 오자."

한참 만에 내가 말했다.

"낚싯줄은 내가 챙길게."

"저 사람이 사다리를 올릴 거야. 어쩌면 벌써 올렸을지도 몰라."

"하지만 보트를 두고 왔잖아. 그건 알 수 없지."

"알 수 없지."

우리는 다시 한참 동안 아무 말도 하지 않았다.

"나 실은 번식하고 싶지 않았어."

히파가 말했다.

"섹스하고 싶은 마음이 더 컸지. 그리고 벽을 벗어나고 싶었고. 기다리는 건 지긋지긋했어, 네가 먼저 청할 것 같지 않았고 말이야."

갖가지 농담이 머릿속에 떠올랐다. 그럴 줄 알았어, 어련하시겠어, 이제야 솔직히 털어놓네 등등. 하지만 나는 말없이 그녀의 팔을 꼭 잡았다. 이 빛을 영원히 볼 수 있고, 아무리 봐도 지겹지 않을 거라고, 이 불빛은 지금껏 내가 본 것 중 가장 소중한 거라고 생각했다. 두 팔과 등이 아프고 피곤하고 배도 고프면서 입이 바짝 마르더니 머리가 지끈지끈 아파 왔다. 탈수 증세였다. 하지만 나는 그러려니 했다. 지금은 그저 침대에 앉아 불빛만 바라보고 싶었다.

"얘기 하나 해 줘."

히파가 말했다. 나는 생각해 봤다.

"다 잘될 거야."

나는 이런 게 바로 이야기라고, 모든 게 다 잘되는 것이야말로 이야기라고 말했다. 그러나 이건 그녀가 듣고 싶어 하는 이야기가 아니란 걸 알았다. 이건 또 다른 이야기, 누군가 듣고 싶어 하는 이야기지만, 나는 머릿속이 텅 비어서 지금 히파는 내가 해 주는 이야기가 듣고 싶은 것뿐이라고, 모든 게 다 잘 된다는 이야기가 듣고 싶은 거라는 생각밖에 안 들었다. 나는 이게 바로 이야기라고, 모든 게 다 잘될 거라고 혼자서 몇 번이고 중얼거렸다. 그러고 나서 문득 떠올랐다. 그리고 나는 큰 소리로 이야기의 운을 떼었다.

"벽 위는 춥지."

**옮긴이 서현정**

이화여자대학교를 졸업했으며 명지대학교 사회교육원 번역작가 양성과정을 수료했
다. 현재 번역 에이전시 엔터스코리아에서 출판기획 및 전문 번역가로 활동 중이다.
옮긴 책으로는《다른 세상에 오신 것을 환영합니다》,《난 타잔 넌 제인》,《똑똑하게
사랑하라》,《수치심 권하는 사회》,《나는 불완전한 나를 사랑한다》등 다수가 있다.

# 더 월

초판1쇄 인쇄   2020년 3월 30일
초판2쇄 발행   2021년 9월 6일

지은이   존 란체스터
옮긴이   서현정

발행인   조인원
편집장   신수경
편집   김민경
디자인   디자인 봄에
마케팅   안영배 신지애
제작   오길섭 정수호

발행처   (주)서울문화사
등록일   1988년 12월 16일 | 등록번호 제2-484호
주소   서울시 용산구 한강대로43길 5 (우)04376
편집문의   02-799-9346
구입문의   02-791-0762
팩시밀리   02-749-4079
이메일   book@seoulmedia.co.kr

ISBN 979-11-6438-024-4 (03840)